rowohlt
BERLIN

Dietmar Wischmeyer

Als Mutti unser Kanzler war

Erinnerungen an eine total krasse Zeit

Rowohlt · Berlin

Originalausgabe
Veröffentlicht im Rowohlt · Berlin Verlag, März 2022

Satz Mercury bei Pinkuin Satz und Datentechnik, Berlin
Druck und Bindung CPI books GmbH, Leck, Germany
ISBN 978-3-7371-0147-9

«Wenn ich immer gleich eingeschnappt wäre, könnte ich keine drei Tage Bundeskanzlerin sein.»

(Angela Merkel am 16. November 2012 beim «Petersburger Dialog» in Moskau)

«Ich glaube, dass im Großen und Ganzen nichts schiefgelaufen ist.»

(Angela Merkel in der Bundespressekonferenz am 22. Juli 2021)

A

Angela und der Abschied

Merkeldämmerung

An einem nebligen Vormittag im November 2005 wählte der Deutsche Bundestag die Abgeordnete Angela Merkel zur ersten Kanzlerin: ein großer Schritt für das undurchsichtige Wesen aus der Uckermark, ein kleiner Schritt für das Land. Helmut Kohls Mädchen hatte es also geschafft, den abgewirtschafteten Laden von der rot-grünen Spaßguerilla zu übernehmen. Immer wenn eine Regierung abdankt, weht ein kurzer Hauch der Hoffnung durch das Land. Schlimmer kann's ja eigentlich nicht mehr werden, flunkert sich der Bürger wider besseres Wissen selber vor. Und so begann die anscheinend niemals endende Ära Merkel für uns recht entspannt.

Für Merkel muss es die Hölle gewesen sein. Angie-Lookalikes bevölkerten die Witzesendungen des Fernsehens, jeder durchgeknallte Radiosender hatte eine lustige Kanzlerinnenserie im Programm: Merkel, das putzige Meerschweinchen; Angie: Unglücklich in Berlin. Man hat ihr die Garderobe zerpflückt, die Frisur rezensiert, und Gesichtschirurgen gaben Exklusivinterviews über die Chancen einer Mundwinkelkorrektur. Es ist ein Leben, das sich nur ein völlig bekloppter Masochist wünschen kann, dem die häuslichen Auspeitschungen nicht mehr genügen. Je länger sie Kanzlerin war, desto mehr hat sie sich deshalb in den künstlichen Kokon ihrer Parallelwelt verabschiedet. Dorthin, wo man noch glaubt, dass Politiker die Gesellschaft gestalten und IllnerWillMaischberger keine Comedysendungen sind. Sie ist wie all ihre Vorgänger wichtig, wichtig durch die Welt karjolt, aus Limousinen gestiegen, hat Nullsätze in Mikrofone gemurmelt, irgendwann die Atomkraftwerke hochgefahren und danach abgeschaltet, Flüchtlinge importiert und das eine Zitat hinterlassen, das jeder Politiker hinterlässt. «Blühende Landschaften», «Yes, we can», «Der lupenreine Demokrat» und so weiter, das ihre ist: «Wir schaffen das.» Alle vier stimmen übrigens nicht, das muss wohl so sein, damit sie haften bleiben bei den Regierten.

Und irgendwann ist der Zeitpunkt gekommen, wo auch sie zur Regierungsendzeitfigur geworden ist. Halb gemeuchelt von den lieben Parteifreunden, halb abgewählt von den launischen Untertanen. Dann stand auch sie vor ein paar Hundert Männern in Uniform. Und wir alle haben danach gedacht: Schlimmer kann's ja jetzt eigentlich nicht mehr werden. Und wir haben uns genauso getäuscht wie immer. Doch vorerst geht's zurück.

Ihre ersten Säuberungen und das Menetekel

Noch spät in der Nacht am Tag x plus 1 ihres Wahlsieges saß Angela Merkel allein in ihrem privaten Arbeitszimmer und schraubte sich eine Flasche Uckermärker Nacktarsch hinter die Brüstung, ihren Lieblingsstachelbeerwein. Wie immer genoss sie diese seltenen Minuten der absoluten Intimität. In ihrem Bunker hatte sich Angela Merkel eine geheime Kommandozentrale eingerichtet. An den Wänden hingen Bilder aller Kabinettsmitglieder und einiger anderer wichtiger deutscher Politiker. Gerade hatte sie mit einem acht Millimeter breiten Faserschreiber das Foto von Kristina Schröder durchgeixt. Jetzt blickte sie in die hündischen Augen von Thomas de Maizière, warf den Edding-Stift von der Linken in die Rechte, verhoffte kurz, um dann doch mit energischem Strich ein großes Kreuz durchs hugenottische Antlitz zu fetzen. «Wen noch?», hätte ein Beobachter jetzt in dem ihren gelesen. Just wollte sie sich mit tintengetränktem Filz auf Peter Altmaier stürzen, da blieb sie an der feixenden Visage vom Pofalla hängen. Es brauchte nur den Bruchteil einer Sekunde, bis der Filzkegel des Stiftes so tief ins fotografierte Fleisch des Pofalla eindrang, dass darunter die hohle Pappe sichtbar wurde. Befriedigt steckte Angela Merkel die schwarze Kappe zurück auf ihr filzenes Schwert. Schon leicht angetrunken vom sauren Stachelbeertropfen aus Templin blieb ihr schweifender Blick an einem kantigen Frontsoldatenschädel hängen. «Werrssumdeufelisdasdenn», murmelte die Wahlsiegerin. «IsdernichvonneSsseEsU?» Da hatte die strahlende Alleinherrscherin über Mitteleuropa und die angeschlossenen Vasallenstaaten richtig geraten, denn es handelte sich um Verkehrsminister Peter Ramsauer. «Warum sehen diese ganzen CSU-Schranzen eigentlich alle so aus», dachte die angeflutete Regentin, «warum sehen die alle so aus, als ob das Atomkraftwerk Gundremmingen seit zwei Generationen leckt?» Was soll's, die ostzonale Siegesgöttin entsicherte den Faserschreiber und fegte über die bajuwarische Fratze hinweg – unter Mitnahme des danebenhängenden Innenministers Friedrich, an den sie sich auch nicht mehr erinnerte. So ging es noch weiter im Privatissimum der güldenen Kanzlerin bis vier Uhr in der Früh. Als sie schließlich zwei Stunden später aus unruhigem Schlaf aufschreckte, lag neben der alles überragenden Wahlsiegerin ein durchgeixtes Bild von ihr selber. Leichenblass wankte Angela Merkel hinaus in einen noch jungen Tag in Deutschland.

Allein über den Wolken

Freitagnachmittag an Bord eines Linienflugs der Iberia von Madrid nach Buenos Aires. Die Maschine hatte einen prominenten Gast. Hinter einem hastig herbeigeschafften Vorhang kauerte, leise vor sich hin fluchend, Passagier Nummer 324: Merkel, Andrea. Auf Anraten ihrer Personenschützer reiste sie unter falschem Namen, um das Sicherheitsrisiko für die anderen Passagiere zu minimieren. IM «Andrea» kochte vor Wut, schon die zweite Panne von Uschis Flugbereitschaft in kurzer Zeit. Als man neulich im Luftwaffen-Airbus Nagetiere gefunden hatte und der Scholzomat nicht aus Indonesien abfliegen konnte, hatte sie noch gescherzt: «Freu dich, Olaf, alles nicht so schlimm mit deiner SPD, die Ratten verlassen ja noch nicht das sinkende Schiff, harrharr.» Doch jetzt saß sie selbst hier mit dem Pöbel zusammen in der Holzklasse und durfte Brötchen aus Pappe wegmümmeln. Das würde UvdL ihr büßen, wenn die nicht sowieso selbst hinter dieser Panne stand. Das Flintenweib aus Burgdorf hatte es immer noch nicht verwunden, dass nicht sie, sondern Annegret, die Krampe aus dem Saarland, ihre Nachfolgerin werden würde. «Na warte, Frollein», murmelte Merkel vor sich hin, «dir werde ich in den letzten Jahren, die mir im Kanzleramt noch bleiben, den Wehretat zusammenstreichen, dass du damit nicht mal mehr das Moor in Meppen in Brand setzen kannst.»

Was für eine Blamage, die deutsche Bundeskanzlerin, Stimme der freien Welt, kommt verspätet mit einem Touristenbomber zum G20-Gipfel. Da sind ja die Naziverbrecher 1946 komfortabler nach Argentinien gereist. Und wenn sich wenigstens die verdammten Islamisten zu einem Anschlag bekannt hätten. Sonst kommt zu jedem Silvesterböller ein Bekennerschreiben, aber nichts ... wenn man sie EINMAL braucht. Merkel schäumte mittlerweile vor Wut und mochte sich den Imageschaden für die gesamte deutsche Exportwirtschaft gar nicht vorstellen.

Und erst die demütigenden Witze, die sie sich nach der Landung würde anhören müssen. Besonders von Putin, der die dann sogar laut auf Deutsch erzählen würde, damit Altmaier sie auch verstand. Altmaier? Wo war Altmaier? Der hatte sich auf dem Flughafen in Madrid doch nur eben einen Serrano-Schinken holen wollen für den Flug. Trotzdem würde Putin seine Witze reißen. Einen hat er ihr neulich schon erzählt: «Wenn du ein rot-weißes Flugzeug am Himmel siehst, ist es die Tupolew von Wladimir Putin, wenn du gar nichts siehst, dann ist das die Luftwaffe.» Sehr witzig. Allmählich fing Merkel an, ihren Job zu hassen. Vorbei die Zeiten, als sie noch auf dem Titelblatt vom «Forbes»-Magazin stand, jetzt saß sie neben einem Reporter der «Superillu». Dieser ganze G20-Quatsch hing ihr meterweise aus dem Hals raus, es würde wohl ihr letzter sein, und sie war nicht mal auf dem gemeinsamen Foto.

Die Iberia-Maschine begann mit dem Anflug auf Buenos Aires, Merkel blickte aus dem Fenster. Hier lag bis vor wenigen Jahren noch das Wrack des deutschen Panzerschiffes Admiral Graf Spee in der Mündung des Rio de la Plata. «Nicht unsere Stadt, dieses Buenos Aires», dachte Angela Merkel, «besser, man bleibt mit dem Arsch zu Hause. Verdammt, wo ist der überhaupt, in Madrid hab ich ihn noch gesehen.» Sie musste nachher unbedingt die Stewardess fragen, ob sie einen dicken Mann mit einem Serrano-Schinken aus Versehen in den Frachtraum gesteckt hatte.

Die Frisur, der Blazer und die Raute

Bei ihrer letzten Vereidigung als deutsche Kanzlerin stand Angela Merkel da wie ihr eigenes Abbild aus Madame Tussauds Wachsfigurenkabinett: Frisur, Blazer, Raute – alles wie immer! Doch schon jetzt war ihr klar, dass mit DER Truppe kein Staat zu machen war, einige von denen sah sie überhaupt zum ersten

Mal: «Die Blonde mit dem Fielmann-Face, kommt die von den Sozen?» Doch da fiel es Merkel wieder ein: «Anja Karliczek, CDU, Forschung und Gedöns. Sechs blonde Frauen im Kabinett, da ist der Zickenkrieg ja schon vorhersehbar. Zu allem gibt es bei den Besetzungen eine Quote: Frau, Ossi, Landesverband, links, rechts, jung, alt, aber niemand hat an die Haarfarbe gedacht. Und nun ist die Kacke am Dampfen, bis auf die Sozen-Barley alle blond, sogar Seehofer. Wenn das die Muslime mitkriegen, gibt's Ärger.»

Angela Merkel verlor sich in Gedanken und wollte gerade sagen: «Ich nehm noch 'ne Karte», da fiel ihr gerade noch rechtzeitig ein, dass das hier nicht Siebzehnundvier war, sondern die Vereidigung zur Bundeskanzlerin. Ihr Zögern war allerdings nicht unbemerkt geblieben: Jens Spahn schickte ein wölfisches Grinsen zu Ursula von der Leyen hinüber. Planten die beiden schon jetzt ihren Sturz? Merkel wusste, dass man von ihr verlangte, nach maximal zwei Jahren einen Nachfolger aufzubauen. Warum dachten eigentlich alle, sie habe Interesse am Aufbau eines kompetenten Nachfolgers? Je beschissener, umso besser, desto größer würde ihr Stern am Firmament der Geschichte strahlen. Und «beschissen», das kriegte die Partei auch ohne ihre Hilfe hin, da war sich Merkel ganz sicher.

Sie blickte wieder zu den neuen Gesichtern in ihrem Kabinett hinüber. Wer war noch mal der Dicke mit dem vollen schwarzen Haar, irgendwo hatte sie den schon mal gesehen. Der Pate zwei oder bei den Sopranos, an sich auch egal, Merkel hielt es für eine Verschwendung, sich die Namen von SPD-Ministern zu merken. Der eine mit den Haaren im Gesicht, wollte der nicht sogar drei Tage lang Außenminister werden? Und wo war er jetzt, abgetaucht. Zwei GroKos mit der SPD hatten sie gelehrt, diese Typen einfach zu ignorieren. Sollten sie doch ihre albernen Programmpunkte durchsetzen, wen interessierte es, aber wer blieb immer Kanzler? Warum grinste die Klöckner eigentlich andauernd. Merkel bereute schon, sie ins Kabinett

geholt zu haben. «Demokratie ist, wenn alle vier Jahre gewählt wird und Angela Merkel danach immer Bundeskanzler ist.» Wer hatte diesen klugen Spruch noch mal geprägt, überlegte die größte Bundeskanzlerin aller Zeiten, war es Jürgen Habermas oder Lothar Matthäus? Wie dem auch sei, das tat dem Wahrheitsanspruch keinen Abbruch.

Julia Klöckner grinste noch immer wie ein Honigkuchenpferd, dem es gerade Black Beauty besorgt hatte. Nahm die Drogen, oder grinsten die da unten alle so in der Pfalz? Der Uckermärkerin war dieses Verhalten äußerst suspekt. «Hoffentlich wird diese stinklangweilige Vereidigung bald vorbei sein», dachte Angela Merkel, war doch eh immer dasselbe: den Nutzen des deutschen Volkes mehren, Schaden von ihm abhalten, pipapo, brüh im Lichte dieses Glückes, deutsches Heimatland. Zum ersten Mal an diesem Tag musste die neue Bundeskanzlerin lächeln, doch dann hatte sie sich selbst in die Realität zurückgeholt. Nur noch dreieinhalb Jahre bis zur nächsten Wahl, scheiß doch der Hund auf diese Zwischen-GroKo hier, und von wegen einen Nachfolger aufbauen. Erst im Jahre 2021 würde Angela Merkel den alten Saumagen aus Oggersheim überholt haben, und nur darauf kam es an. Krampi hatte auch schon den Wahlkampfslogan 2021 testen lassen: «Merkel». Sonst nichts, nur «Merkel» – kam total super an, der Slogan, da war alles drin. So, und nun würde Angela Merkel, die endlich zu Ende vereidigte Bundeskanzlerin, zu Julia Klöckner herübergehen und sie fragen, warum sie die ganze Zeit so dämlich grinste.

Lexikon: **Alternativlos**

Kaum ein anderer Begriff wird so mit der Ära Merkel verbunden. Er passt allerdings eher in den Wortschatz eines Autokraten wie Orbán oder Putin, denn eine Alternative – sei sie auch noch so schlecht – gibt es außer zum Tod immer. Die Alternative hat es nicht leicht in Deutschland, dauernd muss sie unter ihrem falschen Plural leiden, dann wurde sie erst zur grünen Liste und jetzt am absoluten Tiefpunkt zu einer für Deutschland. Da bin ich dann auch für «alternativlos».

Merkel 5.0

Paragraph 1b des Grundgesetzes lautet: Die Würde der Bundeskanzlerin ist unantastbar. Wir schreiben das Jahr 2018, Ihro Obsoleszenz hatte gerade ihren Rücktritt angekündigt, da wurden die ersten Rufe nach einer Zugabe zu den vier Akten laut. Vieles sprach dafür, Merkel selbst dagegen. Wohl mächtigster Beweggrund für den Ruf nach Verlängerung war der erbärmliche Zustand ihrer möglichen Nachfolger, um nicht gleich Usurpatoren zu sagen, wenn man an jene aus der Union dachte. Markus Antonius Söder hatte sich am Hofe beliebt gemacht und strich der Königin um die Beine. Dem Volk gab er den Cäsaren, der, in Bayern unbesiegt, auch dem Reich ein herausragender Anführer wäre. Und ein Volk, stets auf der Suche nach einem Leithammel, applaudierte ihm. Das Würstchen aus Düsseldorf dagegen wurde am Hofe nicht mal mehr vorgelassen. Der Rest der Bewerber war längst Geschichte, von ganz fern winkte ab und zu noch Annekramp-Karrengret in die Kamera. Vonseiten der seit Jahren ruhmlosen deutschen Sozialdemokratie war wie immer nichts zu erwarten. Das Beste, was man von Ratz und Rübe, den beiden Vorsitzenden, sagen konnte, war, dass sie in der Bevölkerung weitgehend unbekannt waren. Olaf Scholz und Hubi Heil waren Mitarbeiter von Merkel, und an ihren besten Tagen vergaß man, dass sie nebenbei auch noch in der SPD waren. Bei den Grünen war Habecks Komet schon wieder hinterm Horizont verschwunden, stattdessen plagte man sich mit einem Tübinger Ersatz-Sarrazin herum, hatte in Stuttgart einen alten weißen Mann in der Staatskanzlei sitzen und war zur Fahrstuhlpartei der Liga geworden.

Wenn die Personaldecke dünn ist, besinnt man sich aufs Altbewährte, und wer verkörperte diese Eigenschaft besser als Angela, die Alternativlose. Warum sollte sie auch nicht noch ein paar Jahrzehnte länger das Traumschiff MS Deutschland durch schwierige Fahrwasser steuern. Im Vergleich zu Trump oder gar Joe Biden war sie noch ein junges Huhn mit ihren damals gerade mal fünfundsechzig Lenzen auf der Uhr. In dem Alter war Konrad Adenauer noch nicht mal geboren. Nun konnte sie natürlich nicht, um das Gesicht zu wahren, einfach weitermachen. Der Plan daher: Ihren eigenen Medwedew, den Helge Braun, für eine Runde in den Berliner Kreml schicken, irgendwo in Europa oder bei der Uno überwintern und 2025 erholt und putzmunter zu uns nach Deutschland zurückkommen.

Nach ihrem Rücktritt

Fünf Uhr früh im Kanzleramt, Angela Merkel war spät dran heute Morgen, ein kleiner Schluck aus der Essigpulle machte sie fit für den neuen Arbeitstag. Gleich war die Mittwochsrunde, in der sich ihre letzten Vertrauten zum Frühstück trafen, es gab wie immer Konsum-Brot nach Bäcker Süpke mit Nudossi. Seit sechzig Jahren ernährte sich Angela Merkel von nichts anderem, nur wenn sie gut gelaunt war, brachte sie ein paar Tüten Wurzener Käsebällchen mit in die Runde. Doch heute war sie gelaunt wie nach einer Wurzelbehandlung durch Horst Seehofer, denn ein paar von den Knalltüten hatten sich zu offensichtlich gefreut bei ihrer Rücktrittsrede. Dafür würden sie büßen.

Den Anfang würde die Blutkanzlerin mit AKK machen: sie so lange ignorieren, bis sie weinte. Alle in der Partei glaubten ja, dass sie sich insgeheim Krampi als Nachfolgerin wünschte. Lachhaft! Eine lispelnde katholische Saarländerin mit einem Nachnamen wie aus einem englischen Nazifilm, «Kramp-Karrenbauer, zu Befehl», da holte der Zaziki doch sofort wieder seine Hakenkreuzfahnen ausm Schrank. Krampi hatte sie nur aus Saarland-Herzegowina zu sich in die Muttischanze geholt, damit die Daumenlutscher aus der Partei glaubten, ihr läge was an ihrer Nachfolge. WAS FÜR EINE NACHFOLGE! Wer sollte denn wohl in ihre Fußstapfen treten? Sie würde das Kanzleramt nur mit den Füßen nach vorne verlassen, wenn überhaupt. Vielleicht würde sie sich auch dort einbalsamieren lassen in zwanzig, dreißig Jahren, und Bewunderer aus aller Welt könnten sie ausgestopft im roten Sakko am Tisch sitzen sehen. Um sie herum würden als Plastinate Horst Seehofer, Friedrich Merz und Wolfgang Bosbach knien.

Nein, Krampi war nichts weiter als ein Ablenkungsmanöver, genau wie die GroKo, dieser von langer Hand geplante Vernichtungskrieg gegen die SPD. Merkels letzte große Aufgabe würde sein, die Nachfolgeanwärter gegeneinander aufzuhetzen, bis das Blut spritzte. Jens Spahn war schon politisch tot, er wusste es nur noch nicht, letztlich scheiterte er an seinem eigenen Ehrgeiz. Eher würde Kevin Kühnert seinen Mofaführerschein bestehen, als dass man dieses aufmüpfige andersrumme Früchtchen zum CDU-Vorsitzenden wählte. Und wo hielt sich eigentlich Flinten-Uschi versteckt? Merkel musste lachen: Ein Militärputsch wäre ja wohl mit ihrer Blechbüchsenarmee nicht zu erwarten.

Doch genug geträumt, nun galt es, Gottes Plan – also ihren –, die ewige Kanzlerschaft, in die Tat umzusetzen. Angela Merkel wählte eine sechsundzwanzigstellige Nummer, und sofort meldete sich der Kreml: «Sdrastwuite, Wladimir, Gerd Fritzowitsch hat mir deine Nummer gegeben, hör zu, schick mir bitte mal die App mit der Wahlmanipulationssoftware, ich glaube, 2021 wählen mich die Germanski nicht mehr freiwillig zur Kanzlerin. Übrigens noch mal vielen Dank für Bayern und Hessen, aus den Landesverbänden muckt jetzt keiner mehr auf.»

Mit sich und der Welt zufrieden, beendete die Stählerne Kanzlerin das Gespräch und freute sich auf den ersten politischen Toten des Tages. Sie hatte sich für Friedrich Merz entschieden. Der aber ahnte noch nichts.

Nachts im Kanzleramt

Die Nacht fiel bereits über Berlin-Mitte, doch droben im Mausoleum der Macht brannte noch Licht. Die Bundeskanzlerin hatte zu später Stunde die Entscheidungsträger der CDU einberufen, eigentlich nur sich selbst, aber es war immer gut, ein paar Sündenböcke und Claqueure in greifbarer Nähe zu haben. Einziges Thema: Bekanntgabe der neuen Nachfolgerin durch die Amtsinhaberin, nachdem die Püttlingerin so schmählich abgeschmiert war. Infolge reiflicher Überlegung und Abwägung aller Argumente war Ihro Kanzlerschaft zu der Überzeugung gelangt, dass dafür nur eine Person infrage komme. «Wir haben entschieden», hob die regierende Endmoräne an, «dass wir noch eine Legislatur draufsatteln.» Eisiges Schweigen stand wie gestockte Kartoffelsuppe im Raum. «Dann bin ich ja fast siebzig», ging es dem Sauerländer durch den Kopf. «Noch sechs weitere Jahre NRW, und ich häng mich auf», murmelte Armin Laschet leise vor sich hin. Nur der Organbanker Spahn grinste wie eine frisch beschälte Eselsstute: «Supi, Mutti, dann nehm ich bis dahin meine Elternzeit für mich selbst.»

Wenn Blicke nicht nur töten, sondern auch pulverisieren könnten, wäre der Spahn jetzt zu einem solchen zusammengeschnurrt. «Hat noch jemand Fragen», simulierte Merkel sodann eine ergebnisoffene Diskussion. Doch die Anwesenden waren noch zu sehr geschockt und gingen im Geiste alle Möglichkeiten durch, wie man die offensichtlich orientierungslose Herrscherin loswerden könne. Später in der Currywurstbude, als sich die Überrumpelten zu einer Nachbesprechung trafen, machte Fritze Merz den Vorschlag, bei Merkels nächster Auslandsreise die Schlösser vom Kanzleramt auszutauschen. Er kenne da jemanden in Iserlohn, der mache das fürn Fuffi schwarz aufe Kralle. Ein müdes Lächeln Laschets quittierte den Merz'schen Redebeitrag, ja, den kenne er auch, aber fürn Fuffi arbeite der schon lange nicht mehr. «Verdammter Mist, was dann?» Spahn brachte Gauland ins Spiel, ob man den nicht überreden solle, bei der Kanzlerwahl für Merkel zu stimmen, dann sei sie verbrannt. «Und was sollen wir dem dafür bieten?», stichelte Merz, «Schlesien? Oder gleich Böhmen und Mähren als Protektorat?»

Und so ging es hin und her, doch zu einem Ergebnis gelangte die Runde nicht. Droben in ihrem Horst entkorkte die Kanzlerin selbstzufrieden die zweite Flasche Uckermärker Nacktarsch und griff zum roten Fernsprechendgerät: «Nabnd Wladimir, wir sehen uns noch ein paar Jahre.»

Muttis Mission

Irgendwann haben wir uns gefragt: Was will Angela Merkel eigentlich alles noch erreichen in ihrem politischen Leben? Länger regieren als Konrad Adenauer? Abgehakt! Länger CDU-Vorsitzende bleiben als Helmut Kohl? Jetzt wissen wir's: Sie wollte die letzte CDU-Kanzlerin aller Zeiten sein. Mutti macht das Licht aus, das war die historische Mission der geheimnisvollen Uckermärkerin. Erst hat sie den Christenverein so dicht an die SPD rangeschmissen, dass den Spezialdemokraten die Luft wegblieb. Schlappe fünfundzwanzig Prozent verbuchte seinerzeit der Scherzengel Gabriel noch auf seiner Resterampe, mittlerweile ein Traumergebnis der SPD. Der Ökopartei raubte sie durch Atomausstieg und Energiewende die Rolle als grünes Gewissen der Nation. Als Letzte auf dem Speiseplan der gefräßigen Gottesanbeterin stand nur noch die eigene Partei. Der Coup vom 5. September 2015, das Öffnen der Grenze für über eine Million Migranten, gab dem konservativen Kern der CDU den Rest.

Das Ziel schien irgendwann erreicht. Die Verheißung: Moses Mutti führt den zukunftsfähigen Teil der Partei durch das seichte Rote Meer hin zum gelobten Land, in dem Biomilch und kalt geschleuderter Honig fließen. Angela Merkel wird dank hunderttausend neuer Mitglieder die erste Bundeskanzlerin der Grünen. Die CDU wird aufgelöst, die Jungs und Madeln vom rechten Rand fegt irgendwann der Söder zusammen und formt daraus eine bundesweite CSU. Die große Strategin

Dr. Angela Merkel hätte ihre Mission erfüllt, und aus der Tiefe einstelliger Prozentzahlen schaute ein völlig düpierter Olaf Scholz auf das Ergebnis. Wie wir heute wissen, wurde daraus erst mal gar nichts.

Unternehmen «Annalena»

Die Geschichte wird einst ihr Urteil über Angela Merkel fällen, und es wäre verwunderlich, stimmte es mit den Umfragewerten während ihrer aktiven Zeit überein. Eins lässt sich allerdings jetzt schon sagen: Wie sie die beiden Kampfhähne Laschet und Söder gegeneinander aufgehetzt hat, verdient allerhöchsten Respekt. Nur so konnte sie ihrem Ziel näher kommen, denn in Annalena Baerbock sah Merkel sich selbst als junge Ministerin und damit die einzig geeignete Nachfolgerin. Eine Frau härter als UvdL, nicht katholisch wie AKK und vor allem nicht so ein Mädchen wie Armin Laschet.

Nun ist es nicht ganz so einfach, ein Mitglied der Grünen als heimliche Kanzlerkandidatin der CDU zu etablieren. Deshalb spielte die schwarze Mamba aus der Uckermark über Bande. Zum einen mussten alle infrage kommenden Kandidaten der eigenen Partei ausgemerzt werden. Das war der Erste. Danach fiel AKK der eigenen Machtlosigkeit zum Opfer, Little Norbert Röttgen war schon als Kollateralschaden dahingeschieden. Verblieb an sich nur noch Armin aus Aachen, angeblicher Nachfahre von Karl dem Großen, wobei bei Laschi eher die Gene von Karls Vater Pippin, dem Jüngelchen, durchgeschossen sind. Zu aller Überraschung fiel Laschi die Kanzlerkandidatur aber nicht in den Schoß, sondern aus dem finsteren Frankenwald entstieg ein Monster der eigenen Asche, mit der er nie selbst sein Haupt bedecken würde. Egozentrisch, niederträchtig und verschlagen – mithin ein CSU-Häuptling, wie er im Buche steht – erschien Mark Antonius Söder auf der Bühne. Das Volk

«Wollt ihr seinen Kopf auf dem Silbertablett? Hier ist er.»

jubelte ihm zu, und täglich wuchsen ihm neue Umfragerekorde zwischen den Hörnern.

Die Union hätte allen Grund zur Freude gehabt, wäre die Kanzlerkandidatur nicht schon dem netten kleinen Laschi versprochen gewesen. Große Politiker und erst recht -innen zeichnen sich dadurch aus, dass sie wissen, wann ihre Chance gekommen ist – und Mutti, die Mamba, wäre die Letzte gewesen, die sie nicht zu ergreifen gewusst hätte. In einer furiosen Inszenierung von Parteibeschlüssen, Unterschriftenaktionen und Schmutzeleien hetzte sie die beiden Kämpen gegeneinander – so geschickt, dass ihre Urheberschaft nie zutage trat: «Mein Name ist Mutti, ich halt mich da raus.» Es war ihr nie wichtig, ob Söder oder Laschet Annalena Baerbock den Weg bereiten, der Rasen, auf dem der Kampf stattfand, war so oder so zertreten. Die Union wurde ein Schatten ihrer selbst, Merkel brauchte sie nicht mehr. Gemocht hat sie den Verein der doofen Wessi-Stinker ohnehin nicht. Damals schien es noch so, als würden die Grünen am 26. September aus der Bundestagswahl als die stärkste Partei hervorgehen. In dem Falle wäre Annalena Bauerbock die Kanzlerin einer grün-schwarzen oder auch schwarz-grünen Koalition geworden, und Mutti hätte die Union besenrein verlassen. Am Ende war Annalena jedoch nicht Muttis Nenntöchterchen, sondern Habecks Mädchen. Der ließ sie am langen Arm seiner Loyalität verhungern, und aus war's mit dem grünen Durchmarsch durch die Wahlprognosen. Robert Habecks Plan aber ist aufgegangen.

Der Rückzug von der Macht

Der Preis für die Macht ist der würdelose Abschied. In der Demokratie wird man zwar nicht erschossen wie Nicolae Ceaușescu – übrigens zu Recht –, dennoch gibt kaum einer freiwillig oder erhobenen Hauptes das Zepter ab. Willy Brandt stürzte über den DDR-Spion Guillaume, Helmut Kohl wurde von seinem Mädchen Angela hinterrücks gestürzt. Gerhard Schröder zerfaselte seine Wahlniederlage in der Talkshow. Nach sechzehn Jahren Regierung durch eine uckermärkische Wanderdüne dachte ein jeder, wenn es mal so weit ist, faltet sie still und in Würde ihre dreihundert Sakkos zusammen und reitet auf dem Rücken Helge Brauns in den Sonnenuntergang. Was sollte schon passieren. Die Finanzkrise hatte sie abgewettert, den Flüchtlingsstrom gebändigt und ihre Partei in einen Haufen zahnloser Mümmelgreise verwandelt. Merkel suhlte sich im Schleim ihrer Freier und wusste, dass ihr Stern umso heller erstrahlte, je länger einer von ihnen ihr Erbe zu Tode ritt. Drum war es ihr auch völlig gleichgültig, wer ihr nachfolgte. Alles schien gar wunderbar zu laufen, selbst die vermaledeite

«Es ist nichts, ich habe nur was im Auge.»

Seuche konnte ihrem Ruhm nichts anhaben, ja mehrte ihn anfangs sogar. Unvorstellbar erschien es daher ihren Untertanen, dass sie – die gottgleiche Kanzlerin – dereinst nicht mehr die Geschicke ihres Volkes lenken würde. Oh Graus, das Land würde in Elend und Chaos versinken. Doch ein zorniger Gott erkannte die Hybris der Pastorentochter im irdischen Merkeloneum und sandte Chaos und Elend bereits in ihren letzten Tagen als Kanzlerin herab. Wie einst Nero mit der Lyra hockte die scheidende Kaiserin in ihrem Horst und blickte auf die lichterloh brennende CDU herab. Nun war das Werk vollendet: Partei im Arsch, Laschet im Arsch, alles im Arsch. Horrido und amen.

Und als die alles Überstrahlende auch körperlich das Amt verließ, war der Nachruhm schon längst hinfort. So ist es mit der Macht: Wird sie bis zur Neige ausgekostet, will der Teufel am Schluss die Seele.

HELDEN IM ABSEITS: Armin Laschet

Ist die Gruppe noch so klein, einer muss der Laschet sein – oder allgemein formuliert: Einer ist immer der Hanswurst. Bei der vorletzten Bundestagswahl war es der traurige Clown aus Würselen, davor Mr. Stinkefinger Peer Steinbrück. Und wer erinnert sich noch an den radebrechenden Edmund Stoiber, der 2002 von Gerhard Schröder die Eselsmütze aufgesetzt bekam und prompt die Wahl verlor? 2005 versuchte Schröder es noch mal mit der despektierlich gemeinten Bezeichnung «Der Professor aus Heidelberg» für Paul Kirchhof, den Merkel als Finanzminister vorgesehen hatte. Mit der Verächtlichmachung von akademischer Bildung lässt sich im Land der Bekloppten und Bescheuerten fast immer punkten. Diesmal allerdings nicht, Schröder verlor die Wahl, Kirchhof trotz allem seinen guten Ruf.

Bei Armin Laschet war es nicht von Anfang an klar, dass er die Witzfigur der Wahl werden würde, schließlich hatte er gerade den beliebteren Söder besiegt, daraus hätte durchaus eine David-gegen-Goliath-Erzählung werden können. Wurde es aber nicht, denn das eherne Gesetz jeder Wahl verlangt nun mal nach der Rolle des Kaspers. Annalena Baerbock kam trotz ihrer Trotteligkeit für die Rolle nicht infrage wegen altmännlichem Kavaliersgehabe. Der Scholzomat hätte als Pflaumenaugust auch eine glaubwürdige Figur abgegeben. Abgemeiert von einer Hinterbänklerin, einem CD-Käufer aus NRW und dem schnöseligen Kevin: Allein das bot Stoff genug, um ihn als Hampelmann zu outen. Doch Scholz hatte nicht nur Glück, sondern auch Fortune. Als er sah, wie Laschet zwischen lauter Fettnäpfchen einen Riesenslalom hinlegte, erkannte der Scholz seine Chance und stellte sich tot. Vom Rand des Haifischbeckens konnte er seither seelenruhig zusehen, wie sich der Laschet abstrampelte und nach Luft schnappte. Nichts und niemand konnte ihn mehr retten. Je mehr er strampelte, desto erschöpfter wirkte er.

Der Politzirkus fordert seine Menschenopfer: Scharping, Platzeck, Nahles, Schulz und als jüngstes Armin Laschet.

B

Brexit, Grexit und wer sonst noch wegzieht

Great Britain inkontinent

Brexit. Was sonst! Die Briten sind hoffnungslose Romantiker, haben sie doch tatsächlich das Volk – mit anderen Worten: die Doofen – über die Zukunft des Landes abstimmen lassen. Warum haben sie nicht ein Ferkel über die Euro-Flagge laufen lassen – wenn's draufkackt: Brexit! Das hätte Großbritannien wenigstens die über Monate nervenden Kampagnen erspart. Demokratie: Ist ja alles schön und gut, aber man kann's auch wirklich übertreiben. Wir Deutschen sind da gebrannte Kinder: Bei den Reichstagswahlen 1932 wurde die NSDAP durch das wählende Volk zur stärksten Fraktion, schönen Dank auch. Hier bei uns käme heute keiner – außer den Grünen natürlich – auf den bekloppten Gedanken, die Furztruppen des Unterschichtsfernsehens bei wichtigen Fragen auf Einwurfweite an eine Wahlurne heranzulassen. Gut, bei Bundes- und Landtagswahlen oder verwandten Folklore-Events der Bürgerbeteiligung lässt man die Dumpfbacken etwas von der Kette, und sie dürfen irgendwo ein Kreuzchen machen. Wo, ist im Grunde schnurzpiepe, aber doch nicht, wenn's um die Wurst geht! Etwas immerhin hat uns die Nazizeit gelehrt: ein gesundes Misstrauen gegenüber der zweibeinigen Biomasse im Geltungsbereich des Grundumsatzes. Die sind zu allem fähig: Einführung der Todesstrafe, gesonderte Autokennzeichen für Muslime, hundertzwanzig Prozent Vermögenssteuer, Abschaffung der Schwerkraft an Sonn- und Feiertagen – denk dir irgendwas aus, und bei den Wesen mit den geistigen Flachbildschirmen unterm Scheitel bildet sich sofort eine Meinung, und die wird dir nicht gefallen.

Es erscheint also durchaus sinnvoll, für den Souverän – bruharhara – ein paar harmlose Futterstellen einzurichten, an denen Mann und Maus ihren Hunger nach Mitbestimmung stillen können: Shitstorm-Foren für die Allerblödesten unter ihnen, Meinungsumfragen, die nach einmaligem Lesen in den Abfall wandern, Unterschriftensammlungen gegen ohnehin nie geplante Bahnstrecken, Autobahnen oder Stromleitungen. Mit etwas Phantasie hält man den Besatz bei Laune, und wenn die Empörtesten unter ihnen nach dreißig Jahren endlich Gorleben verhindert haben – das eh keiner bauen wollte, weil der Atommüll einfach da liegen bleibt, wo er anfällt, hihihi –, hat man dreißig Jahre lang den plebiszitären Trieb der Untertanen gebunden.

Doch zurück ins Land der eingewickelten Fische: Deren Fressfeinde haben mit satten einundfünfzig Komma irgendwas Prozent dafür gestimmt, dass die Briten fürderhin inkontinent durchs Leben schreiten. Somit haben sie sich selbst verschuldet in den eigenen Schlüpfer geschissen – und David Cameron beißt sich in den eigenen Arsch. Wie dämlich kann man eigentlich sein als Politiker.

Great Brexit

Alles, was es über die Briten zu sagen gibt, hat schon Obelix in einem Satz zusammengefasst. Dennoch überraschen uns die seltsamen Inselmenschen immer wieder aufs Neue mit ihren Kapriolen. Wie auch bei ihrem brexitären Rumgezicke. Über

Monate war nicht klar, wie sie's gerne hätten: knallhart oder soft raus aus der EU. Halb schwanger wurde noch nie jemand, und halb besoffen ist weggeschmissenes Geld. Ob ihr nun den harten oder nur den halb eregierten Brexit wolltet, dachten in der Rest-EU die allermeisten: Schmeißt sie endlich raus! Vor allem zu ihrem eigenen Besten. Wenn die Global-Britain-Illusionisten nicht am eigenen Leibe erfahren, dass sie nur ein eitriger Wurmfortsatz des Kontinents sind – ohne den der sehr wohl weiterleben kann –, werden sie es nicht begreifen. IHR DÄMLICHEN ERBSENMOMPE-FRESSER SEID KEINE WELTMACHT MEHR. Bitte sprecht mir nach: Wir sind scheiße, wir sind scheiße. Sorry! We are shit. We have a very small cock. Danke, das reicht. Ihr müsst einfach mal ein paar Jahre auf eurer Nieselregen-Ausbringfläche zur Besinnung kommen, damit ihr begreift, in welcher Liga ihr spielt. Eure Auto-Ikonen gehören VW, BMW oder – noch lustiger – Tata aus Indien, die Beatles sind zur Hälfte tot, der Nachwuchs-Regent hat bereits seinen Siebzigsten gefeiert und ist mit einem Rottweiler verheiratet. Wann habt ihr das letzte Mal einen Arsch in der Hose gehabt? Als ihr eine winzige Möwendreck-Insel im Südatlantik verteidigt habt? Lachhaft! Den Krieg hätte sogar Krampis Blechbüchsenarmee gewonnen. Dem Chinesen habt ihr eure Kronkolonie Hongkong mit allem Inventar auf dem Silbertablett geschenkt, und in ein paar Jahren wird sich der schwachmatische Spanier Gibraltar unter den Nagel reißen. Blickt den Tatsachen ins Auge: Euer letzter Erfolg war die Verteidigung der Insel gegen die Nazis. Dafür kam siebzig Jahre später der deutsche Weihnachtsmarkt, auch nicht schön. Das Einzige, was euch noch bleibt, ist, die blutverschmierten Moneten aller Drecksäcke der Welt in der Londoner City zu verwalten, da zieht sogar der korrupte Schweizer seinen Hut vor so viel Skrupellosigkeit. Und haben sie es euch gedankt? Nein, die Drecksäcke haben eure Fußballvereine aufgekauft und in zynische Söldnertruppen verwandelt, sie haben ganz London unterhöhlt und überbaut, damit jeder beschissene Oligarch, jeder Saudi-Prinz und jedes Säureattentat-Arschloch einen eigenen Swimmingpool im Keller hat. Engelland ist abgebrannt, sogar eure eigene zwangsverheiratete Schwester in Schottland kann euch nicht ausstehen. Träumt weiter von der Wiederkehr des Empire in anderer Gestalt. Stimmt meinetwegen auch noch mal ab über den Austritt aus der EU, aber dann möchte ich auch abstimmen, ob wir euch überhaupt noch wollen. Ansonsten stellt euch hinten an, wenn ihr wieder in die EU wollt, hinter Serbien, Moldawien, Transnistrien und Nagorno-Karabach. Bye-bye, Britain. Und merkt euch: Ein totes Pferd wird nicht geritten.

Goodbye, Britannia

Irgendwann hatte es auch die alte Legehenne Theresa May erwischt. Das Brexit-Chaos in Her Majesty's Own Fucking Empire ging in die nächste Runde.

Der völlig durchgeknallte Brite nabelte sich vom Kontinent ab und glaubte tatsächlich, am anderen Morgen als Weltmacht wieder aufzuwachen. Macht Gurkensandwichfressen eigentlich blöd? Wisst ihr nicht mehr, wie der Zweite Weltkrieg ausgegangen ist? Der Zweitplatzierte hatte danach ein Wirtschaftswunder, und bei euch laufen die Lokusrohre noch immer außen an der Hauswand runter. Macht ja nichts, wenn sie zufrieren, scheißen eben alle in den Sherwood Forest. Wisst ihr eigentlich, dass Fußballergebnisse nicht in das Bruttoinlandsprodukt einfließen? War nur 'ne Frage. Okay, ihr habt dreihundert Jahre lang andere Kontinente ausgemolken wie eine runzelige Ziegentitte, aber glaubt ihr tatsächlich, die lassen sich das heute noch gefallen? Denkt doch mal nach, wenn ihr auf dem Klo «Rule Britannia» pfeift, wie der Chinese das findet, wenn ihr ihm Opium verkaufen wollt, damit er wieder

Boris Johnson verkauft das United Kingdom für ein symbolisches Pfund an den Reptiloiden Bill Gates: «Das Pfund gilt wieder was.»

aus Hongkong verschwindet. Um es kurz und schmerzlos zu sagen: Global Britain, das wird nix mehr. Das wird eher Local England und Free Republic of Scotland. Es gab damals noch Hoffnung, und die nannte sich Brexit-Aufschub. In einem zweiten Referendum hätte man den britischen Wählern zum Beispiel folgende Frage gestellt: «Sind Sie a) für einen Austritt des UK aus der EU, oder möchten Sie b) am Ausgang eine Flasche original Christkindl-Glühwein aus Deutschland entgegennehmen?» Mit dem Ergebnis wären gleich mehrere Fragen beantwortet worden. Erstens: Wie wichtig ist den Wählern der Brexit tatsächlich? Sogar wichtiger, als einen Abend lang hackebreit in der Doppelhaushälfte abzuhängen? Zweitens: Wie hoch ist die Akzeptanz von deutschem Glühwein auf dem britischen Markt?

Hätte sich wider Erwarten auch diesmal eine Mehrheit für

den Austritt aus der EU entschieden, wäre es tatsächlich zum harten Brexit gekommen, und der hätte Folgendes bedeutet: Einige Regionen in Deutschland wären davon überhaupt nicht betroffen gewesen, weil die eh nix nach England exportiert haben. Sie haben keine Industrie, kein Internet, es ist eine einzige demographische Wandelhalle mit topfitten Untoten auf E-Bikes, und schon bist du immun gegen politische Verwerfungen – von Sachsen-Anhalt lernen heißt siegen lernen. Wäre dann der harte Brexit zwangsläufig gekommen, wäre eine Massenflucht von der Insel gefolgt, weil viele alltägliche Dinge nicht mehr funktioniert hätten. Man hatte zum Beispiel überhaupt nicht aufm Zettel, dass fünfundneunzig Prozent des Toilettenpapiers aus Deutschland importiert wurden, es gibt im Englischen überhaupt kein Wort für «dreilagig». Great Britain hätte also buchstäblich in der eigenen Scheiße gesteckt, und Tausende wären zu Fuß durch den Eurotunnel geflohen und von da weiter Richtung Deutschland. So weit unten, dass er bei den Froschwämsern um Asyl gebeten hätte, so weit unten wäre der Brite dann aber doch noch nicht gewesen.

Deutschland hätte die Neuankömmlinge mit offenen Armen aufgenommen, die Briten hätten sich so geschmeidig integrieren lassen wie der Fisch in die Morgenzeitung. Deutschland wäre aufgeblüht wie zuletzt, als die Vertriebenen aus Schlesien den Eingeborenen das Essen mit Messer und Gabel beigebracht haben. Vechta wäre das neue Oxford geworden, und Jürgen Klopp hätte Hannover 96 in der Zweiten Bundesliga trainiert. Deutschland hätte wieder mal gesiegt in der Niederlage – leider hat die Geschichte keinen Humor, und es kam anders.

Lexikon: **Bullshit-Bingo**

Ursprünglich «Buzzword-Bingo», das Jonglieren mit nichtssagenden Allgemeinplätzen und Schlagwörtern, kurz: das tägliche Brot eines Politikers. Mit Bullenscheiße hat es nichts zu tun, eher mit dem französischen «boul» für Täuschung. Auf Deutsch käme «Humbug-Halma» recht nahe.

HELDEN IM ABSEITS: Boris Johnson

Nicht mal die älteste parlamentarische Demokratie ist davor gefeit, einem Scharlatan auf den Leim zu gehen, Boris Johnson, dem Erfinder von «bullshit politics». Die größte Schwäche der Demokratie ist ja gerade ihr Wesen, nämlich dem Volk eine Stimme zu geben. Das mag in vergangenen Jahrhunderten eine pfiffige Idee gewesen sein, als verblödete Blaublütler ihr Willkürregime über das ausgebeutete Volk ausübten. Heute, da Murdoch, Fratzenbuch und Konsorten dem Volk sagen, was es zu denken hat, sollte man bei Plebisziten äußerst vorsichtig sein. Die Erbsünde der Brexit-Abstimmung musste irgendwann einen Volkstribun wie Boris nach oben spülen. Ihm ist einfach alles vollkommen schnurz, Fakten gibt es nicht, was gestern beschlossen wurde, ist heute obsolet, und alle andern sind Idioten. Dummerweise steht der Pöbel auf große Fressen wie Boris, Orbán oder Bolsonaro. Drum ist es nur gerecht, wenn jene, die ihn gewählt haben, auch unter seiner Politik zugrunde gehen. Nicht schade drum. Nur die Anglophilen aller Länder werden nie wieder staubige Walkers Crackers mümmeln, nie mehr bei der Night of the Proms «Rule Britannia» mitgrölen oder mit dem Harris-Tweed-Sakko im 90-Inch-Landy durch Ostwestfalen kurven ... nie wieder, ohne dran zu denken, dass dieses Great Britain nun endgültig untergegangen ist und sich vorerst in ein Ungarn light verwandelt hat. Doch, Boris Johnson, bedenke, was die Londoner mit Guy Fawkes gemacht haben.

Unternehmen Grexit

Im November 2013 trafen sich am Rande einer Tagung in Brüssel die Unterzeichner der Römischen Verträge von 1957. Das war das Gründungsjahr des heute EU genannten Staatenbundes. Es trafen sich die Vertreter der Länder Belgien, Frankreich, Italien, Luxemburg, Niederlande und der Bundesrepublik Deutschland. Diesmal ging es über die reine Beziehungspflege hinaus, die sechs beschlossen den Geheimplan GREXIT ZWANZIGFÜNFZEHN. Längst war ihnen klar geworden, dass sich die EU auf ihre Rumpfmitglieder zurückziehen müsste, um zumindest deren Wohlstand zu retten. An den Rändern strebten selbst solch absurde Staatengebilde wie Serbien oder Moldawien in die Gemeinschaft, die Bevölkerung der Ukraine sehnte sich nach Dämmschutzverordnung und Staubsaugerleistungsbeschränkung. Immerhin war es dem ehemaligen Außenminister Westerwelle gelungen, Putin so weit zu reizen, dass an eine ukrainische Mitgliedschaft nicht mehr zu denken war. Aber wie würde man die Länder entsorgen können, die bereits EU-Mitglieder waren? Dummerweise kann laut Satzung ein Mitglied nur auf eigenen Wunsch austreten. Diesem Umstand war der Geheimplan Grexit 2015 zu verdanken. Ziel war die Vergrämung des Landes mittels Regierungs- oder Volksentscheid. Als Pilotprojekt wurde deshalb Griechenland ausgewählt, weil es einerseits über eine komplett desaströse und korrupte Staatsbürokratie verfügte, andererseits über eine leicht zu erzürnende Bevölkerung – außerdem kannte der deutsche Vertreter zwei Schauspieler, die glaubhaft einen Ministerpräsidenten und dessen Finanzminister darstellen konnten. Beide sollten durch aberwitzige Versprechungen das Volk locken, Brüssel auf die Nerven gehen, die Milliardäre dazu ermutigen, ihr Geld abzuziehen, und insgesamt einen so üblen Eindruck hinterlassen, dass einfach alle die Schnauze voll hätten, wenn sie nur das Wort «Griechenland» hören. Das

Beste an dem Plan war aber: Gleich, welches Ergebnis das Projekt hervorbrachte, ob Rausschmiss aus der Eurozone oder den Einsatz eines Verwesers für das EU-Protektorat Hellas, schon auf kurze Sicht wäre man durch Vox populi den griechischen Patienten los, und die Darsteller der Rollen Tsipras und Varoufakis wanderten zum Dank in das EU-Zeugenschutzprogramm. Der Plan wäre fast gelungen, doch dann kamen die Flüchtlinge, und das kranke alte Weib westlich des Bosporus wurde noch gebraucht.

C

Corona, Corona über alles

Wendezeit durch Viren

«Corona ändert alles.» «Nichts ist mehr so, wie es vorher war.» Apodiktisches Gefasel, käßmannoides Geblubber, da darf auch die Bundes-Schleiereule aus Bellevue nicht fehlen: «Die Welt danach wird eine andere sein.» Blablabla, der größte Mist wird mit Sicherheit überleben und die Welt am Stück betrachtet derselbe Ort des Wahnsinns wie zuvor. Dagegen lohnt der Blick auf das, was sich tatsächlich bis jetzt schon geändert hat. Der ÖPNV, in verniedlichendem Baby-Deutsch auch Öffi genannt, wurde vom Heilsbringer der Verkehrswende zum Viren-Mutterschiff, aus gut wird böse über Nacht, wer hätte das gedacht. Wer allein mit seinem Pkw durch die Umwelt schnürt – bisher eine Umweltsau ersten Grades –, verhält sich dagegen vorbildlich infektionsneutral. Die Lehre daraus lautet: Wenn es dem eigenen Dasein zeitnah an den Kragen geht, muss der Planet hintanstehen. Extrapoliert man dieses singuläre Ereignis auf die Nach-Corona-Zeit, so wird einem bang um das ganze Gretazeugs jeden Freitag: Kohleausstieg sofort oder autofreie Innenstadt. Im Augenblick wünschte man sich eher eine fahrradfreie Grünanlage und dass der Kohleausstieg nicht länger auf dem Girokonto stattfindet.

Das eigene Hemd war den Leuten schon immer näher als der fremde Rock und der Mitmensch auf Abstand auch vor Corona lieber als ständiges Angrabbeln durch müffelnde Artgenossen. Endlich darf man deren Aufdringlichkeit mit Anstand von sich weisen: Betrete meine Kreise nicht, oder ich infizier dich, du Risiko! Corona ist zwar eine allgemeine Bedrohung, aber eine individuelle Erfahrung. Die allabendliche Bekanntgabe der Todesopfer im Frontbericht des Robert-Koch-Instituts ist genauso theoretisch wie die der Verkehrsopfer, nur öfter. Erfahrbar wird die Seuche dadurch, dass die Biergärten geschlossen sind und auf der Toilette ... nein, keine Klopapierwitze mehr, ich möchte, dass sich die Welt nach Corona tatsächlich ändert, und zwar darin, dass ich nie wieder etwas über den Logistikstatus von Untenrum-Papier und den daraus zu schließenden Nationalcharakter lesen und hören muss. Und wenn ich noch ein paar Wünsche äußern darf für die Zeit danach: Die Virologen mögen sich bitte wieder in ihre Höhlen zurückziehen, die Frauen wieder den Nespresso-Fritzen heiraten wollen, Markus Söder für eine Weile in Bildschirm-Quarantäne verschwinden und ganz wichtig: nur noch Eilmeldungen, Breaking News, Liveticker oder wie dieser ganze Alarmismus-Blödsinn sich jeweils nennt – wenn wirklich etwas passiert ist und nicht alle zehn Minuten. Vielen Dank für Ihre Aufmerksamkeit.

Abstand halten

Ein Meter fünfzig, besser noch zwei Meter soll man von anderen Menschen Abstand halten, das wird nicht bloß empfohlen, sondern vorgeschrieben. Die einhellige Meinung in den Kommentaren dazu lautet: Ja, das ist einzusehen in der aktuellen Situation, aber dem Menschen an sich wesensfremd. Bitte? Wie kommt man denn auf den Eimer! Zu lange in Südeuropa gewohnt, noch südlicher als Kassel womöglich. Sicher, diese Menschen existieren schon tausend Jahre länger unter der Knute der Zivilisation – schon seit den Römern – und sind dementsprechend abgestumpft, was die Nähe zum Artgenossen anbetrifft. Auch im Norden Deutschlands, vorwiegend in den Städten, finden die meisten Bewohner es völlig normal, wie die toten Heringe in der Büchse zusammen mit Wildfremden im Öffi rumzustehen. Landbewohner, noch weitgehend naturbelassen, haben deshalb alle ein Auto. Sie behaupten, das läge an den schlechten Busverbindungen, aber nur weil die Städter den wahren Grund nicht verstehen würden. Menschen vom Land wiederum verstehen nicht, dass es in der Stadt so gut wie nie zu Schlägereien in Aufzügen kommt, obwohl es für einen Primaten mit natürlichen Instinkten ganz normal wäre, einem Artgenossen, der einem so nahe auf die Pelle rückt, sofort an die Wäsche zu gehen – wie ständig in der Sektbar auf dem Schützenfest. Der Stadtbewohner aber, in seinen Instinkten total degeneriert, knurrt nicht mal, wenn sich in der Straßenbahn jemand auf dem Nebensitz niederlässt, ohne eine Unterwürfigkeitsgeste, ohne die ungeschützte Kehle zu präsentieren oder wenigstens den After. Ich bin absolut sicher, dass uns nicht nur Schimpansen, sondern auch die Hunde in den Städten für Weicheier halten, nicht mal in der Lage, eine Distanz von zwei Armlängen zu verteidigen.

Nun aber hat sich alles geändert, durch die Gefahr einer Ansteckung sind alle gehalten, sich wie normale Primaten zu benehmen und nicht jedem Fremden ungefragt aufs Fell zu rücken. Es muss für die Menschen in der Stadt wie eine Erinnerung sein an eine Zeit weit vor den Zumutungen der Zivilisation. Ein seelisches Aufatmen geht durch die Insassen der verdichteten Siedlungen. Doch was geschieht, wenn dereinst die Anweisung, Abstand zu halten, wieder aufgehoben wird? Werden sich dann alle auf der Straße in die Arme fallen? Oder möchten sie von der einmal gekannten Lust des Abstands zu den müffelnden Artgenossen nicht wieder lassen? Wird nach dieser Zeit U-Bahn-Fahren so archaisch anmuten wie öffentlich in den Chausseegraben defäkieren? Wird die Zivilisation voranschreiten, indem sie dem Individuum wieder sein Distanzbedürfnis zugesteht? Ich bin gespannt, kein Hund würde jedenfalls so leben wollen wie wir vorher.

«Bleiben Sie bitte zu Hause»

Der Deutsche oszilliert gern in der Welt herum, nicht nur zwischen Reihenmittelhaus und Fußballstadion, sondern mehrfach im Jahr auch zwischen Kreuzfahrtschiff und Ischgl. Doch plötzlich ohne Vorwarnung heißt es: «Bitte bleiben Sie zu Hause.» Wie jetzt?! Tatsächlich in dieser Zelle, wo die Gören rumramentern und nach drei Metern die Welt schon zu Ende ist? Ja, genau da, schön mit dem Arsch zu Hause bleiben oder meinetwegen auch alleine. Gar nicht mal so lang ist's her, da verkündete man uns, durch Videokonferenz und Homeoffice müssten sowieso immer weniger Leute überhaupt irgendwohin. «Ja, ja, du mich auch», sagten sich alle und fuhren genauso oft durch die Gegend wie bisher. Es war wie die Legende vom papierlosen Büro, es kam dann doch anders, als man dachte. Je mehr geskypt und gehomeoffict wurde, desto häufiger wurde irgendwo hingebrettert. Und als ob das die Straßen nicht schon genug verstopfte, ging's am Wochenende richtig rund: Motorradfahrer folgten der «Schönste-Kurven-App» durch die Mittelgebirge, bis den Anwohnern noch im letzten Krähwinkel die Hutschnur platzte. Cabrio-Opas trödelten über die Landstraßen mit dem Ziel nach nirgendwo. Darf man zwar noch, ist aber peinlich geworden. Damit ihre Lunge wieder frisches Stickoxid bunkern kann, strampeln jetzt vermehrt tief gebeugte Androiden im Anderthalb-Meter-Normabstand zum Vordermann über die Landstraßen.

Wie wär's stattdessen einfach mal mit tatsächlich Zuhausebleiben? In der Apotheken-Umschau schmökern oder was sonst noch so liegen geblieben ist im Alltagsstress der Woche.

Und weil es Netflix, Amazon und Sky gibt, zwar coronabedingt nicht auf HD, warum sich dann noch im Hühnerfuttergestank der Lichtspieltheater suhlen? Einkaufen ist ohnehin angenehmer und schneller im Zwischennetz. Wozu noch «shoppen gehen»? Einfach mal mit dem Arsch zu Hause bleiben, ihm was Nettes kochen oder zu zweit was spielen: Wer in sechs Stunden die meisten Fliegen totgeschlagen hat – das kann in der Endphase noch mal sehr spannend werden.

Vorbei der Stress vergangener Tage: «ausgehen am Wochenende», «unter Leuten sein», «mal was erleben». Sich stattdessen einfach mal zu Hause im Schlüpfer auf den Balkon setzen, Kirschen essen und die Kerne runterspucken auf Passanten, die illegalerweise zu dritt unterwegs sind – das kann doch sehr interessant sein. Genießen wir eine Weile die Auszeit des Nichtdauerndirgendwohinmüssens und hoffen, dass es eine Ausnahme bleibt. Mit etwas Glück werden wir in zwanzig Jahren, wenn es uns als Individuum oder Spezies noch gibt, von den «Zuhausewochen» reden wie Opa heute von den autofreien Sonntagen in den Siebzigern.

Corona infiziert die Kultur

Immerhin ist die Lindenstraße gerade noch rechtzeitig beerdigt worden, bevor dort das Corona-Virus zu einer sozialkritischen Schnulze mutieren konnte. Mit Spannung wartete ich auf den ersten Tatort, der sich des Themas annahm: Charlotte Lindholm und Lena Odenthal infizieren sich bei einem Mädels-Wochenende für TV-Kommissarinnen und erliegen gemeinsam ihren Drehbüchern. Wenigstens etwas. Ich fürchte, der große Corona-Roman verlässt auch schon bald irgendwo die Schublade, und kaum geschlüpft, hat sich das ZDF daran die Fernsehrechte gesichert. Es folgt der übliche Mehrteiler mit Heino Ferch und Barbara Auer, in einer Gastrolle Gustav Peter

Wöhler als Corona Virus. Das Schauspiel allerdings – als die größte Hure unter den darstellenden Künsten – hat schon vorher einen Bühnenklassiker mit Corona verseucht und als kritisches Regietheater den Abonnenten vor den Latz geknallt. In der Populärkultur dürfte uns schon bald ein Virus-Aid-Konzert ins Haus stehen und der Titelsong zu beiden Ohren raushängen. Komponisten, Texter und Produzenten werden schon darum wetteifern, den ersten viralen Smash-Hit zu landen, um in einem ausgetrockneten Markt wenigstens etwas Spotify-Kohle abzugreifen. Denn etwas hat die Krise noch mehr beschleunigt als zuvor: Jedwede Kultur gibt's derzeit online für umsonst. Ob Klavierkonzert, Oper oder Oma-liest-Gedichte-vor: alles nur für Gottes Lohn. In ihrer Not graben sich die Künstler ihr eigenes Groschengrab. Sie haben in den Zeiten des Konklaves jeden ästhetischen Furz, jedes Gekritzel und Geklimper für umsonst ins Netz gestellt, um eine angeblich kulturhungrige Konsumentenschar nicht allein zu lassen.

Undankbar wie der Mensch nun mal ist, möchte er auch danach von dieser Lust nicht mehr lassen und sieht es überhaupt nicht ein, für Kulturprodukte auch nur einen roten Heller abzudrücken. Da kann man für alle Kulturschaffende und -geschaffte nur hoffen, nach Überwindung der Viruskrise werde das Bedürfnis nach Gemeinsamkeit so groß sein, dass man dafür die Kultur als kostenpflichtigen Kollateralschaden in Kauf nimmt.

Bleiben Sie gesund

«In Hamburg sagt man Tschüss, das heißt Auf Wiedersehen» sang Heidi Kabel 1970, und spätestens ab da wurde das verballhornte «Adieu» zur bundesrepublikanische Einheits-Abschiedsformel. «Geh mit Gott» wäre wohl die genauere Übersetzung gewesen, war aber auch damals schon nicht mehr ironiefrei zu gebrauchen. «Geh mit Gott, aber geh endlich» hieß es, ähnlich wie nördlich vom Weißwurst-Limes ironisch begrüßt wurde mit «Grüß Gott, wenn du ihn siehst». Tschüss war jahrzehntelang die Alltagsverabschiedung selbst in gepflegteren Zusammenhängen und bestand sogar den Bäckereitest. Derivate wie «Tschüssikowski» oder das unsägliche «Tschö mit ö» werden nur von Kleinhirn-Usern verwendet, die auch T-Shirts für witzig halten mit dem Aufdruck «Dieser Bauch wurde von Bier geformt». Mit «Tschüssi» oder noch schlimmer «Tschaui» verabschiedete sich die Generation Fickpalme, falls noch jemand weiß, was das war. Fit-and-Fun-Hedonisten der Nullerjahre, die ständig ein geistiges Surfbrett vor dem Kopf trugen, schmetterten ein «Viel Spaß dabei». Der dürfte ihnen mittlerweile vergangen sein, denn wir leben nunmehr in der puritanischen Welt des Abschieds. «Bleiben Sie gesund» ist von einer allgegenwärtigen Penetranz, dass man schon aus Protest lieber krank würde. Die alte Regel, dass etwas spätestens dann nicht mehr angesagt ist, wenn es in der Werbung erscheint, gilt auch hier. Bereits jeder Energieversorger beschließt seine Rechnung mit dem Corona-Abschied, und sogar auf den Werbetafeln der Fertigfraß-Provider höhnt es einem entgegen: Hersteller von Endzeit-Frikadellen und zuckriger Limonade erdreisten sich zu einem «Bleiben Sie gesund». Da schwingt doch ein «gefälligst» mit als Unterton: «Bleib gefälligst so weit gesund, du unmündiger Konsument, dass wir unseren Nahrungsmüll noch bei dir endlagern können.»

Jeder, ob Schornsteinfegerinnung oder Bestattungsdienstleister, möchte sich mit dem «BleiSiegesu» als Teil der besorgten Gemeinschaft sehen, ihm geht es schließlich auch ganz doll um den Erhalt der Volksgesundheit. Bei aller Häme ist es dennoch schade, dass ein an sich schöner und empathischer Gruß so rasch zu einer nervigen Leerformel wurde. Aber das ist der Preis, den wir in einer durchkapitalisierten Medienwelt zahlen müssen. Nichts ist davor gefeit, sich in eine leere

Worthülse zu verwandeln. Aktuelle Beispiele gibt es reichlich: Von «Nach Corona wird nichts mehr so sein wie zuvor» bis zur «sozialen Gerechtigkeit» wandert alles Gesagte schnellstens in die rhetorische Abfalltonne. «Bleiben Sie gesund» hat es in wenigen Monaten geschafft. «Auf Wiedersehen» ist resistenter, es drückt die Hoffnung aus, die soeben beendete Begegnung möge nicht die letzte sein in diesem Leben, und ist eine gelungene deutsche Version des ursprünglichen «Au revoir».

Von Corona lernen

Jetzt spüren wir mal am eigenen Leib, wie sich der Acker fühlt, wenn eine Monokultur auf ihm siedelt: ausgelaugt und später tot. Das Corona-Virus hat uns zweierlei gelehrt: Erstens, auch wenn wir den ganzen Planeten zerstören können und es auch tun, sind wir dennoch nicht die eindeutigen Herren der Welt. Und zweitens: Die Schöpfung, Natur, oder wie immer man den ganzen Mist außerhalb von uns nennt, ist keine Waldorfschule. Seitdem wir jedes Tier größer als eine Ratte nach Belieben ausrotten und eher heute als morgen den ganzen Amazonas-Urwald abholzen können, halten wir uns als Menschen für die eindeutig Bösen und die Natur für das An-und-für-sich-Gute. Der Erhalt der Schöpfung ist oberstes Gebot, und dabei vergessen wir, dass sich deren Teilnehmer ständig gegenseitig auffressen und auch vor uns keinen Halt machten, wenn's passt.

Seitdem jeder unsportliche Blödian gefahrlos durch den deutschen Wald streifen kann und auch lebend wieder rauskommt, hat ein altväterliches Kuschelsyndrom die modernen Menschen erfasst. Durch alle Schichten und Ideologien, von den grünen Ökos bis zu den religiösen Esoterikern, wird die Natur romantisiert. Gleichzeitig unterstellt man, dass sie sich ohne Menschen in einem stabilen Zustand befände, den es weitestgehend zu rekonstruieren oder zu erhalten gilt. Es bedurfte erst eines winzig kleinen Virus, um uns Menschen einerseits Bescheidenheit zu lehren und uns andererseits daran zu erinnern, dass wir das meiste, was unsere Kultur, unser langes Leben ohne ständige Angst ausmacht, *gegen* die Natur erreicht haben. Da melden sich Pfarrer Löwenzahn und Annalena Pusteblume: «Aber wir sind doch ein Teil der Natur.» Schon klar, aber dann besser der Löwe als die Gazelle. Warum finden moderne Stadtmenschen die Maismonokultur bis zum Horizont widerlich, den Amazonas-Urwald aber großartig? Weil sie Letzteren nur aus Terra X in der Glotze kennen und noch nicht von einem der darin lebenden Viecher gebissen, gestochen oder infiziert worden sind.

Die Natur ist weder gut noch böse, sie ist aber mit Sicherheit nicht unser Kumpel. Wir sollten uns von dem Golden Retriever auf dem Sofa nicht für dumm verkaufen lassen. Es sind nicht alle so wie er, wir rotten zwar den Sibirischen Tiger aus, er hätte mit uns aber genau das Gleiche getan. Am besten lebten wir im «Einklang mit der Natur» und meinetwegen sogar für den «Erhalt der Schöpfung», wenn wir Menschen deutlich weniger wären. Und wir unser Ding machten und die Natur das ihre.

Geistige Quarantäne

So viel steht unumstößlich fest: Es gibt ein deutsches Menschenrecht auf dreilagiges Toilettenpapier. Und da, wo die anderen wohnen, ist es am schönsten und wie für uns gemalt, wenn wir vom Balkon der Außenkabine auf sie hinunterschauen. Uns gehört nämlich die Welt, für uns wurde sie einst erschaffen. Doch warum müssen wir dann sterben, genau wie all die Nichtsnutze auf diesem Planeten? Da läuft doch etwas grundsätzlich falsch. – So dachte der Mitteleuropäer all die Jahre in seiner geistigen Quarantäne. Doch allmählich schleicht sich der ein oder andere Selbstzweifel an seiner insgesamten

Geistige Quarantäne.

Lebensweise ein. Wenn die letzte Fischbüchse vertilgt und die Nudelpyramide in der Speisekammer abgeräumt ist, könnte selbst der Deutsche in der Lage sein, sein furziges Leben nicht mit dem Leben selbst zu verwechseln.

Was hat er sich all die Jahre einen Kopf gemacht über die Lohnfortzahlung im Erlebensfall, die Reichweite seines Rasenroboters oder ob man durch Intervallfressen tatsächlich abnimmt. Das barrierefreie Kriecherdasein eines Lebenszeit-Endverbrauchers wurde von ihm für das wirkliche Leben gehalten. Und wenn er in der Zeitung las, dass sich Menschen in Nigeria für glücklich halten, hat er die Welt nicht mehr verstanden. Sind die denn total bescheuert? Wo doch jedermann weiß, dass Nigeria ein total kaputtes Land ist, wie kann man denn da nur glücklich sein oder in Osnabrück, wo bekanntermaßen ja nichts los ist nach drei Uhr nachts. Deutschland ist für ihn dagegen insgesamt ganz okay, aber nur wenn alles tipptopp funktioniert, dann hält man es hier so gerade mal eben noch aus. Außer, der Kulturetat der Stadt wird um fünf Prozent gekürzt, der öffentliche Dienst von der allgemeinen Einkommensentwicklung abgekoppelt, die Parkgebühren erhöht oder, Gipfel der Frechheit, eine Obdachlosenunterkunft in einem reinen Wohngebiet errichtet.

Wird seine gewohnte Fettlebe angetastet, revoltiert der Germane, denn sie ist es, die den Laden hier zusammenhält. Jetzt allerdings könnte es sein, dass dem Deutschen während der staatlich verordneten Zwangsbesinnung doch noch ein Lichtlein aufgeht. Wenn's nicht schon zu spät ist für die meisten.

Ehret die Toten

Den Heldentod im Verkehr haben wir als Opfer für unseren Wohlstand längst eingepreist. Jetzt aber sterben die Menschen einfach so zwischendurch an einer Art Grippevirus. Was soll das denn?!

Der Tod ist plötzlich wieder da, nicht erst am Ende des Lebens, sondern mittendrin. Obwohl es nicht so viele sind und meist woanders, ist die Gelegenheit da, mal zu fragen, wieso die Toten bei uns eine so geringe Rolle spielen wie noch in keiner Kultur seit hunderttausend Jahren Menschwerdung. Bei uns entledigt man sich der Abgelebten unter minimalstem Folklorebeiwerk. Die Erdbestattung als deutlichste Erinnerung daran, dass da mal jemand war, ist kaum noch angesagt. Sich gar in einem Familiengrab zu den Altvorderen zu betten, gilt womöglich schon als postmortale Sodomie. Ein rückstandsarmer Abgang im Blumentopf mit Deckel und dann anonym verbuddeln, so stirbt sich's heute unter modernen Mitteleuropäern. Es soll den Advent des Lebens plus Heiligabend auch schon im Paket geben: Bei einer kostengünstigen Aufstallung der Oma in einer Residenz auf dem Balkan ist die Einäscherung im Preis mit drin; zurück kommt nur ein Beutel für den Ruheforst – erbärmlicher geht es kaum noch.

Die Hinwendung zum irdischen Dasein als bestmöglicher aller Lebensformen – weil auch als einzig nachgewiesene – ist sicher ein Erfolg der Aufklärung. Hoffnung auf ein paradiesisches Leben nach dem Tod war Blendwerk für die Unterdrückten im irdischen Jammertal. Stattdessen gilt nun das andere Extrem, die Toten sind nichts weiter als lästiger Bioabfall. Das führt zu einem diesseitigen Anspruchs-Hedonismus, der nicht nur auf den Gräbern tanzt, sondern sich auch nicht mehr um die Zukunft der nachfolgenden Generation schert. «Nach mir die Sintflut» ist das Credo der geistig Eingeäscherten. Mit vernünftigen Argumenten ist dem nicht beizukommen. Warum sollte man sich auch um eine Zukunft sorgen, an der man mit absoluter Sicherheit nicht mehr teilnimmt – was kümmert's mich, wenn 2050 ein Sack Reis umfällt.

Es muss nicht gleich eine Pyramide sein oder der Taj Mahal, aber etwas mehr Resterinnerung nach dem Heimgange wäre doch ganz schön. Das bringt mir zwar als Leiche auch nichts mehr, aber jetzt in der Vorschau etwas Trost.

Vermeidbare Tote

Es gibt eine neue Währung im Geschäft mit der Moral, es sind die vermeidbaren Toten. Je mehr, desto hysterischer reagieren die selbst ernannten Anwälte. Wenn man den Stickoxidausstoß in den Innenstädten um zehn Prozent senkt, kann man 1253 Todesfälle pro Jahr vermeiden. Wie auch immer diese Zahlen zustande kommen, mit virtuellen Leichen lässt sich jede Forderung unterfüttern. Warum dann nicht gleich um elf Prozent den Ausstoß senken und noch hundert weitere Bürger am Leben lassen? Bei Tempo 130 auf den Autobahnen sparen wir bis zur Hälfte an Toten, das wären dann immerhin 1750, die am Leben blieben. Wer wollte sich diesem Argument verschließen? Weil diese Leichen aber nur in der Prognose rumliegen und noch nicht wirklich auf der Straße, ist es uns eigentlich egal. «Wo gehobelt wird, fallen Späne», «Ein bisschen Verlust ist immer» – so in etwa reagieren wir auf diese Szenarien. Denn eins ist klar: So gefährlich es auch auf den deutschen Autobahnen ist, die Wahrscheinlichkeit, zu den 3500 Toten im Jahr zu gehören, ist dann doch eher gering. So wägt denn der Autofahrer ab, ob es sich tatsächlich lohnte, mit 130 auf der rechten Spur rumzukriechen, bloß damit 1500 fremde Idioten überleben. Und eines, das weiß ja jeder: Im Verkehr sind alle außer einem selbst Idioten, kein Problem, dass deren Bestand etwas gelichtet wird.

Die vermeidbaren Toten sind anonym und auch noch gar nicht wirklich tot. Auch wenn der Appell an das Überleben anderer nicht wirklich verfängt, so haben die Statistik-Zombies dennoch einen Lauf. Sie geben der allgemeinen Hysterie ein pseudosachliches Fundament. Ein paar Hundert Leichen auf dem Papier in der Waagschale der sich austarierenden öffentlichen Meinung sind schon ein ordentliches Pfund. Doch wer einmal den Geist der vermeidbaren Toten aus der Flasche gelassen hat, fängt ihn nicht wieder ein. Der logische Schluss aus der Ablebe-Reduktion infolge Vermeidung von Tempo, Zucker, Rauchen, Fett et cetera ergibt sich aus der rigorosen Plattitüde: «Jeder Tote ist ein Toter zu viel.» Wenn's denn so ist, muss man in letzter Konsequenz fast alles auf null runterfahren, denn hinnehmbare Tote gibt es in der Welt der radikalen Ethik nicht. In allerletzter Konsequenz sollte man auf die Fortpflanzung gänzlich verzichten, denn daraus entstehen ja die meisten vermeidbaren Toten.

Lexikon: **Cancel Culture**

Ein schönes Beispiel dafür, wie ein Begriff durch seine Verwender diskreditiert wird. Bezeichnete er – zu Beginn neutral – die Tendenz vorwiegend linker Gruppen, unliebsame Personen, Meinungen und Wörter aus dem öffentlichen Diskurs auszuschließen, so wurde «Cancel Culture» selbst gecancelt, als sie zum Schlachtruf der Rechtskonservativen geriet.

Alle sind schuld

Die Pandemie als eine Naturkatastrophe zu begreifen, bei der sich alle mal am Riemen reißen und gegenseitig helfen, sie zu überwinden – auf so einen Schwachsinn kommt man vielleicht in Australien, jedoch nicht im Mutterland der Sich-gegenseitig-in-die-Schuhe-Schieber. Hier schreien alle sofort: «Wer ist schuld?» Diese Methode ist bei den rechthaberischen Deutschen sehr beliebt, führt sie doch in absehbarer Zeit zu keiner Lösung, und man kann sich ausführlich an den Qualen eines Sündenbockes weiden. Richtig lustig wird's, wenn man damit auch noch einen Publikumsliebling vom Thron stoßen kann: Jens Spahn ist an allem schuld! War es nicht auch er, den in Wuhan eine Fledermaus biss und der uns den ganzen Mist erst eingebrockt hat? Oder so ähnlich jedenfalls.

Keine Masken, keine Impfung, keine Tests, alles Muttis Schuld, die hat ihren Laden nicht mehr im Griff. Die Landeshäuptlinge machen, was sie wollen: Laden auf, Laden zu, mal locker, mal Lockdown, je nach Lust und Laune. Die alle sind noch mehr an allem schuld, hauptsächlich Armin Laschet, der guckt schon immer so, als trüge er unser aller Schuld, um uns zu erlösen.

Der Mensch ist fehlbar. Ist er es in besonderer Weise, dann wohnt er in Brüssel und trägt die Schuld für das, was Bund und Länder aus Zeitgründen an gravierenden Fehlentscheidungen einfach nicht geschafft haben: zu viel oder zu wenig von irgendwas bestellen, wenn's nur der Nachfrage diametral entgegensteht. Über allem schwebt das ätherische Wesen UvdL.

Schon in ihrer alten Heimat Deutschland hinterließ es einen Scherbenhaufen, den dann die andere Chaos-Queen AKK verwaltete. In Brüssel werkelt UvdL an ihrem Meisterstück vergeigter Politik, und damit haben wir den anderen Europäern ein großes Geschenk gemacht, denn nun heißt es wieder: Die Deutschen haben an allem Schuld. Drum sollen sie auch deren vermeintlichen Plural, die Schulden, von allen anderen Ländern gefälligst begleichen.

Auch hierzulande folgt auf Schuld nun mal die Sühne, und wenn man schon nicht weiß, wie es weitergehen soll, müssen Köpfe rollen, um die Götter des Missgeschicks zu besänftigen. Kaum zu fassen, dass in einem aufgeklärten Land die Leute noch an Menschenopfer glauben, um ein Unglück abzuwenden, statt sich um eine konstruktive Lösung zu bemühen. Peter Altmaier muss geopfert werden, dann geht's mit der Wirtschaft wieder aufwärts, Jens Spahn gleich hinterdrein, und wenn man drei korrupte Abgeordnete aus dem Tempel wirft, dann ist die CDU wieder frei von aller Schuld.

Und noch ein Blick aufs große Ganze: Wir Menschen insgesamt sind schuld an Klimakatastrophe, Artensterben und dass Jogi Löw so traurig guckt. Was soll's, wenn der Planet dann endgültig hinüber ist, gibt's danach bestimmt in Deutschland einen Untersuchungsausschuss.

HELDEN IM ABSEITS: Jens Spahn

Er ist das Gesicht der Krise, der zurückgekehrte Glaube an die Tatkraft der politischen Elite: Jens Spahn. Einst Erzfeind der regierenden Dauerwelle, jetzt ihr Lieblingssohn. Kramp-Karrenbauer war gestern, der Jensemann bedeutet Zukunft.

Nach sechzehn Jahren Matriarchat muss wieder ein Mann her, und mehr davon als der Spahnemann geht nicht, er ist sogar zusätzlich noch mit einem verheiratet. Mit Jens

Spahn zeigt die CDU ihr menschliches Antlitz und nimmt zugleich Abschied von Lodenmantel und Kittelschürze. Und obwohl er über zwanzig Jahre jünger ist als das durchschnittliche Parteimitglied, ist er im Kopf doch ganz bei ihnen. Jens Spahn ist der früh verglühte Traum von einer jungen und dennoch konservativen CDU. Mit ihm soll sich die Union hin zu den alten Werten komplett erneuern: Sparbuch, Winterschlussverkauf und Festnetzanschluss, das sind die Tugenden, die Deutschland einst groß gemacht haben und die es zu bewahren gilt. Zugleich steht Jens Spahn für eine moderne Sozialpolitik, die den Konflikt nicht scheut. Wir haben unsere Organe von unseren Mitmenschen nur geliehen, und wenn die letzte Leasingrate gezahlt ist hier auf Erden, sollten wir sie selbstverständlich zurückgeben. Mit dieser Idee hat Jens Spahn nicht nur in der CDU Neuland beschritten, wenn auch vorerst mit ihr nicht den Sieg davongetragen. Doch er zeigte damit eine Kardinaltugend der Union: Er ist fleißig, wohin das auch immer führt. Deutsch sein heißt eine Sache um ihrer selbst willen tun, auch und gerade, wenn sie zu nichts führt.

Und da kam ihm die Corona-Krise gerade recht. Nicht dass er sie herbeigewünscht hätte, aber der rechte Mann im richtigen Augenblick ist aus einer Katastrophe mehrfach schon gestählt hervorgegangen: Helmut Schmidt, Gerhard Schröder, selbst Mutti Merkel – jedenfalls aus der Finanzkrise. Jens Spahn lief genau deshalb auf Hochtouren, denn er wusste, dies waren seine berühmten symbolischen fünfzehn Minuten, die über das weitere Schicksal entscheiden. Wie sein Mitbewerber um die größte Medienpräsenz, Markus Antonius Söder, achtete Spahn stets darauf, dass bei Pressekonferenzen immer ein Virologe an seiner Seite saß. Schon im Bild wurde dadurch die Kompetenz des Gesagten unterstrichen. Die größte Kommunikationsleistung des Bundesgesundheitsministers war allerdings, den Eindruck der unbedingten Zuständigkeit zu vermitteln, obwohl er sie gar nicht besaß. Als reiner Katalysator hat er sich zwischen die Ministerpräsidenten der Länder geschoben, und doch erreichten seine bloßen Empfehlungen das Gewicht von Entscheidungen. Hier übte sich, was später einmal Kanzler werden will. Wer zwischen Laschet, Söder und Malu Dreyer nicht nur überlebt, sondern Akzeptanz erfährt, schafft das später vielleicht auch zwischen Macron, Orbán und Mette Frederiksen. Jens Spahn hat für ein paar Wochen die Macht gewittert, doch wie alle, die der Sonne zu schnell zu nahe kommen, schmolz auch er dahin.

Impfi

In der Weihnachtsbotschaft der Ministerpräsidenten wurde uns 2020 die Ankunft des Erlösers verkündet. Diesmal war es nicht das holde Jesulein, sondern der Impfstoff. Sollte er daniederkommen zu uns Menschenkindern, dann würde alles wieder gut. Wir stellen uns in einer Reihe auf, dann gibt's 'nen kleinen Piks in den Arm, und schwuppdiwupp ist Corona, der Barbar, vom Erdenrund verschwunden. Das Heilsversprechen durch Impfi – so will ich ihn mal nennen analog zur Elphi, dem Hambi und dem Danni –, dies Heilsversprechen war so mächtig, dass niemand mehr einen Gedanken daran verschwendete, wie die denn wohl rein praktisch funktionieren könnte, jene ominöse Kontaktaufnahme der gesamten Bevölkerung mit Impfi. Schlange stehen ging eher nicht: Circa 83 Millionen Deutsche hätte 24 900 Kilometer hintereinander gestanden, das ist dreihundertzwanzigmal so breit wie das Saarland und einmal um die halbe Erde rum, und da waren die liegend Kranken und ganz Dicken noch nicht mal berücksichtigt. Alle auf einmal war ausgeschlossen, es mussten Gruppen gebildet werden, allein auch deshalb, weil Impfi gar nicht reichte für die gesamte Bevölkerung auf die Schnelle. Spritzen waren sowieso nicht genug da, und bedienen musste die schließlich auch noch jemand.

Statt nun aber jene zu benennen, die am dringendsten Impfi bekommen sollten, wollten wir's mal andersrum versuchen: Wer kann am längsten auf ihn warten? Die Impfgegner natürlich, und das auch noch freiwillig. Als Dank für ihren Verzicht sollten sie vom Bundespräsidenten in eine Kontrollgruppe für alternative Krankheitsverläufe eingeladen werden. Alle Dosen des Impfstoffes, die wir von der EU zugeteilt bekamen und die nicht unter der Hand nach Russland verschwanden, wanderten in die staatliche Impfi-Lotterie. Wöchentlich wurden hunderttausend Namen gezogen, und die hatten dann vierundzwanzig Stunden Zeit, sich den Stoff in einem der Impfzentren abzuholen. Wer's nicht rechtzeitig schaffte, flog zurück in den großen Bottich mit den vielen Namen. ProSieben hatte sich den Impfi-Run als Fernsehformat gesichert und das ZDF die Porträts der Verlierer. So sollte es klappen, das graue Winterhalbjahr hatte zudem auch noch einen Unterhaltungsersatz für den ausgefallenen RTL-Dschungel.

Besonders freute ich mich auf das Plüsch-Maskottchen Impfi, das im Auftrag der Bundesregierung für 'ne halbe Million Euro von einer Agentur entwickelt wurde. Noch schöner sollte es werden, wenn Impfi in den Werbespots des Fernsehens auftaucht, um die Zweifler an die Spritze zu locken. Würde dann im Laufe des folgenden Jahres der ganze Spuk vorüber sein, so sollte für uns die Jahreswende 20/21 immer als die Zeit von Impfi, dem kleinen Spritzen-Kobold, in Erinnerung bleiben. Und so Gott wollte, würden wir am Ende des nächsten Jahres nicht mehr die Geburt Christi feiern, sondern ein gut gelaunter Bundeskanzler Laschet würde mit dem kleinen Impfi auf dem Schoß die Neujahrsansprache halten.

Impfmuffel

Fast ein ganzes Jahr lang betete der Deutsche, ein Impfstoff möge auf die verseuchte Menschheit herniederkommen, damit man wieder abends mit Kumpeln saufen gehen konnte. Und nun, da der Messias in zweifacher Gestalt erschienen ist, und einer davon auch noch ein deutscher, macht sich der Teutone schon wieder ins Hemd. «Nebenwirkung», ruft er in die Welt hinaus, als sei es der zweite Vorname des Satans. Was wird dem Impfstoff nicht alles unterstellt: von der Zeugungsunfähigkeit bis zur Veränderung des Erbgutes, beides Begleiterscheinungen am deutschen Volkskörper, deren Schrecken doch eher begrenzt ist, um nicht zu sagen begrüßenswert. Und es sind beileibe nicht nur die total Bekloppten mit der Alufolie überm Resthirn: Neunundvierzig Prozent der Deutschen standen nach der Ankunft des Messias einer Anti-Corona-Impfung kritisch gegenüber. Das kann nicht nur an der berüchtigten German Angst liegen. Corona-Impfen ist einfach nicht sexy. Es ist umsonst, und Krethi und Plethi, kurz: dem Gesocks, wird der Impfstoff ebenso verabreicht wie den Shakern und Movern der Urban Gentry. In den Impfzentren gibt es keine Lufthansa-Lounge, nicht mal eine schäbige DB-Lounge mit Holzschutzmittel-Ersatzflüssigkeit aus dem Kaffeeautomaten. Und in diesen prolligen Massenimpfställen soll sich ein selbst optimiertes deutsches Edel-Ich von einem Spritzassistenten eine unbekannte Mixtur in den Arm jagen lassen. Und wie das Zeug schon heißt, BNT162b2, wie ungeil ist das denn! Warum nicht White Dragon oder Sex on the Beach? Das sind Namen, bei denen sogar der abgebrühteste Impfgegner ein feuchtes Höschen kriegt. Wenigstens wurde die uncoole Pampe zuerst in Heimen und an Risikogruppen getestet, also an Ü60-Mümmelfritzen und Gefährdern und nicht gleich an Steuerzahlern. Sollten die allerdings ohne Schaden davonkommen, hat das Zeug sein mieses Image weg als Corona-Granufink.

Impfmuffel mit Schnüffelmaske.

Okay, was ist zu tun, um die Akzeptanz zu steigern? Es muss eine Premium-Edition auf den Markt, die auch gegen dysfunktionale Erektionsstörungen hilft. Es müssen Impf-Lounges in bester City-Lage her – nur für Members. Und damit auch die Breitenwirkung stimmt: Der bescheuerte Wendler muss umgedreht werden vom Saulus zum Paulus, und die deutsche Nationalelf muss im ersten Spiel nach der Booster-Impfung des Kaders mit sechs Toren Abstand gewinnen. Dann könnte es klappen, dass wir die renitente Bande hier auf Zug kriegen.

Muffel, Gegner und Verweigerer

Wenn der Staat in die Lebensgestaltung seiner Bürger eingreift, gibt es stets eine Anzahl, die sich dem zu entziehen sucht. In der Reihenfolge der Intensität ihres Widerstands handelt es sich dabei um Muffel, Gegner und Verweigerer. Als am 1. Januar 1976 die Anschnallpflicht im Pkw eingeführt wurde, war der «Gurtmuffel» geboren, obwohl es sich sogar um die Verweigerung einer staatlichen Anordnung handelte. Eine Impfpflicht gegen Covid-19 besteht bisher nicht, dennoch heißen die willentlich Ungeimpften nicht Muffel, sondern Impfgegner auf Demonstrationen oder Impfverweigerer, wenn sie heimlich ungeimpft bleiben wollen. Der Widerspruch in den Bezeichnungen erklärt sich daraus, dass der Gurtmuffel durch sein Verhalten nur sich selbst gefährdet, der absichtlich Ungeimpfte hingegen ein seine Mitmenschen gefährdendes Verhalten an den Tag legt, das mit schlichtem Gemuffel unzulänglich bezeichnet wäre.

Somit stellt sich die Herausforderung, wie man diese asozialen Subjekte in die Pflicht nehmen kann. Aufklärung und Argumentation helfen hier nicht weiter, so viel ist schon bewiesen. Ein gesetzlicher Impfzwang ist nur so gut wie der Trupp Feldjäger, der ihn durchsetzt – also sinnlos. In Thüringen hat man einigen Erfolg damit erzielt, die Probanden durch Bratwürste in die Impfzentren zu locken. In der Tat ist das ein bewährtes Verfahren, mit dem die Jägerschaft in ihren Revieren die Durchimpfung des Fuchsbestandes gegen Tollwut erreicht hat. Sobald also ein oral funktionierender Impfstoff zur Verfügung steht, sollten nach dem Thüringer Modell überall in Deutschland Luderplätze für Impfgegner eingerichtet werden. Mit Vakzinat angereicherte Hafermilch oder vergleichbare Substanzen eskortieren den Impfstoff in die Blutbahn der Verweigerer.

Ein anderes Verfahren aus der Tierwelt bietet sich ebenfalls an. Ich erinnere an Bernhard Grzimek, der in der Serengeti mit dem Gewehr auf Narkosegegner unter den Nashörnern schoss. Da das hiesige Impfmuffelwild über ebenso wenig Verstand verfügt wie ein ostafrikanischer Dickhäuter, sollte es gestattet sein, bei Anti-Corona -Demonstrationen den ein oder anderen mit der Vakzinatflinte aus der Menge herauszuschießen – zu ihrem eigenen und unser aller Wohl. Waidmannsheil auf den Corona-Muffel!

Wenn Corona vorbei ist

Corona ist die Merkel unter den Episoden unseres Lebens, eine Zeit der Betäubung, aber auch Entschleunigung. Wie es aussieht, enden die zwei synchron. Nach beider allmählichem Verblassen wird man wohl ihren guten Seiten nachweinen. Bei Angela Merkel dürfte es etwas länger dauern, beim Ende der Pandemie setzt die Wehmut unmittelbar ein, in genau dem Moment, da einem die wildfremden Schöpfungsmitbewerber unmaskiert auf die Pelle rücken. Nicht nur, dass der ÖPNV die Anmutung von Tiertransporten zurückgewinnt, der alte Stinke-Öffi wird blöderweise auch wieder zur moralischen Referenz-Mobilität. Was war das schön, als man ohne Reue mit dem SUV in die City brummen durfte, um eine Infektion zu vermeiden. Überhaupt ist der geforderte Abstand zum Konkurrenzsäuger die größte Errungenschaft der Corona-Zeit, nicht nur ganz buchstäblich im Alltag, sondern auch insgesamt bei der Ausgestaltung des sozialen Daseins. Schwiegermama wird siebzig und möchte groß feiern: Sorry, wir sind noch nicht geimpft und können leider nicht kommen. Oma in der Residenz Moderfrieden möchte alle noch mal sehen, und zwar dreimal die Woche: Ist leider, leider nicht gestattet.

Endlich durften wir unsere karge Freizeit so verbringen, wie wir es möchten: Serien bingen, den ganzen Tag im Schlüpfer durch die Wohnung schlurfen, es kam ja eh niemand vorbei, und allen sinnfreien Begegnungen mit Verwandten und Nachbarn fernbleiben. Sogar die Arbeitswelt zeigte sich bisweilen von ihrer heiteren Seite: Der Kollege mit dem Bocksgeruch war nur ein verzerrtes Bewegtbild auf dem Videoschirm, ja, man konnte die ganze Kollegenbrut einfach abschalten, als wäre die Arbeitswelt auch nur eine von den vielen Netflix-Serien. Die unterstellte Verwahrlosung im Homeoffice war nichts anderes als eine Neidkampagne von Losern, die über keine schöne Wohnung, keinen Garten mit Pool und zu viele Bälger und Ehegatten verfügten. Auch wer die Reize des begleitenden Tagesalkoholismus nicht zu würdigen wusste, konnte dem Homeoffice wenig abgewinnen. Wir anderen alle aber sehen dem Ende der Corona-Zeit in unserem Leben mit einem weinenden Auge entgegen.

D

Deutschland, ein Dauermärchen

Unser deutscher Wald

Keine Kettensäge mehr, die durch den jungen Morgen brüllt, keine Horde Brennholznomaden, die mit ihren Klaufix-Anhängern die Kathedrale des Buchenforstes schänden. Denn es gibt ihn nicht mehr, den deutschen Wald. Waidmänner hocken frustriert auf ihren Ansitzen und schießen Löcher in die Luft. Wenn erst die Bäume fehlen, ist der Wald nur noch halb so schön. Der Schwarzkittel vermisst die Eckern, Kastanien und die Eicheln im Herbst, die Ricke träumt von einem Leben in Sibirien. Es würde Hunderte von Jahren dauern – wenn es denn überhaupt gelänge –, den deutschen Wald so schön wieder aufzubauen wie dereinst. Doch wozu! In ferner Zukunft gibt's keinen Männergesangsverein mehr, der ihn besänge, keine wanderlustigen Müller, und über den Höhen des Westerwalds pfiffe zwar noch der Wind so kalt, Eukalyptusbonbon, doch der Name ist nur noch Erinnerung. Zehn Jahre, nachdem die letzte deutsche Fichte aus dem Harz als Weihnachtsbaum vor dem Kanzleramt aufgebahrt wurde, änderte sich alles. Niemand gab sich mehr der Illusion hin, je wieder mit dem Drahthaar-Rüden an der Koppel durchs Unterholz zu streifen. Der Wald war weg, und da blieb er auch für alle Zeiten.

Doch deutsch sein heißt, niemals aufzugeben, selbst wenn die Lösung schlimmer ist als das Problem. Im Jahre 2032 tauchten

Typisch deutsch: total am Ende, aber kerzengerade dastehen.

die ersten Scheitholzgabionen in den Vorgärten auf, fünf Meter hohe schlanke Drahtkäfige mit importiertem Brennholz aus Weißrussland. Schon bald folgten die Kommunen mit ganzen Scheitholzwänden als Waldersatz, um die Sandstürme von den Siedlungen fernzuhalten. Die deutsche Spanplattenindustrie, welche jahrzehntelang den Fichtenbestand in Wegwerfmöbel verwandelt hatte, entdeckte in den Waldersatzprodukten ein neues Geschäftsfeld. Pressbäume säumten die einstigen Alleen, statt Blättern flatterten kleine Fotovoltaik-Elemente im Wind.

Weitaus mehr an Phantasie bedurfte es, in den mit Rindenmulch panierten Windkraftprengeln riesige Mammutbäume erkennen zu wollen. Zehn Jahre, nachdem die letzte Amsel sich erdrosselt hatte, war Deutschland waldmäßig clean. In den Medien feierte man das aufgeräumte Design der Landschaft als in der Bauhaus-Tradition stehend. Erste Rufe wurden laut, doch bitte schön dem Wald nicht nachzuweinen, handle es sich doch schlicht und ergreifend um nichts anderes als braunes Nazigebäum. Andere erinnerten daran, dass DER Wald lediglich eine kollektive Erektionsphantasie toxischer Männlichkeit gewesen sei. Und in den Verlagen begann man, «Hänsel und Gretel» umzusiedeln, «Rotkäppchen» trifft den Wolf in der Kita, und: «Am Brunnen vor dem Tore, da steht kein Lindenbaum; da träumt in seinem Schatten auch niemand mehr einen schönen Traum.» Lebe wohl, lebe wohl, du schöner Wald.

Deutsch, deutscher, Rasen

Der Deutsche Rasen, besonders in seiner Gestalt als «Tiergarten-Mischung» ist ein nationales Heiligtum. Im Gegensatz zum ursprünglich Englischen Rasen, der dem gleichnamigen Sport als Ausbringfläche dient, ist der Deutsche Rasen nur zum Angucken und zum Mähen da. Nur für den ebenfalls heiligen Fußball gibt's eine Ausnahme, ansonsten gilt: «Rasen betreten verboten». Dort, wo man es dem Pöbel leichtfertig zugesteht, folgt stante pede die nackte Anarchie, buchstäblich in München, wo die Frauensleut nichts Eiligeres zu tun haben, als dem Maulwurf ihr blankes Gesäuge zu präsentieren. In Berlin hat der lasche Umgang mit dem Grün sofort den Drogenhandel nach sich gezogen, wenn nicht gar provoziert. Stets galt der Rasen selbst allerdings als unschuldig, wenn nicht gar als Opfer der auf ihm stattfindenden Praktiken, von selbigen in sexueller Hinsicht ganz zu schweigen. Das ist nun vorbei, die heilige deutsche Grünfläche hat ihre Unschuld verloren. Im Angesicht von Klimawandel und Artensterben gilt sie als öde Monokultur, die kaum CO_2 bindet, auf der kein Schmetterling Nahrung findet und wo der ständig kreisende Mähroboter jedes Kerbtier zu Tode hetzt.

Des Deutschen Lieblingsnekrotop wird ökologisch nahezu gleichgesetzt mit dem bösen Vorgartenschotter. Als moralisch wertvoll hingegen gilt die Wildblumenwiese, wo die Bienen frühstücken und die Zecke den zweibeinigen Säugern auflauert. Die Rasenfläche ist die AfD unter den Bepflanzungen, zwar nicht verboten, aber ibäh. Doch wenn er seinen Rasen nicht mehr hat, wo soll er dann hin mit seinen vielen lieb gewonnenen Steckenpferden, der deutsche Mann? Wen soll er dann mit dem knuffigen Aufsitzrasenmäher mähen am Wochenende, wen vertikutieren im Frühjahr, seine Frau? Die wird sich bedanken. Galt der Rasen als schön, wenn er mit wenig anderen Pflanzen durchsetzt war, so gilt's bei der Wildblumenwiese genau umgekehrt, ethnische Vielfalt ist hier das Gebot. Nicht mal mehr den Löwenzahn darf man ausmerzen, den Wegerich nicht erdolchen, den Maulwurf nicht erschießen – was soll man noch tun im Garten, wenn man keinen umbringen darf? Mit dem Rasen verabschiedet sich ein Stück Deutschland aus dem Garten, und alles wird wieder zu Natur, die ja keine Deutsche ist, sondern zu neunundneunzig Prozent Ausländer.

Weltkulturerbe Fußgängerzone

Nun gehen sie allmählich dahin, die gruseligen Korridore, welche seit den Fünfzigern durch deutsche Innenstädte geschlagen wurden. Euphemistisch als «Fußgängerbereich» oder an sich treffender mit dem üblen Wort «Zone» bezeichnet, waren sie schon zu Beginn hauptsächlich konzentrierte Verkaufsflächen. Selbst noch vor den geschlossenen Geschäften flanierten an Sonntagen die Familien zum Schaufensterbummel übers Waschbetonpflaster. Das alles beherrschende Kaufhaus war der zentrale Tempel des Konsumismus, und in seinem Schatten gruppierten sich gediegene Ladengeschäfte mit so absurden Namen wie Nanu Nana und offerierten komplett nutzlosen Krempel, der geradezu darum bettelte, schleunigst entsorgt zu werden. Doch auch alteingesessene Fachgeschäfte profitierten von der höheren Kaufkraft in der Zone. Das merkten auch sehr bald die Eigentümer der Gewerbeimmobilien und drehten an der Mietpreisschraube. In Folge verdrängten Textilfilialisten die alten Läden, und das Café mit Außenbestuhlung musste einer stinkenden Fastfood-Raufe weichen. In der Zone wurde es zusehends ungemütlicher, nach Ladenschluss strich das lichtscheue Gesindel durch die menschenleeren Schluchten und lauerte vorm EC-Automaten auf leichte Beute. In den Kaufhauseingängen zuppelte sich der Obdachsuchende sein Nachtquartier zurecht. Spätheimkehrende Saufnasen urinierten an die Blumenkübel und schreckten die letzten noch verbliebenen Bewohner der Zone aus dem Schlaf.

An sich war er jetzt schon tot, der einstige Boulevard des schlichten Luxus, doch es sollte noch schlimmer kommen. Nicht der Gigamarkt auf der grünen Wiese versetzte der Zone den Todesstoß, denn jetzt ist die Wiese auch noch weg. Der Onlinehandel überzeugt immer mehr Menschen – auch und gerade in den Städten –, die weder im nöligen Einzelhandel noch im Gestank der Billigfraßanbieter ein Shopping-Erlebnis verspüren. So liegt sie nun brach danieder, die gute alte Fußgängerzone: Zwischen Shisha-Bar und Burgerbräter versucht zwei Wochen lang ein Pop-up-Store sein Glück und poppt danach wieder zu. Die Stadt überlegt, der Zone mit Pflaster aus indischem Granit neuen Pep zu verleihen, Lichtinstallationen illuminieren die Wabenfassade des Kaufhauses, doch der Mensch als Verdauungstrakt für all die Offerten bleibt der Zone weiterhin fern. Zumal auch ohne Corona die Zeit vorbei ist, da man für jede Kleinigkeit in die Einkaufszone dackeln musste, nur um sich den ewig gleichen Spruch des Ladenschwengels anzuhören: «Wir haben nur, was da steht.» Noch unwirklicher aus heutiger Sicht erscheint das vermeintliche Serviceangebot: «Könnte ich Ihnen bestellen, müssen Sie aber vorher bezahlen.» Es klingt wie ein Echo aus der letzten Zwischeneiszeit.

Allerdings hat sich urplötzlich die Möglichkeit, per Onlinebestellung die halbe Welt ins Haus zu holen, in einen Zwang verwandelt. So wollten wir's nun auch wieder nicht, alles nur im Internet kaufen, jeden Tag – zig Pakete in der Nachbarschaft zusammensuchen und unter Bergen von Luftpolsterfolie, Styroporflocken und Pappkartons ersticken. Früher oft verhöhnt und von selbst ernannten «Bewussten» ohnehin gemieden, fangen wir jetzt an, der stinknormalen deutschen Fußgängerzone nachzuweinen. So grottenschlecht haben die Pseudoinkas nun auch wieder nicht auf ihrer Panikflöte rumgehustet, das war sogar recht schön und vermählte sich mit dem Glühweinbrodem zu einem Festival der Sinne. Es hockten bettelnde Frauen aus Transsilvanien auf dem Waschbeton, fremdländische Gestalten mit einem befreundeten Lama im Gefolge baten höflich um Futter. Es gab der ansonsten recht nüchternen Einkaufsmeile ein paar folkloristische Farbtupfer und ließ uns erhaben zwischen den darbenden Randgruppenmenschen einherschreiten. Es war wohl das, was wir damals als «Einkaufserlebnis» bezeichneten.

Alles hinfort, und es kommt wohl auch nicht mehr zurück. Der Hammer-Lockdown führte beim Ladenlurch zum Breakdown, und das Lama und seine Freunde hoffen wie wir alle auf die Fata Morgana des Alles-wird-wieder-so-wie-früher. Händeringend suchen City-Manager und Einzelhandelsvertreter nach neuen Aufgaben, seitdem in Deutschland alles geliefert ist. Was soll aus unserem Prachtboulevard der Gewöhnlichkeit bloß werden, wie wird man den scheuen Konsumenten aus seiner Höhle, hinter dem Bildschirm wieder hervorlocken können, wenn dereinst in ferner Zukunft die Zone wieder geöffnet hat? Ich hätte da eine Idee: Garantiert den Kunden, dass sie euch nicht bewerten müssen, versichert ihnen, dass sie keine Vorschläge für angeblich vergleichbare Artikel erhalten, und gestattet ihnen, die Ware in menschenwürdiger Umgebung selbst abholen zu dürfen statt aus einer Packstation im

Nieselregen. Dann wird vielleicht sogar das Lama in die Fußgängerzone zurückkehren.

Die Beauftragten

Soll etwas bis in alle Ewigkeit auf die lange Bank geschoben werden, steht dafür in Koma-Deutschland die oder der Beauftragte bereit. Beide fügen sich nahtlos in die Welt des Genderismus ein. Beauftragte gibt es überall dort, wo Effizienz und schnelle Entscheidungen auf Dauer verhindert werden sollen. Legendär ist der Brandschutzbeauftragte – damals noch rein männlich –, welcher mäkelig durchs Gebäude schlappt und die Nachhallwerte bei Feueralarm misst. Echot das Boschhorn länger als zwei Sekunden, muss die ganze Bude mit F90-Teppichboden ausgekleidet werden. Über die Jahre hat sich ein ganzer Schwarm ähnlicher Bedenkentragender über Behörden, Büros und Belegschaften hergemacht: Arbeitsschutzbeauftragte, Energiesparbeauftragte, Diversitätsbeauftragte, Datenschutzbeauftragte und nicht zuletzt die monogeschlechtliche Gleichstellungsbeauftragte. Sie alle wachen über die gnadenlose Einhaltung unendlicher Erlasse und Vorschriften, bis alles um sie herum den bürokratischen Wärmetod stirbt. Denn es gilt das eherne Gesetz: Dort, wo Beauftragte wirken, findet sich todsicher auch ein Verstoß, und wenn nicht, denken sie sich einen aus.

So wie viele schlimme Exzesse begann auch die Beauftragteritis ganz harmlos. Niemand wird bezweifeln, dass man einen Blick haben sollte auf Brandschutz oder Gleichbehandlung von Mann und Frau in der Arbeitswelt. Ein Geschwür bildet sich, wenn daraus eine Hauptbeschäftigung wird. Da das Beauftragtenwesen nicht unmittelbarer Teil der Produktivität ist, stehen dessen Inhaber unter ständigem Rechtfertigungsdruck ihrer vermeintlich zeckenhaften Existenz. Zu ihrer

Verteidigung produzieren sie Verstoßvermerke am Fließband, kritteln an jeder Kleinigkeit herum und rotten sich bundesweit in Beauftragtencluster zusammen. Wird irgendwo eines ihrer Mitglieder vom Geschurigelten angepflaumt, fällt der ganze Schwarm über das bedauernswerte Opfer her. Dem Befall an Beauftragten aller Art und Couleur ist nur beizukommen, wenn man einen Oberbeauftragten als Gegenfeuer legt. Dieser wacht über ein tausendseitiges Vorschriftenverzeichnis, in welchem Befugnisse und Pflichten eines jeden Beauftragten minutiös beschrieben werden. Die allergeringsten Verfehlungen werden rücksichtslos geahndet, Gefangene werden nicht gemacht. Mit etwas Glück entsteht daraus ein bürokratisches Perpetuum mobile, das ganz ohne Energiezufuhr von außen weiterläuft.

Nationalfeiertag

Für Nationalfeiertage haben die Deutschen kein Händchen. Im Kaiserreich war es nicht Kaisers Geburtstag, sondern der 2. September, der Sedanstag, Sieg über Frankreich 1870 bei Sedan, was letztlich zur Gründung des Deutschen Reiches führte. Dieser Tag ist heute dermaßen in Vergessenheit geraten, dass nicht mal mehr die Grünen die Umbenennung der vielen noch vorhandenen Sedanstraßen in Deutschland verlangen. In der Weimarer Republik feierte man den 11. August als Verfassungstag – ein etwas spröder Anlass. Die ursprüngliche Idee, den 1. Mai als deutschen Nationalfeiertag auszuloben, verwirklichten dann erst die Nazis aus ihrem Selbstverständnis als sozialistische Arbeiterpartei heraus – eine schöne Blamage für alle Beteiligten. Führers Geburtstag war nur einmal Feiertag, als der Gröfaz fünfzig wurde, danach wurde dieser Tag nur in der Bundesrepublik von Neonazis, Retronazis und Kryptonazis begangen.

Die Bundesrepublik hatte zuerst gar keinen Nationalfeiertag, sondern andere Sorgen. Erst 1954 wurde der 17. Juni gewählt in Gedenken an den Aufstand 1953 in der DDR. Eine ziemlich bescheuerte Idee, wenn auch in edler Absicht. Die Masse der Westdeutschen haben den Tag nie begriffen, weil der Anlass im Ausland lag. Einige wenige marschierten zum Hermannsdenkmal, und manch einer stellte Kerzen in die Fenster, die nach Osten zeigten – ziemlich erbärmlich, die ganze Nummer. Die DDR feierte den 7. Oktober als Tag der Staatsgründung mit Militärparade und Jagdflugzeugen im Formationsflug – eventmäßig alles richtig gemacht, aber Stimmung kam wohl auch dort nicht auf. Deutschland kann einfach nicht Nationalfeiertag.

Wie treibt es denn das Ausland? Die Klassiker sind Frankreich und die USA – beide haben Militärparaden und machen einen auf dicke Hose. Die zugrunde liegenden Ereignisse – Sturm auf die Bastille und Independence Day – liegen auch so weit zurück, dass es keine lebenden Zeitzeugen mehr gibt und die geschichtliche Wahrheit über die Ereignisse keine Sau mehr interessiert. Das scheint auch eines der Geheimnisse zu sein, um den Tag fest im Bewusstsein der Bevölkerung zu verankern. Sehr gut machen es die Niederlande, die feiern den Geburtstag des jeweiligen Monarchen. Alle ziehen sich orange Müllwerkerklamotten an und saufen orangenen Bitterlikör – sehr schön bekloppt. Noch bekloppter – wie sollte es anders sein – treiben es die Briten. Die haben gar keinen Nationalfeiertag, wie auch, ohne dass Schotten, Iren, Waliser und Engländer darüber sofort einen Krieg begännen. Gefeiert wird als Ersatz der Geburtstag der Queen, aber auch nicht an dem Tag, sondern immer am zweiten Sonnabend im Juni. Die freien Iren auf der Insel haben den einzigen Nationalfeiertag, der es zu internationalem Ruhm gebracht hat, den Saint Patrick's Day. Überall auf der Welt, wo es einen Irish Pub gibt oder die Kelly Family mal aufgetreten ist, wird die Welt in irisches Grün getaucht und pseudokeltisches Brimborium aufgezogen. Gefeiert wird aber nicht etwa der Geburtstag von Sankt Patrick, der das Christentum nach Irland brachte, sondern sein Todestag – interessant! Wer dieser Nationalheilige war, weiß man auch nicht wirklich, womöglich sogar einer dieser verhassten Angelsachsen. Zumindest soll er die Grüne Insel unter anderem von Schlangen befreit haben, das ist doch auch schon was. Den besten Nationalfeiertag haben allerdings die Belgier, denn die haben sechs Stück davon: einen für alle und noch fünf für Flamen, Wallonen, Rest-Deutsche und wer da sonst noch so wohnt.

Das wäre doch auch ein schönes Modell für Deutschland. Einen für den Westen, zum Beispiel den 8. Mai, Krieg vorbei, was dort ein Segen war, im Osten allerdings nur bedingt. Da war zwar auch der Krieg vorbei, aber die Staatsbevormundung ging im neuen Gewand nahtlos weiter. Im Osten sollte man wie bisher den 3. Oktober feiern, denn der hat dort mehr gebracht als im Westen. Und an den beiden Feiertagen besuchen wir uns dann gegenseitig, und Schluss ist mit dem Krampf jedes Jahr.

Deutscher Aschermittwoch

Halb besoffen mit Plastikperücke auf der Birne im nasskalten Februar durch Köln oder Düsseldorf zu wanken ist nicht gerade Inbegriff der Lebensfreude. Und dennoch beteiligen sich Millionen ansonsten unauffälliger Mitbürger an diesem Mummenschanz. Es hat eine Zeit gebraucht, bis mir der Sinn dahinter bewusst wurde: Die haben alle auch keinen Spaß, sondern kasteien sich tagelang mit unterirdischen Witzen und grauenhaftem Liedgut, weil sie wissen, dass der Tag der Befreiung unweigerlich naht: Aschermittwoch. Drum hat sich die barbarische Sitte des Karnevals auch vorwiegend in katholisch geprägten Landstrichen gehalten. Anders als der Protestant kennt der Papist das Leben nicht als stete Prüfung, sondern glaubt, sich mit allerlei Hallodri durchmogeln zu können. Damit der alte Zebaoth nicht sauer auf ihn ist und in die Hölle wirft, hat er sich einige Strafrituale ausgedacht: sich selbst gelegentlich auspeitschen, auf steinharten Erbsen in den Schuhen zu Fuß nach Spanien latschen, schwere Holzgerüste auf den Schultern durch die Stadt schleppen und eben auch Karneval, die härteste aller selbst auferlegten Strafen.

Nun wäre er kein gewitzter Katholik, wenn er sich nicht auch einen Ausweg geschaffen hätte: den Aschermittwoch, Tag der Erlösung von dem Bösen. Die Pappnase und das grellbunte Büßergewand wandern zurück in die Mottentruhe, endlich Ruhe bis in den November hinein. Zwischen Aschermittwoch und dem 11.11. ist der Rheinländer ein freier Mensch wie wir. Als Kölner muss er nicht den doofen Dom ansingen wie ein rolliger Kater, als Meenzer darf er wieder Hochdeutsch sprechen, sofern es in seiner Macht steht – überhaupt ähneln die Eingeborenen in den verseuchten Landstrichen ganz normalen Mitteleuropäern, ja, sind sogar einen Hauch kontaktfreudiger. Doch wehe, das Fieber der karnevalesken Epidemie bricht wieder aus. Dann werden die hässlichen Plastikplünnen wieder hervorgekramt, im Hirn sind probeweise schon mal alle überflüssigen Bereiche abgeschaltet, alle außer Atmen, Saufen und Fressen. So gestählt, arbeitet man sich über Weihnachtsmärkte, Firmenfeiern, Silvester und Neujahrsempfänge an die fünfte und größte Plage der dunklen Jahreszeit heran.

Im Februar ist es dann wieder so weit, dann simma dabei, un das is prihima, dann beginnen mit der Genderfastnacht die tollen Tage. Doch bis dahin ist erst mal Aschermittwoch, der deutscheste aller Feiertage, denn der Spaß ist beerdigt, und es wird wieder gearbeitet.

Berlin, Berlin

Im Einigungsvertrag von 1990 wurde Berlin als die neue Hauptstadt der Bundesrepublik festgelegt. Nach dreißig Jahren offenem Politikvollzug in Shithole-City muss man sich fragen, ob das so eine gute Idee gewesen ist. Hätte nicht Bonn weiterhin gereicht und zusätzlich eine Art Indianerreservatsverwaltung in Ostberlin? Was soll's, es ist müßig, darüber zu spekulieren, denn jetzt haben wir Berlin an den Hacken, und achtzig Millionen Deutsche sind jeden Abend nach der Tagesschau erleichtert, dass sie dort nicht leben müssen. Doch selbst, als zwischen 23 und 6 Uhr alle Clubs dichtmachen mussten und in der Disco nur noch der Türsteher mit dem Garderobenständer tanzte, war in BERLIN noch tausendmal mehr los als in Itzehose oder Pumasens. Oder konnte man sich etwa in diesen Käffern mit Corona infizieren, bloß dadurch, dass man in den Park ging? Balin is eben Balin, du Provinz-Hipster!

Okay. Ganz toll, diese Stadt. Eine der wenigen Highlights von Berlin – das muss ich zugeben – ist wildes Urinieren im Park oder auch mitten auf den Ku'damm, das kostet nur zwanzig Euro Strafe. Zum Vergleich: In Hannover, Erfurt oder Kaiserslautern werden dafür bis zu fünftausend Euro Strafgeld eingezogen, in Freiburg wurde ein Wildpinkler sogar von zwei wachsamen Bürgern totgeschlagen. Es lohnt also ein Wochenendtrip – wenn nicht gar bei schwacher Blase ein Umzug nach Berlin. Hier kann man für maximal zwanzig Euro Strafandrohung seelenruhig in die Rabatten strullen. Ein harmloser Spaß, und vom Preis-Leistungs-Verhältnis sucht er seinesgleichen in ganz Europa. Da wundert es nicht, wenn die pissende Jugend aller Herren Länder oft und gern den Wurm in die Spree hält. In Kombination mit dem Bier-Bike wird's 'ne richtig runde Sache: strampeln, saufen, Passanten anpullern – was ist dagegen die Berlinale doch für 'ne spießige Veranstaltung. Man sieht, unsere Hauptstadt ist in Sachen Hygienevorschriften nicht erst seit Corona ein anarchisches Freudenhaus. Hier darf jeder physisch oder auch geistig so zugepisst sein, wie es ihm gefällt. Wenn sonst schon alles geschlossen ist, geht man eben zur Anti-Corona-Demo vor den Reichstag oder haut einem Polizisten 'ne Bierpulle aufn Kopp, irgendwas ist immer los in der

Stadt, die niemals schläft, weil einem sonst das Portemonnaie geklaut wird.

In allen, in ALLEN europäischen Ländern erwirtschaften die Hauptstädte deutlich mehr als der Landesdurchschnitt. Stimmt nicht, in einem Land nicht. Nun raten wir mal gemeinsam, welche Stadt das wohl sein kann. Richtig, Corona-Lumpur, die irre Streusiedlung nordwestlich von dem Flughafen, der keiner ist.

Deutsches Fernsehen zum Beispiel

Es barmte die Republik über das Ende der Lindenstraße. Was heißt hier Ende? Die ulkige Serie lief noch volle fünfzehn Monate, was als insgesamte Ausstrahlungszeit durchaus gereicht hätte. Anders als ihre Trauerredner bedauern, starb mit ihr nicht ein Stück Gesellschaftskritik aus der alten Bundesrepublik, sondern ein besonders hartnäckiges Geschwür schlechten deutschen Fernsehens. Wer hat diesen Mist nur all die Jahre durchgewunken? Eine Serie, die ohne Not in München spielt, obwohl sie in einem Kölner Gewerbegebiet gedreht wurde, und mit München außer dem blauen Bus, der ab und an durchs Bild fährt, nichts gemein hat. Keine der dargestellten Existenzen geht glaubhaft einer beruflichen Existenz nach, die ein Leben in der bayerischen Hochpreismetropole wahrscheinlich sein lässt. Dieses wie auch jedes andere gesellschaftliche Thema wird in der Lindenstraße als Farce aufgeführt. Start-up-Unternehmen heißen «Träwwel und Iwents» oder «Tischlein-klick-dich». Welcher abgekauten Großhirnrinde ist das nur entsprungen? Die beiden Muslime der Serie sind ausgerechnet zwei deutsche Konvertiten, nicht gerade die statistisch häufigste Form der Wirtstiere dieses Glaubens. Und dann sind da noch die Morde: Eine Dreizehnjährige erschlägt mit der Bratpfanne einen Hilfsgeistlichen, oder ein Sohn ersticht den Vater, weil der seine Freundin rammelt. Das wird so nebenbei weggesühnt, hinterlässt aber bei den Ausführenden keine Spuren in der Biographie – das soll auch im wirklich wirklichen Leben anders laufen, hab ich mal gehört. Wenn es allzu unwahrscheinlich wurde, endeten die Erzählstränge im dramaturgischen Nirgendwo. Richtig peinlich wurde es immer dann, wenn Papa Geißendörfer als Deus ex Machina in die Serie eingriff. So rief er dereinst als Stimme aus dem Off die Kratzbürste Else Kling zu sich in den Himmel. Einsame Spitze des Fremdschämens war der Serientod von Hansemann Beimer, im bukolischen Wald assistiert von den beiden Schicksalsgöttinnen Anna und Helga. Zu allem Überfluss wurde dieses Rührstück auch noch live mit musikalischer Soße angerichtet.

Nein, was hat man sich nicht alles ansehen müssen in mehr als dreißig Jahren. Gut, man musste es schließlich nicht. Aber wer die Lindenstraße von Anfang an verfolgt hat, den hat sie verfolgt: als Zeittunnel in die eigenen Achtziger. Wer allerdings jünger als vierzig war und HBO- oder Netflix-Serien auch nur von weitem gesehen hatte, der tat sich dieses holprig komponierte Schnarch-TV nicht mehr an. In Erinnerung bleiben werden die archetypischen Charaktere, insbesondere natürlich Helga Beimer als Wiedergeburt von Inge Meysel und genau wie jene der Inbegriff einer biestigen deutschen Hausfrau, neben der man nicht mal tot im Bett liegen möchte. Mit der Lindenstraße verschwand die verfilmte Seele der SPD zeitgleich zum langsamen Versinken ihres geistigen Mutterschiffs.

Deutschland bejammert sich selbst

Kann Deutschland nicht einfach mal ein ganz normales Land sein mit korrupten Politikern und Staatsversagen – wie Italien oder der Südsudan –, ohne dass alle gleich den Niedergang der Nation beschreien? Unter den zweitausend – oder wie viel

Abgeordnete da mittlerweile im Parlament sitzen –, unter denen hat es im Maskentaumel der Corona-Zeit eine Handvoll gieriger Schmarotzer gegeben. Was dachtet ihr denn, dass sich da Heilige in Klausur versammelt haben? Und wie naiv muss man sein, um zu glauben, dass eine abgeranzte Endkanzlerin, ein hyperehrgeiziger Gesundheitsdödel und sechzehn Provinzhäuptlinge eine gemeinsame Pandemiestrategie hinbekommen. Wart ihr noch nie auf einem Elternabend? Da heißt es gleich: Deutschland ist zu doof für alles. Entweder suhlt sich hier die hominide Biomasse in moralischer Selbstgefälligkeit oder bejammert ihren kurz bevorstehenden Untergang. Das Faxgerät wird zum nationalen Symbol der Rückständigkeit erklärt. Nur zum Vergleich: Die Chinesen haben noch nicht mal ein rein phonetisches Alphabet, sondern schreiben mit Abertausenden untereinanderstehenden Arschgeweihen. Und wer ist weiter vorne in allem, wir oder die?

Ach, wenn wir doch nur endlich komplett durchdigitalisiert würden, dann bräche ein goldenes Zeitalter heran. Welch böses Erwachen, wenn dann immer noch dieselben dreiundachtzig Millionen Trantüten in Dschörmeny abchillen. Ach so, hab ich vergessen, es liegt ja auch an der Altersstruktur der Bevölkerung, es gibt einfach zu viel alte Säcke mit einer Kreidetafel vorm Kopp – nicht mehr lange, wenn's hier mit dem Nichtgeimpfe auf ewig so bleibt. Einen Altersdurchschnitt von unter siebzehn bei fünfzig Prozent der Bevölkerung wie in Nigeria werden wir wohl nicht schaffen, um ganz vorne mit dabei zu sein bei den hippen Ländern. Anders gesagt: In Japan ist die Bevölkerung noch älter, geht aber auch noch nicht mit Anfang fünfzig in Frührente, um dann noch dreißig Jahre lang im Hobbykeller historische Gebäude aus Nudeln und Kronkorken zu basteln.

Ja, zum Teufel, woran liegt es denn nun wirklich, dass wir so doof und zurückgeblieben sind, noch Dieselautos fahren und UKW hören? Wir haben's erfunden!

Lexikon: **Dekarbonisierung**

Ist dem Politiker die Forderung nach «Digitalisierung» zu banal und irgendwie auch durch, verkündet er gern die «Dekarbonisierung Deutschlands» in Verbindung mit einer gewürfelten Jahreszahl. Wie oft im Energiewende-Deutsch handelt es sich dabei weniger um eine Ent- als um eine Verkohlung Deutschlands.

Ein ganzes Land in der Merkelstarre

China baute in sechs Tagen ein Krankenhaus für tausend Patienten, Deutschland simulierte vierzehn Jahre den Bau eines Flughafens. Deutlicher kann man sich die rote Laterne nicht mehr umhängen. Im Emsland wurde jahrelang eine Magnetschwebebahn ausprobiert, bis endlich ein Unfall geschah und man erleichtert den Test abbrechen konnte. In Schleswig-Holstein werden ein paar Kilometer Autobahn für Lkw mit elektrischer Oberleitung ausgebaut, und irgendwo fahren autonome Autos rum. Im Schnellen Brüter in Kalkar und in der Cargolifter-Halle in Brandenburg wurden vorsichtshalber nur die Subventionen verbraten und gleich gar nichts ausprobiert; beide sind heute Freizeitparks – was sonst im Land der früh vergreisten Hängeärsche.

Konnte man etwas anderes erwarten in einer Gesellschaft, in der die GroKo eine Regierung simulierte und die Kanzlerdarstellerin Entschlussfreudigkeit antäuschte? Ein Land testete aus, wie es wäre, wenn man tatsächlich leben würde. In Bettencentern kann man Probe schlafen, und im Swingerclub gibt's ein Schnupperabo. Was durchaus sinnvoll ist, wenn es um die Zulassung neuer Medikamente geht, ehe sie auf die Menschheit losgelassen werden, hat sich überall epidemisch ausgebreitet: Nichts geschieht mehr ohne Testphase, und je mehr dabei nichts herauskommt, desto fröhlicher wird weiter getestet. Der

Menschenauflauf in der Flughafensimulation BER war schon einmal 2012 geprobt worden, ohne Ergebnisse. Was lag also näher, als es noch einmal zu tun.

Der Hang zum Probebetrieb hat mehrere Väter. Zum einen die German Angst vor Verantwortung, zum anderen ein Phänomen, was man mit «Merkelstarre» bezeichnen könnte: so lange aussitzen, bis sich ein Problem, eine Aufgabe oder Herausforderung von selbst verflüchtigt. Neben den Testläufen gehören zu diesem Prozedere der «runde Tisch» und als letzter Sargnagel die «Kommission». Wenn etwas diese drei Stationen durchlaufen hat, dann ist es endgültig mausetot. Hat man sich erst mal eingerichtet in einer Welt des Probierens und Testens, so verliert die Konsequenz der Entscheidung ihren Schrecken. Junge Menschen wollen «erst mal gucken», wie das so ist im Mathestudium. «Zahlen sind doch nicht so mein Ding» ist dann das Ende des Testlaufs, und so hangelt man sich durchs Dasein und kann gar nicht begreifen, wie frühere Generationen sich schon mit vierzehn für ein ganzes Leben entscheiden mussten.

Es gilt auch im Kleinen wie im Großen, privat wie auch deutschlandweit: Leben ist das, was längst passiert, während du noch simulierst, was hätte alles sein können.

HELDEN IM ABSEITS: Markus Söder

Es ist einer dieser typischen Tage in Zeiten der Pandemie. Ein leichter Geruch nach Schwefel weht durch die Luft, dann betritt Markus Söder den Raum. Es ist seine achte Pressekonferenz an diesem Vormittag, live übertragen auf den Springer-Kanälen und zeitversetzt in der ARD und dem ZDF. Zu seiner Rechten sitzt einer der üblichen Virologen, zu seiner Linken ein schmächtiges Bürschchen aus der Bayerischen Staatskanzlei. Söder steht als Einziger auf dem Podium, damit die ihm von Gottes Gnaden

Fränkisches Riesenchamäleon, als Zebra getarnt.

zugedachten 1,94 Meter nicht sinnlos im Gestühl versinken. Söder hält bei dieser PK die Standardrede Nummer 8, «Prüfung und Zuversicht», da es sich bei den Anwesenden um Journalisten des Evangelischen Pressedienstes handelt. Am Tag zuvor hatte er vor den Mitarbeitern eines Toilettenpapierherstellers im vorwiegend katholischen Unterfranken die Rede Nummer 3, «Teufels Werk und Gottes Beitrag», gehalten. Insgesamt verfügt Markus Söder über zehn unterschiedliche Manuskripte, die jedoch alle auf ein und demselben Modulsystem beruhen. Je nach Adressat werden darin mehr die empathischen oder die autoritären Teile nach vorne geschoben. Das anämische Bürschlein zu seiner Linken hat die Aufgabe, darauf zu achten, dass jede Version mit ausreichend Zitiermunition für die Journaille angereichert ist: «Gott schütze unsere Heimat» oder etwa «Bayern war auch hier der Vorreiter». Der übliche Virologe zu seiner Rechten ist der Generalbass des kleinen Söder'schen Kammerkonzerts und spult immerfort die Verhaltensregeln ab: Händewaschen, Händewaschen, Händewaschen. Und darüber intoniert der Söder'sche Bariton die zuweilen mahnenden, manchmal auch tröstlichen Akzente.

Dank der wohlkalkulierten Medienpräsenz hat es ein ehemaliger Brachialfranke geschafft, bundesweit zum rationalen Macher in der Not aufzusteigen. Hinter ihm weit abgeschlagen sieht man andere Ministerpräsidenten hilflos um Aufmerksamkeit buhlen. Daniel Günther, Ministerpräsident von einem dieser kleinen Bindestrich-Bundesländer, riegelte aus Verzweiflung sein Territorium ab, für dreißig Sekunden Präsenz in den Abendnachrichten. Armin Laschet strampelte sich in NRW als rheinisches Rumpelstilzchen ab und wurde von Söder in seinen Reden an das Volk nicht einmal erwähnt. Friedrich Merz und Norbert Röttgen waren längst die Esken und Walter-Borjans der CDU – nur noch bedeutungsloser. Der Showdown in der Nach-Corona-Zeit wird in der Union zwischen Markus Söder und Jens Spahn abgehalten, wenn überhaupt, oder die beiden teilen sich gleich das Fell der Bärin bei lebendigem Leib.

Rede Nummer 8 ist mittlerweile mit dem Abschiedsmodul Nummer 13, «Bleiben Sie gesund», zu Ende gegangen, und Markus Söder hat die Bühne verlassen. Der leichte Geruch nach Schwefel steht noch eine Weile im Raum.

E

Ehe für alle – alle in die Ehe

Homoehe

Zuerst dachte ich, demnächst soll's NUR noch die Homoehe geben als staatlich geförderte Lebensgemeinschaft. Die Heteroverbindung gehen doch sowieso immer weniger Paare ein. Kinder werden längst von Alleinerziehenden geboren, und Scheidungen sind kaum noch finanzierbar – was soll also das sture Festhalten an einer überkommenen Institution. Ja, aber, sagen deren Verfechter, die Familie, also das Cis-Mann-und-Cis-Frau-Ding, ist die Keimzelle der Gesellschaft. «Keimzelle», das klingt nach Befall und Verseuchung, und tatsächlich finden dort überproportional viele Verbrechen statt: Von Beischlafdiebstahl über schlichten Gattenmord und Vergewaltigung in der Ehe bis hin zur Kindstötung und Pädophilie bietet die Familie das ganze Portfolio menschlicher Abscheulichkeiten. Warum nur wollen sich besonders die Schwulen ausgerechnet damit gemeinmachen? Sieht man mal von dem nachvollziehbaren Wunsch nach gleichen Rechten ab, so geht es ihnen ja auch um die namentliche und rituelle Gleichstellung mit dem Mann-Frau-Ding. Warum!? Schwule haben einfach einen schlechten Geschmack – von Lesben weiß ich's nicht –, das muss mal gesagt werden, selbst wenn sofort die Homophobiekeule geschwungen wird. Wer freiwillig Village People hört und Hildegard-Knef-Lieder nachbrummt, der will auch in

Weiß heiraten und den Geistesgestörten am Altar die rhetorische Frage stellen lassen. Kann man nix machen, Schwulsein und Kitsch gehören anscheinend zusammen, warum, weiß ich auch nicht.

Da musste dann halt auch die Forderung nach der guten alten Ehe her. Wie zu erwarten, folgte sofort eine Fatwa aus dem Vatikan, und in erzkonservativen Ecken der Gesellschaft begann das Gegrummel. Die übliche Richtigmenschen-Schwadron schied ihre wohlfeile Solidaritätsadresse aus – alles wie gehabt. Doch wieso setzten sich plötzlich auch CDU-Abgeordnete für die Homoehe ein, das steht doch gar nicht in ihrem Parteiprogramm? Geht da womöglich heimlich etwas ganz anderes vor? Zieht Schäuble im Hintergrund die Strippen? Wird über den Umweg der Homoehe das Ehegattensplitting zumindest für kinderlose Paare abgeschafft? Wundern würde es mich nicht, denn die Politik über Bande war ja zum Markenzeichen der GroKo geworden.

Die Homoehe wurde dann durchgewinkt, war doch im Grunde den meisten auch vollkommen egal, aber gleichgestellt, zumindest steuerlich, wurden nicht Schwule, Lesben und Sonstige, sondern die Heteros. Ätsch! Ja, so geht Politik, und nicht anders.

Der Glauben der anderen

Auch als Nichtkatholik muss man vor dem ungebrochenen Starrsinn des einzig wahren Glaubens die Kalotte lüften, stehen doch die Vertreter der Doppel-, wenn nicht Dreifachmoral treu zum alten greisen Mann in Rom. Jener hatte erst im März 2021 noch mal deutlich gemacht, dass dem gleichgeschlechtlichen Rumgemache kein Segen innewohnt und dieser drum auch nicht gewährt werden dürfe. Gesegnet werden darf ansonsten alles: Haustiere, Motorräder, Grundstücke, Schiffe, sogar zwei gleichgeschlechtliche Panzer, obwohl die allein vom Wesen her nicht der Vermehrung beim Menschen dienen, sondern eher dem Gegenteil.

Unter Gottes Ebenbildern darf der sexuelle Schmuddelkram ausschließlich zum Zwecke der Fortpflanzung betrieben werden, und das auch nur in der unauflöslichen Ehe zwischen Plus- und Minuspol. Einmal dürfen wir raten, wen die Bibel laut Papa Franziskus dabei für den Minuspol hält, aber das nur am Rande.

Kein Wunder, dass sich der katholische Glaube unter Bonobos nicht verbreiten konnte. Aber selbst geweihte Außendienstmitarbeiter des Unfehlbaren aus Rom hielten den kompletten Schwachsinn nicht mehr aus und segneten jedes homosexuelle Paar, das noch keinen freien Austrittstermin beim Standesamt gekriegt hatte. Das ist wohlfeile Opposition in der Mutter aller Verschwörungstheorien, die in nahezu jeglicher Hinsicht neben der Spur des Zeitgeistes läuft: Keine Frauen im Priesteramt, Festhalten am Zölibat, kein staatliches Primat bei der Aufklärung von Sexualverbrechen, stattdessen ringt eine Glaubenskongregation jahrzehntelang um die Zulassung geschiedener gemischtkonfessioneller Paare beim Abendmahl.

Wie Jesus schon weitsichtig bemerkte: «Mein Reich ist nicht von dieser Welt.» Aber so weit weg von allem, was zählt, das hätte er sich wohl auch nicht träumen lassen. Nun mag man als Außenstehender den Kopf schütteln über den seltsamen Mummenschanz und das feudale Gepränge, die Geschichte und leider auch die Gegenwart gibt den Hardlinern allerdings recht.

Je bekloppter, willkürlicher und nicht nachvollziehbarer das Reglement einer Glaubensgemeinschaft ist, desto größer ist die Identifikation mit ihr. So trifft man durchaus gläubige Katholiken unter Sozialisten, Grünen und Intellektuellen. Wie schon Tucholsky sagte: Ein skeptischer Katholik sei ihm noch lieber als ein gläubiger Atheist. Während sich also der Protestantismus in eine Art Elternbeirat für Fridays for Future auflöst, bleibt Rom der unbeugsame Bruder in Christo. Nur ans Strafgesetzbuch sollten sich die Bodentruppen schon halten, sonst hagelt's da noch jede Menge Austritte mehr.

Lexikon: **Entschleunigung**

Überall sollen wir langsamer werden, nicht nur auf den Autobahnen, auch in den Lieferketten, dem Wirtschaftswachstum, dem Verbrauch an Ressourcen. Letztlich muss das ganze moderne Leben auf die Bremse treten – außer bei der Entschleunigung selbst, die muss aber so was von ratzfatz passieren, denn es ist bereits fünf nach zwölf.

Graue Scheidung

Der und die Betagte neuester Prägung haben durchaus eigensinnige Ideen für ein letztes Leben vor dem Tod. Blieb vor wenigen Jahren bereits Sechzigjährigen nur noch der Schaufensterbummel beim Bestatter, so treiben es heutige Ableblinge tollkühn bis zur finalen Löffelabgabe. Alles ist noch drin: Motorradführerschein, Drachenfliegen, Tiefseeschnorcheln, ja, selbst der erotische Gattenritt wird selbstbewusst angegangen. Bei so viel Elan auf der Schlussgraden verwundert es kaum, dass dem Tod das letzte Wort bei der Scheidung vom Ehegespons abgesprochen wird. Er oder sie ist halt in die Jahre gekommen, fängt an zu riechen und modert teilnahmslos in den Tag hinein. Warum sich mit der fauligen Biomasse abmühen, statt das Totholz vom noch blühenden Stamm der Ehe zu entfernen?

«Graue Scheidung» nennt sich der Trend zur Trennung in der Nachspielzeit, wobei Frau und Mann unterschiedliche Motive haben und ihre Zukunft gänzlich anders planen. Der Mann ist vom Selbstgefühl her mindestens zwanzig Jahre jünger als der Eintrag in seinem Personalausweis und möchte sich endlich wieder mit einer gefühlt Gleichaltrigen paaren. Peinlich jung verkleidete Runzelärsche führen rassige Vererberinnen an der Longe und merken zu ihrem eigenen Segen und der Bestürzung aller anderen nicht, wie lächerlich sie sich dabei machen. Für das Gelingen der eigenen Selbsttäuschung gerät dem Manne zupass, dass er auf die Gefühle der Frau an seiner Seite schon immer geschissen hat. So ist es ihm völlig egal, wie die scharfe Enddreißigerin es findet, mit dem alten Waran zu kopulieren. Es gilt schließlich die Devise: Je älter der Mann, desto mehr Frauen gibt es, die jünger sind als er, mithin desto größer ist das Angebot.

Ganz anders die graue Scheidung bei der Frau. Sie ist es einfach leid, der alten Morchel den Arsch nachzutragen, sucht weniger ein erotisches Endspiel, ja, nicht einmal überhaupt einen anderen Mann. Jüngere gibt der Markt kaum her, gleichaltrige oder gar ältere drohen zeitnah invalid zu fallen und wollen dann gepflegt werden. Die grau geschiedene Frau möchte im Herbst ihres Lebens endlich mal etwas für sich selbst tun: Saxophon lernen, eine grüne Backstube eröffnen oder alte Apfelsorten kultivieren. Klingt nicht unbedingt nach großem Abenteuer, jedoch nach Aussicht auf Zufriedenheit und gutem Gelingen. Souverän seinen Abgang aus dem irdischen Jammertal zu inszenieren ist dem Weib scheint's eher gegeben als dem nach heldischem Tod sich sehnenden Manne. Wie fabulierte einst ein großer niedersächsischer Bohemien über sein Ende: «Ich möchte, dass der Jagdpächter mich aus dem Treckersitz schießt.» Nun, wer möchte das nicht, allerdings ist es nur wenigen vergönnt.

HELDEN IM ABSEITS: Benedikt XVI.

Fünf Monate, bevor die heilige Angela Vertreterin Germanias auf Erden wurde, genauer am 19. April 2005 um 18.47 Uhr, hieß es: «Wir sind Papst!» Joseph Aloisius Ratzinger wurde auf den Stuhl Petri berufen und hatte damit der ersten Frau im Kanzleramt die Schau gestohlen. «Frau», was heißt das schon gegen «Deutscher» als Papst. Diesen frühen Schmerz hat die agnostische Protestantin nie verwunden. Seither war ihr alles Katholische fremd bis verhasst, besonders in seiner Gestalt als Bayerischer Ministerpräsident. Erst der protestantische Franke Markus Söder fand unter ihr Gnade. Papst Ratze hingegen frömmelte seelenruhig vor sich hin, bügelte mit dem Papamobil durch Urbi et Orbi und ließ den Herrn einen guten Mann sein. Von albernen Reformen mit Frauen und Homogedöns hielt er nicht viel, die Einzige Kirche Jesu Christi ist schließlich kein SPD-Ortsverein. Nach dem ganzen Ärger mit der Vatikanbank hatte er am 28. Februar 2013 die Faxen dicke vom Rumgepapste, schrieb einen letzten Hirtenbrief an sich selbst und schied aus dem Amt. Allerdings nicht wie vorgesehen durch Einrücken ins ewige Beichtgeheimnis, sondern er blieb unverschämterweise am Leben und kassiert Rente auf dem Altenteil. In Berlin aber war man froh, dass der alte Mann der ersten Frau im Kanzleramt nicht auch noch die längere Regierungszeit gestohlen hatte.

HELDEN IM ABSEITS: Franz-Peter Tebartz-van Elst

Seine Heiterkeit in Rom hatte gesprochen und verkündet, dass Teewurst van Elst nicht nach Limburg zurückkehren darf. Ohhhhhh. Da hatte er sich so eine schöne Eigentumskapelle dahin gesetzt, auch noch günstig finanziert durch Kirchensteuern und Spendengelder für Arme und Gebrechliche. Und was tat dieser komische Pontifex aus dem Land der Lamas und Meerschweinchen? Der gönnte unserem netten Protzbischof nicht den Marmor unter den Füßen. Franziskus mit seinen Deichmannlatschen und dem

Linkisch blinzelt Merkwürden zur Kamera hinüber: die purpurne Seelen-Pelerine aus reiner Kantonseide, das Kruzifix aus purem Gold.

alten R4. Musste sich Franz-Peter im Jobcenter auf den Flur setzen und warten, bis irgendwo ein Bischofssitz frei wird? Natürlich nicht. Ein Bischof ist doch keine Schleckerfrau, der wird durchbezahlt, bis ihn der Herr Zebaoth zum Anschiss ruft. Und das kann noch dauern, Teewurst macht auch heute noch insgesamt einen fitten Eindruck, auch wenn er aus der Wäsche guckt wie eine läufige Rehpinscherhündin. Also musste sich der Vatikan eine Anschlussverwendung für den Limburger Bürdenträger überlegen. Sündenbock wäre eine schöne Idee gewesen für die ganzen Schweinereien an Ministranten und so weiter. Wie heißt es doch in 1. Petrus 5,7: «Alle eure Schuld werfet auf ihn.» Sündenbock geht allerdings auch als Doppelspitze mit Rainer Maria Woelki.

F

Fridays for Future

Die komfortable Lebenslüge

Sich selbst zu bescheißen, für größer, schlauer, attraktiver zu halten, als man ist, stellt eine der erfolgreichsten Überlebensstrategien dar. Selbsterkenntnis mag in Einzelfällen der erste Schritt zur Besserung sein, als gesamte Lebensstrategie führt sie unweigerlich in den Irrsinn oder Suizid. Wird die Lebenslüge allerdings zu einem Phänomen breiter Kreise in der Bevölkerung, dann geht's in toto auf Tauchfahrt in den Orkus. Einer dieser beliebten Selbstbeschiss-Szenarien bei uns lautet: «Man kann als einzelner Mensch so viel gegen den Klimawandel tun und trotzdem genau so komfortabel weiterleben wie bisher.»

In diesem Glaubenssatz sind gleich mehrere Irrtümer versammelt. Völlig egal, was hier einzelne Öko-Schlaumeier – auch in sechsstelliger Zahl – tun oder unterlassen, es wird keinen messbaren Einfluss auf das Weltklima haben. Das ist schon vom Ansatz her falsch. Besonders gilt das für ökologische Vorzeigesymbole wie Elektroautos, Passivhausneubauten oder fleischlose Ernährungsweise. Für all das bedarf es eines gut gefüllten Geldbeutels und ausreichend Tagesfreizeit. Dies beides in Summe will auch ansonsten angenehm verlebt werden. In der kulturell erbaulichen Fernreise zweimal im Jahr, mit aus aller Welt zusammenimportierten Körnersortimenten und dem aktuellen E-Bike für zehntausend Kracher, das mit einer

App auf dem noch neueren Smartphone hinten am Tesla sicher verschlossen werden kann. Was für ein wertvoller Mensch lebt uns allen hier einen vor. Dagegen vegetiert der Normo-Honk in seiner Schimmelbutze, frisst Separatoren-Schwein, verpestet mit seinem Uraltdiesel die Altbauviertel der Innenstädte und nimmt bei jedem Einkauf eine neue Plastiktüte. Was für eine Ökosau! Stimmt aber nicht: Es gibt eine nachweisbare Korrelation zwischen Einkommen und CO_2-Verbrauch.

Wer weniger als zweitausend Euro im Monat verdient, verbraucht durchschnittlich 10,3 Tonnen CO_2 im Jahr, wer mehr als viertausend Euro einsackt, 14,7 Tonnen. Der gesamtgesellschaftliche Schlüssel zu weniger Kohlendioxid liegt also in der Minderung des Wohlstands. Wer weniger verdient, fliegt auch nicht zum Ayurveda-Seminar nach Ostasien, frisst keine Quinoa-Pampe aus Peru und fährt sein altes Auto so lange, wie's hält. Und warum sagt uns das niemand? Weil es nun mal in der Natur des Menschen liegt, sich bei allem, was er tut, selbst hinter die Fichte zu führen.

HELDEN IM ABSEITS: Greta Thunberg

Der Mythos vom unschuldigen Kind, das die Wahrheit sagt, während die verblendeten Erwachsenen an der Lüge festhalten, gehört zum immateriellen Kulturerbe der Menschheit. Spätestens seit Hans Christian Andersens «Des Kaisers neue Kleider» wird dem Halbwüchsigen ein unverstellter Zugang zur Wahrheit angedichtet. Was natürlich kompletter Unsinn ist, denn Kinder sind noch ziemlich doof und durchschauen fast nix. Warum wird dem Kindesurteil trotzdem vertraut? Weil Erwachsene von sich selbst wissen, wie oft sie ihre Ideale schon verraten haben im bisherigen Dasein und welch moralisch korrupte Sau sie selbst doch sind. Wenn dann ein entgeistertes Wesen wie Greta Thunberg auf der Bildfläche erscheint, werfen sie all ihre Wün-

«Herr Lehrer, ich weiß was.»

sche auf das Kind und hoffen, dass es stellvertretend für sie die Schuld auf sich nimmt – quasi Little Female Jesus. Welch verlogener Quark, aber was soll's. Richtig geschadet hat's auch keinem, vielleicht sogar in Zukunft dem ein oder anderen Eisbären die heimatliche Scholle gerettet. Greta Thunberg kann für sich selbst jedenfalls nichts – da unterscheidet sich das Kind tatsächlich vom Erwachsenen.

Das Verröcheln der Energiewende

Mitte 2016 war endgültig klar, dass es im Jahre 2030 weder eine hundertprozentige Stromproduktion aus erneuerbaren Energien gibt noch dass nach fünf Jahren eine Million Elektroautos auf deutschen Straßen fahren werden. Für Angela

Merkel war es eine der schwersten Stunden in ihrer Regierungszeit. Sie musste vor die Kameras treten und gegenüber der Nation eingestehen, dass die Energiewende gescheitert war. Selbst die SPD war mittlerweile dahintergekommen, dass deren Kosten ausschließlich auf dem Rücken der Endkunden abgeladen wurden. Als im Frühjahr darauf noch herauskam, dass große Windparkbetreiber ihre subventionierten Gewinne in polnische Atomkraftwerke investierten, war die Energiewende imagemäßig am Ende. Überall im Lande hatten sich immer mehr Bürgerinitiativen gegen neue Windparks und Solarfelder gebildet. Selbst als Sigmar Gabriel anbot, die Stromtrasse Südlink oberirdisch durch seinen Wahlkreis zu führen, konnte das die miese Stimmung in der Bevölkerung nicht verhindern.

Angela Merkel blieb nichts anderes übrig, als den deutschen Sonderweg in der Energiepolitik für beendet zu erklären. Bauern weinten in ihre Biogasanlagen, Eigenheimbesitzer fegten frustriert das tote Laub von ihren Photovoltaikanlagen. Das war's! Obwohl es eine Stunde der Niederlage für die umfrageverwöhnte Kanzlerin war, barg sie doch einen kleinen Triumph. Es war der Moment, eine alte Rechnung zu begleichen. Angela Merkel trat hinaus vor die Presse und begann ihre Rede mit den folgenden Worten: «Sehr verehrte Damen und Herren, danke, dass Sie trotz des plötzlichen Rücktritts der kompletten Bayerischen Staatsregier ...» Weiter kam sie nicht, da war auch schon niemand mehr im Raum.

Nur die Grünen waren erleichtert, dass die Energiewende noch in der Amtszeit Angela Merkels gescheitert war. 2017 zogen sie mit einem Programm zur «sanften Nutzung» fossiler Energieträger in den Wahlkampf und sahen sich in den Umfragen schon 2016 zwei Prozentpunkte vor der SPD. Ein schöner Traum!

Klimatarier

Juchhu, endlich gibt es eine neue Essbehinderung. Nachdem alle Welt schon Veganer, Frutarier oder ovolactovegetabiler Salatist wurde, musste man ja schon bekennender Menschenfresser werden, um noch auf Partys zu glänzen. Nun aber darf man sich als Future-Friday-Pussy zum Klimatarismus bekennen. Klimatarier bewerten ihre Nahrungsaufnahme – von Speisen wollen wir da nicht reden – nach dem dazugehörigen ökologischen Fußabdruck. Danach schmeckt der Fraß auch unter Umständen, denn eine ganz wichtige Regel lautet: Nimm nicht mehr als drei Zutaten. Wenn Wasser auch schon gilt, dann heißt es, die selbst freigeschaufelte Kartoffel aus dem Blumentopf (sehr regional und kurzer Transportweg) in der Plörre vom Chausseegraben per Windkraftstrom anzuwärmen und mit aus eigenem Schweiß gewonnenem Salz als kleinem Gruß aus der Küche wegzumümmeln. Das hört sich schlimmer an, als es ist. Wer schon mal seinen eigenen Urin (extrem regional und noch mehr nachhaltig) aus therapeutischer Absicht gepichelt hat, den wird auch der Frischkäse aus Süßlupinen nicht schrecken.

Die Finger und noch mehr den Schlund muss man als Klimatarier von jedwedem Fleische lassen, weil die Tiere nicht nur den Regenwald auffressen, sondern auch mit dem Stinkerbrummi zum Schlachthof kutschiert werden. Einzige Ausnahme: totgefahrene Igel, Frösche und Katzen von der Bundesstraße, die kann man klimaneutral verputzen. Alles, was das Tier außer seinem Leben sonst noch an Nahrung offeriert, ist klima-haram: Butter, Käse, Milch, abgezapftes Blut – aber wie sieht's aus mit Honig? Die Biene ist unbestreitbar ein Tier, aber sie frisst weder das böse Sojaschrot, noch furzt Biene Maja die Ozonschicht kaputt. Ich weiß es nicht, aber dafür gibt's ja den «Climate Change Food Calculator» im Netz, da schau ich gleich mal nach, was heute noch auf die Speisekarte darf. Kaffee? Ganz böse. Kommt aus fernen Ländern, verdrängt dort die heimischen Grundnahrungsmittel, und wer ihn sogar aus Aluminiumkapseln brüht, hat eine Ökopratze wie Rübezahl. Für diesen schlimmen Wert könnte man einen halben Tag lang den Diesel-SUV vor der Waldorfschule im Standgas laufen lassen. Auch Schokolade ist total krass böse: Frisst du nur eine Tafel pro Woche, verbrauchst du indirekt zweitausend Liter Wasser. Am meisten bringt es, auf Rindfleisch zu verzichten. Wer zehnmal in der Woche Steaks grillt oder Burger einwirft, muss nur auf achtmal reduzieren, und schon hat er den Gegenwert von 3428 Kilometer Autofahrt erworben, sagt der CO_2-Rechner.

Klimatarier werden ist nicht schwer, es zu bleiben dagegen sehr. Vegetarier schafft jeder Blödmann, aber beim klimakorrekten Fressen muss man auf der Hut sein, an allen Ecken lauert dieser vermaledeite Fußabdruck. Selbst wenn man nur eine in Eigenurin gegarte Kartoffel zu sich nimmt, kann man scheitern: Es war eine Frühkartoffel aus Ägypten, und im Urin fanden sich Spuren von Cannabis aus Marokko: 4800 Kilometer Autofahrt leichtfertig weggefressen. Wer nicht mit der Excel-Tabelle am Herd stehen möchte, für den ist der Klimatarismus nichts. Für den Small Talk auf Hipster-Schwanzmess-Partys bietet er jedoch jede Menge Stoff. Interessant wird's aber erst, wenn der Emissionshandel den Klimatarier erreicht und man sich den Sonntagsbraten durch Aufforstung im Sauerland verdienen darf.

Lexikon: **Fake News**

Je mehr Informationen täglich auf uns einprasseln, desto größer wird selbst bei gleichbleibendem Prozentsatz der absolute Anteil an Falschinformation. Gezielt eingesetzt, erhöhen Fake News ohnehin die schon durch richtige Nachrichten ausgelöste Orientierungslosigkeit des modernen Menschen. Irgendwann setzt der Info-Wärmetod ein, und dann ist es unbedeutend, ob die «News» «fake» sind oder nicht.

Politisch korrekter Fleischverzehr

Vom Ansehen her nicht sehr weit weg vom Kannibalismus ist generell der Fleischverzehr. Das Rind als Steak-Lieferant furzt die Ozonhülle kaputt, den Schweinen wird der Regenwald geopfert, um für sie Sojabohnen anzubauen, Hühnergülle infiltriert das Grundwasser, ja, sogar der Fisch ist eine Ökosau: Im Forellenpuff zieht nicht nur der heimische Salm seine Runden, sondern auch die Antibiotikatablette schwimmt hinterdrein, vom Siff rund ums Unterwasserhähnchen ganz zu schweigen. All diese Kreaturen werden zudem unter Umständen gehalten, die selbst dem IS die Schamesröte ins Gesicht getrieben hätte.

Was Wunder, dass der menschliche Karnivore ins Schussfeld der Ökokommissare gerückt ist. Voller Fleischesscham dilettiert sich der so Gescholtene an Erbsenpressplatten, die sich als Schnitzel verkleidet haben, oder rupft sein Frühstück gleich direkt aus der Veggieraufe. Etliche aber wollen oder können nicht von den blutigen Leichenteilen lassen und sehen sich immer mehr ins gesellschaftliche Abseits gedrängt. Das muss nicht sein, es gibt einen Ausweg, und der heißt nicht Rucola-Bratling mit Kotelett-Anmutung, sondern «politisch korrekter Fleischverzehr». Es kommt eben drauf an, *was* man isst. Nicht Rind noch Schwein, kein Huhn, kein Fisch, die Sumpfratte kommt in den Backofen. Der auch als Nutria bekannten Einwanderin aus Südamerika gelang es vor Jahrzehnten, aus deutschen Pelztierfarmen auszubüxen, und seither vermehrt sie sich wie die sprichwörtlichen Karnickel. Was nicht weiter schlimm wäre, bestünde ihr Pläsier nicht darin, deutsche Deiche und Uferbefestigungen wegzubuddeln. Zu Zeiten der seligen DDR hatte ihr Bestand so zugenommen, dass der Sozialismus in seinem

Sieg nicht mehr unaufhaltsam erschien. Da entschied der weise Staatsrat der Werktätigen und Makulaturschaffenden auf eine äußerst kapitalistische Methode der Sumpfrattenbekämpfung: Es wurde ein Markt geschaffen für deren Fleisch. Unter dem wohlklingenden Titel «Wasserkaninchen» fand der Fremdling seinen Platz zwischen Grilletta und Würzfleisch, zu Zeiten der ostelbischen Republik eine willkommene Abwechslung.

Nun ließe sich der neudeutsche Hedonist wohl kaum auf dieses kulinarische Abenteuer ein. *Dem* Bürschlein muss man anders kommen: «Rettet unsere Deiche, fresst mehr Nutrias. Der Verzehr von Sumpfratten schützt vor den Folgen des Klimawandels.» Und siehe da, der Fleischverzehr wird zu einer ökologisch angesehenen Tat. Das beliebte deutsche Mittagsgericht «falscher Hase» erobert mit neuem Antlitz die angesagten Restaurants der Innenstädte, und das Menschenfresser-Magazin «Beef» lanciert eine Sonderausgabe nur mit Sumpfrattenrezepten. Endlich ist es wieder total okay, kein Veganer zu sein.

Warm mit Scham

Muss man sich schämen, wenn man den warmen Winter gar nicht mal so schlecht findet? Ist warm mit Scham die gesellschaftlich korrekte Haltung im Zeichen des Klimawandels? Darf man es auch nicht mal mehr schön finden, dass nach vier Monaten Grau in Grau die ersten bunten Krokusse im Garten blühen? «Viel zu früh», muss man mindestens im selben Atemzug hinzufügen. Eine Scham jagt die nächste. Flugscham ist die Mutter allen Sich-Schämens für die Annehmlichkeiten einer Zivilisation im Endstadium. Dabei ist das Fliegen nur eine von vielen schwer verzichtbaren Lüsten. Es ist auch angenehmer, in der selbst gesteuerten Fahrgastzelle Entfernungen zu überwinden, als in einem Massentransporter, sei es Bahn oder Bus. Selbstredend gehört der Fleischverzehr mit all seinen grandiosen Rezepten zu den großen Kulturleistungen der Menschheit, methanfurzende Rinder hin oder her. Für etliche Endsaturierte ist es normal, mal eben mit dem Billigbomber der heimatlichen Tristesse für ein Wochenende zu entfliehen.

Kurz und gut, es ist schön, so wie es ist, aber leider böse und führt zum beschleunigten Untergang des Menschengeschlechts. Was ja nicht besonders schlimm wäre, aber nicht gerade zum Common Sense unter den Friday-Blagen und ihrer erwachsenen Gefolgschaft gehört. Mit aller Macht gilt es, den Planeten zu retten, wobei «Planet» nur ein anderes Wort ist für «eigener Arsch». Jedes noch so untaugliche Mittel scheint da recht, wenn nur die Gesinnung dahinter stimmt. Dabei unterliegt der Klimawandel einer ganz eigenen Dialektik. Während unsere somnambule Bundesregierung noch immer Zuschüsse für jene verspricht, die Polystyrol-Matratzen an die Hauswände nageln, um den Verbrauch fossiler Brennstoffe und damit die CO_2-Emissionen zu verringern, ist unbemerkt der Klimawandel bei uns selbst zur erfolgreichsten Maßnahme gegen den Klimawandel geworden. Weil es keinen richtigen Winter mehr gibt, kaum Temperaturen unter null, heizen wir deutlich weniger, und zumindest aus dieser Quelle dürfte der CO_2-Ausstoß abgenommen haben. Statt also vorgestrig seine Hütte mit Schaumstoffplatten zu verbarrikadieren, sollte man vorausschauend lieber in Schatten investieren: hartgesottene Bäume pflanzen oder einen kühlen Keller buddeln. Das sind dann lupenrein klimaneutrale Annehmlichkeiten, für die sich niemand schämen muss.

Heizpilze

Der Heizpilz ist zum Symbol des Corona-Herbstes geworden. Für die einen ist er der Retter der Gastronomie, für die anderen der Klimateufel schlechthin – und hat damit sogar den SUV von

Platz eins verdrängt. Die Fronten sind verhärtet: Grüne und Future-Freitags-Blagen fürchten den Weltuntergang schon diesjährig, wenn auch nur ein Wärmestrahler aufgestellt wird, Gastwirte haben den eigenen Untergang vor Augen, sollten ihnen die Außenheizer nicht gestattet werden. Wird hier tatsächlich das Weltklima gegen Außengastronomie aufgerechnet? Sind mittlerweile alle gaga?

Zu viel der Ehre für den schlichten Pilz mit der Gasflasche unten drin. Sicher gibt's auch andere Möglichkeiten, den Gast im Außenbereich vor Wetterunbilden zu schützen: Überdachte Holzterrasse mit Windschutz bringt auch schon 'ne Menge, und mit der Pferdedecke auf den Knien und 'nem Grog in der Hand lässt es sich sogar bei Minusgraden draußen aushalten. Kuscheliger ist's vielleicht mit dem Glatzengrill, auf jeden Fall schießt damit der Grog schneller ins Gehirn. Wenn der Wirt seinen Gästen etwas bieten will, dann soll er doch bitte schön den Klimakiller aufstellen, ist ja nicht für immer. Den ganzen Sommer düsen Wohnmobile mit Gasheizungen, Gasherden und Gaskühlschränken rum, das kratzt auch niemanden.

Weil das hier Deutschland ist und nicht Griechenland, kann ich mir jedoch vorstellen, dass der Heizpilz demnächst in den Emissionshandel mit einbezogen wird. Will der Wirt die Geräte aufstellen, muss er dafür den Winter über seinen Pkw stilllegen. Oder, falls er keinen besitzt, die doppelte Quadratmeterzahl seiner beheizten Terrasse an ungeheizten Räumen in seiner Wohnung nachweisen. Während sich draußen die Gäste wohlig am Lumumba laben, hängen in der Wohnung des Wirtes den Kinderchen die Eiszapfen unter den Stupsnäschen. So könnte es doch gehen, und wir könnten quasi klimaneutral auch im Herbst und Winter draußen saufen.

Eine rein technische Lösung hingegen, die alle zufriedenstellen könnte, gibt es auch. Sie ist weder neu noch digital und schon mal gar nicht smart, deshalb ist wohl noch niemand drauf gekommen. Gedacht ist an den Holzvergaser, mit dem

Boomers Opa in alten Notzeiten seinen Opel Laubfrosch antrieb. Das ist eine bewährte und erprobte Technologie und, da mit nachwachsendem Holz befeuert, absolut CO_2-neutral. Geschlagenes Holz gibt's eh grade genug dank Borkenkäfer und Windbruch, und wer weiß, ob das Beschicken des Heizpilzes mit Holzvergaser für die Gäste das schlichte Terrassensaufgelage nicht sogar in einen Event verwandelt.

Insektensterben

Schön waren die Jahre, als es immer nur eine Umweltkatastrophe auf einmal gab. Bis auf Atom, das zieht sich über Jahrzehnte. Aber Waldsterben, La Niña, Öltankerhavarien und klebrige Vögel in der Tagesschau: Das ist plötzlich da, man gruselt sich einmal komplett durch, demonstriert irgendwo, und dann kommt die nächste Nummer. Heute allerdings muss man sich seine Befürchtungen regelrecht einteilen: Hab ich momentan mehr Angst vor dem Insektensterben oder insgesamt vor der Klimaveränderung mit Orkanen und appen Bäumen, die durch die Luft fliegen? Und das sind jetzt nur die Angstmacher aus der Umwelt. Es gibt aber auch noch Einbrecher, Messerstecher, Überfremdung, Untergang des Abendlandes und die berechtigte Sorge um das Verschwinden des Genitivs. Wen kratzt da der Rückgang der Kerbtiere. Und mal unter uns Warmblütern: Haben sie uns nicht schon lange genug die schönen Sommertage vermiest, die Mücken, Wespen, Schmeiß- und Fruchtfliegen, nicht zu vergessen die A- und Bmeisen, die Spinnen – ja, ich weiß, das sind gar keine Insekten –, die Bremsen, Zecken und Eichenprozessionsspinner? Ein widerliches Gezücht, das der Herr anscheinend im Suff erschaffen hat. Nicht schade drum. Aber oje, die Pflanzen lassen es sich von den Bienen besorgen, auch die, von denen sich die Ziege und der Vegetarier ernähren, damit wäre dann auch Sense. Und die Piepmätze! Die ernähren sich von den Insekten. Und wovon sollen die dann leben? Weiß ich doch nicht, bin ich ein Blaumeisenberater? Und gibt's da nicht diese Ringe, die man in die Bäume hängen kann? Müssen dann wohl mehr werden.

Wieso werden eigentlich die Insekten weniger, während die Wölfe mehr werden? Isegrim ist doch viel größer und braucht mehr Platz. Man versteht die Welt nicht mehr. Vor ein paar Jahren hieß es noch, nach einem Atomkrieg, wenn hier alles verstrahlt ist, wären die Insekten die Einzigen, die überlebten. Und jetzt soll schon ohne Schluss sein? Atom überleben, aber vor Glyphosat einknicken, da hätte man von den Biestern doch mehr erwartet. Nun, es ist, wie es ist, das Kerbtier macht den Abgang vom Planeten und reißt uns alle mit. Und so richtig schlimm findet das der Normodeutsche auch nicht wirklich, ihm fehlt so 'n bisschen der emotionale Zugang zu einem Lebewesen, das ihn gestern noch einen ekelig juckenden Flatschen am Hinterlauf zugefügt hat. Dann setzt er sich doch schon lieber für den Erhalt des Bengalischen Tigers ein. Den kennt er aus dem Dschungelbuch als positiven Typen, und in der Wirklichkeit frisst er nur Inder und nervt keine Herkunftsdeutschen beim Verspeisen des Erdbeerkuchens auf der Terrasse.

Wasser marsch

Das Leben selbst kommt aus dem Wasser, und noch der Mensch besteht zu fünfundsechzig Prozent aus ihm. Das ist mehr als so mancher städtischer Teich, der zur Hälfte Entendreck, alte Fahrräder und Plastikmüll enthält.

Die größte Errungenschaft der Zivilisation ist die Versorgung der Bevölkerung mit frischem Wasser. Doch wir haben so wenig Achtung vor diesem Luxus, dass wir, ohne rot zu werden, damit sogar unsere Exkremente in den Orkus spülen. Wir verdrecken die Flüsse und das Meer und haben es sogar geschafft, den Regen zu vergiften. Auf der anderen Seite huldigt die saturierte Brut in den Städten einem esoterischen Wasserkult. Obwohl es für weniger als einen halben Cent gesundheitskompatibel aus fast jedem deutschen Wasserhahne perlt, schleppt der Deutsche Importwasser kistenweise in seine Höhle. Über Hunderte von Kilometern wird es mit Lkw zum hypersensiblen Endverbraucher gekarrt. Im Restaurant wird wie selbstverständlich nach der Wasserkarte zum Wein verlangt, und man wählt einen vulkanischen Quell mit schwach sulfidem Abgang zum gleichen Preis wie die Bouteille Rebensaft.

Wie vieles in unserer postrationalen Gesellschaft hat auch der Gebrauch und Nichtgebrauch von Wasser eine religiöse Dimension erreicht. Anderthalb Liter müsse man trinken pro Tag, sonst vertrockne man an lebendigem Leibe, trompeten die Gesundheitsquacksalber in den Medien. Und weil man sich auf so einen analogen Mist wie Durst besser nicht verlässt, erinnert alle halbe Stunde die Trink-App daran, wieder an der Plastikpulle zu nuckeln. In der guten alten Zeit, als Wasser noch zum Wischen da war oder höchstens als Aufblähmedium für Nudeln, warben schon die Bierbrauer und Whiskysieder mit der besonderen Qualität des von ihnen verwendeten Quells. Heute hat man den Alkohol ganz weggelassen und verhökert uns das Wasser, als wär's ein seltener Single Malt.

Dieser absonderlichen Heiligenverehrung zum Trotz wird das wilde Wasser, das es nicht geschafft hat, sich rechtzeitig in die Flasche zu retten, mit Füßen getreten. Allerdings nicht wie bei Gevatter Kneipp, sondern mit dem ökologischen Fußabdruck so groß wie das Saarland, um mal eine gebräuchliche Flächeneinheit zu verwenden. Da, wo man es nicht sieht, tief in der Erde, ist es besonders gefährdet, das Grundwasser wird mit Gülle verschnitten und mit Glyphosat angereichert. In den Kläranlagen an den Rändern der Städte versucht man, die ausgeschiedene Brühe zumindest so weit zu reinigen, dass die Fische in den Flüssen nicht sofort ins Koma fallen. Denn dorthin muss alles Wasser, das wir benutzen, wieder zurück. Der ewige Kreislauf vom Quell über Bäche und Flüsse in den Ozean und über den Regen wieder zurück hält das Leben in Gang auf diesem kleinen Planeten – der übrigens im Vergleich zu Jupiter und Saturn nicht mal so groß ist wie das Saarland, aber im Gegensatz zu diesen reich an Wasser. So reich, dass der Mensch darauf und darein scheißt, gleich wie es ihm beliebt.

Nun aber scheint das wertvolle Nass auch in unseren gar nicht mehr so gemäßigten Breiten die Faxen dicke zu haben. Es pieselt nicht mehr verlässlich und wohldosiert aus den Wolken, sondern als Starkregen oder gar nicht. Im Sommer hat Petrus Betriebsferien und verdorren die Feldmark und die Forste, auf dass der Borkenkäfer sich den Ranzen vollschlagen kann. Und danach ruft es aus den Wolken: «Nimm das, du kleine Drecksau dort unten», und schwemmt dem Deutschen die Autos in den Fluss, deckt die Eigenheime ab und durchbricht die Deiche. Wie es scheint, sind die Zeiten vorbei, da das Bächlein murmelt und der Fluss den Brücken ein Lied singt. Jetzt wird gebrüllt: Wasser marsch!

G

Gendergerechtigkeit und Gerede

Muttersprache

Selbstverständlich kann man in der deutschen Nationalhymne «Vaterland» durch «Heimatland» ersetzen, doch wozu? Man kann auch die ganze Nationalhymne durch «Alle meine Entchen» ersetzen oder «Hänschen klein», nein das nicht, denn dadurch würde ja die kleine Gretel ausgegrenzt. Die sogenannte gendergerechte Sprache – oder sollte man sie besser «Muttersprache» nennen? – hat ihren absoluten Tiefpunkt noch nicht erreicht. Allein schon, weil sie sich ausschließlich mit der Ausmerzung des grammatischen Maskulinums beschäftigt, ist sie alles, nur nicht gendergerecht – ich würde als Übergangsbegriff «bescheuert» vorschlagen. Was ist denn mit dem durch den «weiblichen» Artikel gebildeten Plural: die alten weißen Männer, die Chauvinisten und – wenn schon, denn schon – die Chauvinistinnen? Das alles führt immer weiter in den Irrsinn hinab.

Allein schon die zwanghafte Verdoppelung der «Mitbürgerinnen und Mitbürger», die Partizipierung der «Studierenden» und «Richtenden» statt Studenten und Richter hat die Alltagssprache zu einem Stolperpfad gemacht. Wie immer bei jedem populären Wahn hat auch hier die Vernunft keine Chance. Da können Linguisten noch so oft betonen, dass tatsächlich niemand nur die männlichen Exemplare meint, wenn er «die

Lehrer» sagt. Und Kritiker des Genderwahns können noch so oft hämisch auf die «Mörderinnen und Mörder» hinweisen, die es ja seltsamerweise nicht in die Alltagssprache geschafft haben. Es hilft nichts, auch die harmlosen Bemerkungen an dieser Stelle werden nichts daran ändern. Wenn die Dummheit erst mal Fahrt aufgenommen hat, können weder Ochs noch Esel sie aufhalten.

Wenden wir uns also lieber Themen zu, die eher in der Lage sind, einen heiter und froh zu stimmen: Grönlandhaie werden bis zu vierhundert Jahre alt und bewegen sich mit einer Geschwindigkeit von 1,2 Kilometern pro Stunde im eiskalten Wasser der Tiefsee. Wow! Ist die CDU jetzt nach der SPD der neue Grönlandhai unter den Parteien? Beide bewegen sich auch extrem langsam und leben in der Tiefsee der Wählergunst. Die SPD ist immerhin schon über hundertfünfzig Jahre alt, ein Alter übrigens, in der der Grönlandhai gerade erst geschlechtsreif wird. Kommt die SPD demnach auch jetzt erst in die Pubertät? Ist es von Bedeutung, dass es DER Grönlandhai heißt, aber DIE SPD? Ist Jesus eine Frau, Beethoven Österreicher und Hitler Deutscher? Gab es Polen, die mit den Nazis kollaboriert haben? Können wir uns die Vergangenheit selber schnitzen, wenn wir den Menschen vorschreiben, wie und wovon sie reden dürfen? Warum nicht: Brüh im Lichte dieses Glückes, brühe deutsche Muttersprach!

Lexikon: Gamechanger

Der gute alte «Paradigmenwechsel» ist etwas aus der Mode gekommen und klingt auch zu sehr nach aufgewärmtem Habermas. Seinen Platz im Bullshit-Bingo (s.d.) nimmt der Spielverderber ein, mit dem die Karten neu gemischt werden … sollen … angeblich.

Gerechtigkeit

Gerecht ist nur der Tod, wann er kommt, meistens nicht, denn das Leben ist extrem ungerecht – es ist geradezu dessen Kernkompetenz: Der Hässlichste aus der Clique schleppt die schärfsten Frauen ab, die Nachbarn haben schon zum dritten Mal im Lotto gewonnen, und obwohl ich viel schlauer bin als die allermeisten, haben die Doofen die besseren Jobs – eine schreiende Ungerechtigkeit, über die sich allerdings nur beschwert, wer nicht zu deren Nutznießern gehört. Die Profiteure der miserablen Gunstverteilung im Leben nennt man allerdings nicht etwa «Riesenarschlöcher», sondern «Glückspilze». Hier erhalten wir schon den ersten Hinweis darauf, dass der normale Klopapierletztverwender weniger nach Gerechtigkeit verlangt als nach dem größeren Stück vom Kuchen – und dafür würde er das Abschmirgeln der Restbevölkerung ohne Zucken billigend in Kauf nehmen. Die Forderung nach gerechter Bezahlung und gerechtem Zugang zur Bildung leuchtet noch jedem ein, aber sobald man den Begriff der Gerechtigkeit weiter fasst, merkt man – oder sollte es zumindest –, dass man mit moralisierendem Gefasel in der Welt der Erwachsenen nicht besonders weit kommt. Was ist schon daran gerecht, dass einige Säugetiere in Mastbetrieben gefoltert werden und andere bei uns auf dem Sofa liegen? Was ist daran gerecht, als Nichtraucher mit vierzig Jahren an Lungenkrebs zu krepieren oder als Kettenquarzer den Neunzigsten zu feiern?

Wie man's dreht und wendet, gerecht ist wenig im Leben, und das Menschenmögliche besteht lediglich darin, die übelsten Auswüchse ein wenig zu lindern. Gerechtigkeit als politische Forderung ist geistige Hohlraumversiegelung. Wo sind die Richter, wer fällt die Urteile? Bei Licht besehen, ist sogar die Ungerechtigkeit die schönere Tochter des Schicksals. Sie steht für das Unvorhergesehene, den glücklichen Zufall, das unverdiente Geschenk, das dem Faulen in den Schoß gefallen ist. Und fragte man den normalen deutschen Hanswurst, ob er mehr für soziale Gerechtigkeit sei oder dass es speziell ihm gut gehe, so wüssten nach Bekanntgabe dieses Ergebnisses auch die Kollegen von der SPD, welch einen weltfremden Unsinn sie vor sich hin fusseln.

Schöne neue Wörter

Das Schönsprechen ihres Handelns und Wirkens ist den Politikern längst zur zweiten Natur geworden. Da wird mit Worten eingehüllt, was nackt womöglich unter der sensiblen Wählerschaft Schrecken auslösen könnte. So wurde aus dem Atom- das Kernkraftwerk, um nicht sofort an die Bombe denken zu müssen. Gipfel der Perfidie ist der «Entsorgungspark» für die Giftmülldeponie. Einen Schritt weiter in der Begriffskosmetik ging die Bundesfamilienministerin Giffey mit dem «Gute-Kita-Gesetz» und dem «Starke-Familien-Gesetz». Hier wurde schon präventiv Süßholz geraspelt, als ob irgendjemand was hätte gegen Kitas oder Familien. Diese neumodische Verblödungstechnik nennt sich «Framing», darin wird der eigentlichen Aussage ein heiteres Umfeld beigestellt. Die Giffey'schen Ergüsse waren jedoch so plump, dass sie bestenfalls als Vorlage zynischer Nachahmer dienten: «das affengeile Organentnahmegesetz» und die «obercoole Sterbehilfe». Da muss man direkt an sich halten, um nicht nachzulegen.

Das Begriffsdesign kennt nicht nur den Schönsprech, sondern auch sein Gegenteil: Dinge und Verhaltensweisen werden durch Wörter vorstigmatisiert, um sich die Mühen der Argumentation zu sparen. Wenn vom «Verbrenner» die Rede ist statt schlicht vom Pkw, dann ist die Hexe in Gedanken nicht sehr weit. Jemanden, der mit 35 km/h durch die Innenstadt fährt, einen «Raser» zu nennen bedarf schon einer gehörigen Portion an Realitätsverweigerung. Hier wird mit Worten Stim-

Am Black Friday kann man sein Schwarzgeld verjubeln. Welcher Begriff in diesem Satz ist nicht woke?

mung gemacht, und das ist letztlich einer freien Gesellschaft unwürdig. Den Politikern mag man es vielleicht noch nachsehen, dass sie in schierer Verzweiflung ob der Beklopptheit ihrer Ideen und Taten nach schönen Wörtern fischen. «Verantwortung übernehmen» statt «in den Krieg ziehen» wird allerdings auch schon ganz selbstverständlich in den Medien nachgeplappert. Der «Kollateralschaden» für zivile Opfer war etwas zu dreist, als dass er so durchginge. Doch las ich eben noch, ohne dass sich der Schreiber davor ekelte, von «weichen Zielen», als von getöteten Menschen die Rede war. Und das ist das wahrhaft Schäbige am Schönsprech, an den Verschleierungsbegriffen und all dem Verniedlichungsgelaber: dass es in den Medien kritiklos reproduziert wird. Das fängt an bei den «Erneuerbaren», die schon ohne weiteres Substantiv auskommen, und jeder weiß trotzdem, dass damit nicht Gefährtinnen von

Lothar Matthäus gemeint sind. Es bilden sich auch harmlose Blähwörter wie «Starkregenereignis» statt «Gewitter», bei dem sich der Zuschauer fragt, ob der Blitz nicht justament im Hirn des Wetterfrosches eingeschlagen hat. Die Welt um uns herum wird im Augenblick nicht gerade gemütlicher, deshalb wird der Bedarf an Schönwetterbegriffen steigen.

Ich wage eine Prognose, was alles auf uns zukommt: Die Zwangskasernierung der Corona-Monate wird als «Zeit der Einkehr» pastoral hochgepimpt, die «überzähligen Toten» werden zu «stillen Helden», und das sture Weitermachen heißt «Umkehr». Wer möchte da nicht an den «Fortschritt der Menschheit» glauben oder doch eher an den «Fußtritt in die weichen Ziele».

Widerwärtige Wörter

Die Gesellschaft für deutsche Sprache hatte wieder mal gesprochen, und herauskam als Wort des Jahres 2017 «Jamaika-Aus». Auf den weiteren Plätzen folgten «Ehe für alle», «MeToo», «Obergrenze», «Dieselgipfel» und «Videobeweis». Gähn! Das Jugendwort des Jahres kannte ich wenigstens noch nicht, diese hier hingen mir schon ohne Prämierung meilenweit zu den Ohren heraus.

Wie wär's stattdessen mit den widerwärtigsten und bescheuertsten Wörtern des Jahres? Platz eins gehört der «situationsbedingten Ethik», will sagen: So was wie allgemeine Menschenrechte oder ähnliche Ponyhofideen gibt es gar nicht. Je nachdem, wo man den Salafisten erwischt, wird er entweder der bundesdeutschen Jugendherbergsjustiz überstellt oder abgeknallt. Platz zwei kommt ebenfalls aus dem Bereich «populationsbereinigender Maßnahmen» – übrigens auch ein reizender Begriff aus dem Wörterbuch des Unmenschen: Er geht an die «letale Entnahme» und ist vorerst für eingewanderte Wölfe reserviert, die – man beachte die Begründung für das Todesurteil – «zutraulich geworden sind und die Scheu vor Menschen verloren haben». Na klar, wer dem Menschen vertraut, gehört natürlich erschossen, denn Doofheit muss bestraft werden. In dem Zusammenhang gilt es, auf den gleichfalls ermunternden Begriff der «Integration ins deutsche Jagdrecht» hinzuweisen – da bekommt die Integration doch einen ganz besonderen, ich will nicht sagen, deutschen Charakter. Platz drei: der «atmende Rahmen». Diesem Begriff gebührt zugleich der Oscar für das mit Abstand bekloppteste Wort des Jahres und soll so was bedeuten wie: «Obergrenze für Flüchtlinge, je nachdem wie viel kommen wollen». Es ist entstanden in den irren Jamaika-Sondierungen zwischen CSU und den Grünen, hätte aber auch vom Oberkommando der Wehrmacht geprägt werden können anlässlich des Rückzugs an der Ostfront nach Stalingrad. Platz vier ist weniger spektakulär als Wort, aber hinsichtlich seiner Verwendung besonders zynisch und demokratieverachtend: «Ergebnisoffen», so sollte laut Hampelmann Schulz und seinen Komplizen das GroKo-Geschacher bis zur Mitgliederbefragung ablaufen. Ach was! Ich war bis dahin der Meinung gewesen, dass jede Befragung und Wahl «ergebnisoffen» sein sollte, denn sonst wäre sie ja keine.

Ich möchte diese kleine Auswahl besonders widerwärtiger Wörter des Jahres nicht schließen, ohne zum wiederholten Male auf die allzeit schönsten Wörter der deutschen Sprache hinzuweisen: Brustwarze, Bräteinwaage und Zurrgurtöse.

Genderstern

Der Genderstern und die damit verbundene Redeflussstörung zerteilen die Republik. Allerdings nicht in zwei Hälften: Fünfundsiebzig Prozent halten diesen Sprachaktionismus für schieren Blödsinn, der dem behaupteten Anliegen in keiner Weise dienlich sei. Wozu also die Aufregung? Die Zeit wird drüber hinweggehen. Trotzdem wettern Linguisten, Sprachpuristen, Deutschlehrer oder einfach nur vernünftige Zeitgenossen gegen den Genderstern, als sei er ein Morgenstern – gemeint ist nicht die Venus, sondern die Schlagwaffe des Mittelalters –, mit dem auf unsere Sprachkultur eingedroschen würde. Dabei wird der wahre Zweck des Manövers verkannt. Wie alle unsinnigen Gebote und Verbote religiöser Eiferer dient der Genderstern nicht einem höheren Zweck oder Ansinnen, sondern ist ein Distinktionsmerkmal seiner Jünger oder «Follower», wie man heute sagt. Nahrungsverbote, Speiserituale, Genitalverstümmelungen gibt es seit Jahrtausenden, um die Seinen von den anderen zu trennen. Sinn oder Zweck der Gebote und Vorschriften sind unbedeutend. Je bekloppter sie daherkommen, desto größer die Anstrengung des Followers, seinen gesunden Menschenverstand zu überwinden, desto inniger sein Glauben. Sich diesem menschlichen, idiotischen Verhalten mit Argumenten entgegenzustellen ist nicht nur zwecklos, sondern sogar kontraproduktiv.

Zurück zum Genderstern: Es ist nicht relevant, ob er eine sprachliche Verunzierung ist, ja nicht mal, ob er unpraktikabel ist oder der Sichtbarkeit des weiblichen Geschlechts in der Sprache dient. All jene, die sich dagegen auflehnen, unterstützen nur seine eigentliche Funktion, Distinktionsmerkmal zu sein. Bist du nicht dafür, bist du dagegen, basta! Oder anders gesagt: Gebrauchst du nicht unser Zeichen, dann gehörst du nicht dazu zu dem neuen woken Menschengeschlecht, denn dieser kleine Stern ist unser Zeichen. Ja, alter weißer Mann, begehre nur dagegen auf und schaufle dein eigenes Grab. Die großen Zeitungen, die Fernsehanstalten haben längst eingeschwenkt, denn sie wollen dabei sein und nicht zu den Alten gehören. Von denen gibt's schon genug unter den Hörern, Zuschauern und Abonnenten. Wenigstens in der Anmutung – oder im «Framing» – möchte man auf der Seite der Zukunft stehen. Viel Spaß dabei, und ein fröhlicher Furz auf den Genderstern.

HELDEN IM ABSEITS: Illner, Maischberger und Will

Die drei Hexen wären sie bei «Macbeth», in den Talkshows von ARD und ZDF sind sie die drei Nervensägen. Nicht deshalb, weil sie Frauen sind, aber auch. Was mal als zivilisierter Gesprächskreis Typus Internationaler Frühschoppen begann, ist bei allen dreien zu einer Krawallsendung im Stil des nachmittäglichen Unterschichtsfernsehens geworden. Eingeladen wird strikt nach Zoff-O-Meter, Themen werden suggestiv formuliert, damit gleich zu Beginn der Sendung einem der Gäste die Hutschnur hochgeht. Wird die Talsohle des Niveaus nicht flugs erreicht, ziehen die drei Dompteusen ein kompromittierendes Filmchen aus dem Hut, um das angeflickte Wild in die Enge zu treiben. Sollte ein Gast aus Versehen mal einen Gedanken argumentativ entwickeln wollen, dann grätscht die große Grinsekatze Anne Will sofort mit einer saublöden Frage dazwischen. Es ist einfach unterirdisch gutes Fernsehen, Circus Maximus für das Wahlvolk. Kein Politiker kann es sich leisten, vor Illner, Maischberger und Will zu kneifen. Und die Zeiten, als Markus Lanz nur spielen wollte, sind auch längst vorbei. Erst, wer ohne große Blessuren durch die Stahlgewitter der Durcheinanderquassel-Shows gegangen ist, darf sich Spitzenpolitiker nennen.

HELDEN IM ABSEITS: Torsten Albig und Macron

Vergessen wir mal das ganze Gesülze von sozialer Gerechtigkeit, nationaler Sicherheit und auch den beschissenen Klimawandel. Eine Wahl wird auf einem ganz anderen Feld entschieden: Bist du als jüngerer Mann mit einer Ü50-Frau verheiratet, dann gewinnst du, siehe Emmanuel Macron; verlässt du dein treues Haustier, bist du ein Chauvischwein und verlierst, siehe Torsten Albig. Jede andere Bevölkerungsgruppe kannst du als Politiker nach Strich und Faden verarschen, die späten Mädchen aber nicht. Du kannst sie schlecht bezahlen und von den Fleischtöpfen der Wirtschaft fernhalten – das ist alles vollkommen egal, sie sind es gewohnt, und außer ein paar hauptamtlichen Gender-Bonzinnen interessiert es keine Sau. Aber wehe, du schiebst das eigene Begleitwesen aufs erotische Abstellgleis, das werden dir alle Frauen ab 50 nie verzeihen. Du hast nur eine Chance, du musst es irgendwie so aussehen lassen, dass deine Frau DICH verlassen hat, um sich nach langen entbehrungsreichen Ehejahren endlich selbst zu verwirklichen. Dann vergibt man dir sogar das blutjunge Model rechts neben dir im Cabrio, weil noch mal deutlicher geworden ist, wie schlau es von der Ehemaligen war, so einen Primitivling wegzujagen – eine Win-win-Situation allzumal.

Torsten Albig hat sich dagegen wie ein kompletter Idiot verhalten: Statt dankbar auf siebenundzwanzig gemeinsame Ehejahre zurückzublicken und sich selbst dabei kleinzumachen, protzt er mit der eigenen Genese zum Intellektuellen im Wartestand. Der Trennungsgrund mit dem ausgedacht klingenden Namen einer deutschen Schlagersängerin war imagemäßig auch wenig hilfreich. Nicht mal die Küstenchauvis schrien da sofort: Mensch, Torsten, in deinem Alter, und mit Pläte noch son Geschoss aufgerissen, Hut ab! Nein, da kam nix aus dieser Ecke. Und da eine Frau infolge angeborener Stutenbissigkeit ähnlich denkt, fiel der Torsten auch in diesem Punkt in Ungnade.

Ganz anders dagegen der schöne Emmanuel. Der verliebte sich schon als Schüler in die um Jahrzehnte ältere

Lehrerin, heiratete sie und ist ihr treu – soweit man weiß. Es ist die Pretty-Woman-Saga der transklimakterischen Frau, und wenn sie von so einer anrührenden Geschichte erfährt, das ist schon ein Kreuzchen auf dem Wahlzettel wert. Drum geht mein Rat an alle künftigen CDU-Kanzlerkandidaten: Wollt ihr's noch mal reißen, dann werft euch einer geilen Greisin zu Füßen und gesteht ihr eure Liebe. So wird vielleicht doch irgendwann wieder was aus dem Kanzleramt.

H

Hygge im Homeoffice

Home «Sweat» Home

Ja, es stimmt, zu Hause arbeiten kann anstrengend sein, wenn die Blagen um einen herumwuseln, das Ehegespons aus dem Nebenzimmer röhrt und man selbst verkatert vor der Buchstabenglotze kauert. Doch Hand aufs Herz respektive Hand vom Sack: Gegen das häusliche Personal besitzt man einige Exekutivrechte; den Ehemitbewerber darf man anschreien und die Nachzucht wegsperren, basta! Die Kollegen im Büro muss man mit all ihren Marotten stumm ertragen: den Nasenpopler, die fette Quasselstrippe, den hinterhältigen Speichellecker des Chefs. Da darf einem weder die Hand ausrutschen, noch geziemt es sich, einem Kollegen im Fahrstuhl die Fresse zu polieren. Nun, das ist auch in der häuslichen Community kaum mehr angesagt. Angeblich soll die Arbeit im Büro jedoch so befreiend sein. Warum muss man dann seine Aggressionen dort noch mehr in sich hineinfressen als daheim?

Konfliktherd Nummer eins jeder Bürogemeinschaft ist die Teeküche, die kurioserweise noch immer so heißt, obwohl da vorzugsweise Kaffeevollautomaten vor sich hin röcheln. An ihnen entzündet sich der häufigste Konflikt: Die Füllstände werden nicht von allen gleich beachtet, und die Aufschäumdüse für die Latte macchiato sieht aus wie die entzündete Zitze einer Milchziege. Personalisierte Becher werden rücksichtslos in Gemeineigentum überführt, und die reservierte Hafermilch fürs Ökofrühstück kippen sich die Kollegen gedankenlos in die Kaffeetasse. Früher, als in den Teeküchen noch geraucht wurde, waren sie die revolutionäre Zelle des Büros: Von hier aus verbreiteten sich die Gerüchte zuerst, hier wurden Karrieren zerstört. Heute sind das nur noch versiffte Automatenkabuffs, seitdem der Putzfrau gekündigt wurde und die Mitarbeiter selbst für Sauberkeit verantwortlich zeichnen.

Zur Bürofolklore gehört neben der ständigen Verfügbarkeit schlechten Kaffees der Flurfunk, ein nicht offizielles Meinungsforum für innerbetriebliche Verschwörungstheorien. Beliebte Themen sind: wer demnächst rausfliegt und wer wen heimlich wämst. Das Schlimmste aber am Flurfunk ist, dass er ein Drittel der angeblichen Arbeitszeit der Büroinsassen beansprucht. Nimmt man die ständige Kaffeeholerei, den Büroschiss am Vormittag und das Checken der privaten E-Mails hinzu, dann bleibt nicht viel für die Wertschöpfung. Hinzu kommen die Annahme von privaten Amazon-Lieferungen im Büro und der Verzehr pappiger Nudelgerichte vorm Rechner – haste nich gesehen, ist wieder ein Arbeitstag rum. Nimmt man noch die An- und Abreise im Öffi hinzu, dann dürfte die Effektivitätsbilanz des Homeoffice noch größer ausfallen – trotz der herumwuselnden Blagen und des zeternden Eheteilnehmers. Aber wie gesagt: Die kann man wenigstens robust zur Ordnung rufen.

Sehnsuchtsort Normalität

Einmal wieder mit Kollegen in einer dieser nicht enden wollenden Laberkonferenzen sitzen und sich an schlechtem Kaffee und Industriegebäck laben – so sahen zu Corona-Hochzeiten feuchte Träume aus. Die öde Normalität von früher war zum Sehnsuchtsort geworden. Es ist wie mit Opa: Zu Lebzeiten ein miesepetriger Stinkstiefel, aber hat er ins Gras gebissen, fehlt er einem plötzlich. Sigmund Freud behauptete: «Nichts vermisst der Mensch so sehr wie einmal gekannte Lust.» Es scheint sogar der «einmal gekannte Frust» Wehmutsgefühle auszulösen. Ach, wie schön war's doch dereinst, sich mit dem Nachbarn übern Jägerzaun anzuschreien. Als Zoomkonferenz ist das ein kastrierter Spaß. Wer hätte gedacht, dass einem der anonyme Mitmensch mal fehlte, diese geräuschemittierende Stinkmorchel, die einem überall im Wege stand, im Bus, in der Stadt, beim Bäcker, wenn man's eilig hatte. Nichts ist so schlimm wie das Nichts.

Erst, als uns die alltäglichen Rituale genommen wurden, merkten wir, dass die Routine mehr vermisst wird als der Exzess. Einkaufen, abhängen, Kumpane treffen, neudeutsch: shoppen, chillen, socializen – und ab und an ein Termin, auf den man sich freuen kann: Fußball, Kultur oder Quervögeln – schon ist der Mensch mit sich im Reinen. Wenn dazu noch die Illusion kommt, er tue all dies aus freiem Willen, dann wirft er sich vor Selbstzufriedenheit ein zweites Nackensteak auf den Grill.

Dieser Zustand der gesellschaftlichen Gesamtverblödung nennt sich Normalität und provoziert in guten Zeiten den Widerstand entsprechender Aktivisten. Nunmehr müssen auch diese erkennen, dass es sich dabei um den sozialistischen Traum großer Teile der Bevölkerung handelt. Nicht der «gesellschaftliche Fortschritt» ist angesagt, sondern die «Rückkehr» zur piefigen Wohlstandsverwahrlosung. Soziologen sprechen bereits vom «neuen Biedermeier».

Die Suche nach dem Glück findet auf der eigenen Parzelle statt, und ehedem spießige Verhaltensweisen wie Wohnmobilurlaube sind plötzlich hip. Auch in den selbstreferenziellen Kreisen der Urban Gentry darf man, ohne rot zu werden, von seinem Urlaub im Harz, Sauerland oder an der Ostsee berichten.

So rührend und herzerfrischend die Erdung der hiesigen Ureinwohner auch ist, es werden auch Rufe nach der etwas anderen Normalität wieder laut: Menschen-, also Deutschenrecht auf weltumspannenden Kreuzfahrttourismus, dreimal Malle pro Jahr inklusive Strandkoma und einen Stammplatz am Ende der Nahrungskette auf diesem Planeten. So betrachtet, hat die Sehnsucht nach Rückkehr zur Normalität den Geruch nach Bescheidenheit schnell wieder verloren.

Trautes Heim, meins allein

Den einen ist es ein Ökomonster, das die Landschaft zersiedelt und Energie und Rohstoffe verschwendet, den anderen der deutsche Lebenstraum par excellence: das Eigenheim. Seit an Seit stehen die Bausparpaläste im Hunderterpack vor den Toren der Stadt, innen drin Mutti, Vatti, zwei Rangen und ein Retriever. Dereinst in dreißig Jahren, wenn die letzte Rate für die Hütte abgebucht wird, sind die Rangen und/oder einer der Gatten schon ausgeflogen. Mutterseelenallein hockt der Selbsterziehende in der bröckelnden Bude und hofft, dass der Erlös aus ihrem Verkauf eine akzeptable Ableberesidenz finanziert.

Das soll der Traum vieler Deutscher sein – schwer zu glauben. Womöglich nur, da die alternative Aufstallung in den Fickzellen der Wohnmaschine noch unattraktiver erscheint. Man verzeihe mir den ungenauen Begriff «Fickzelle»: In den Großstädten werden die Schachteln schon zu über fünfzig Prozent von Singles bewohnt, auch nicht gerade eine vorbildlich ökologische Daseinsform.

Jenseits von Zement und Zersiedlung ist das kleinfamiliär bewohnte Eigenheim eine soziale Herausforderung. Zwei Armlängen weiter siedelt schon der nächste Eigentümer und will begrillt und bestaunt werden ob seines formidablen Vertikalschotters im Anflug auf die Garageneinfahrt. Und reiht man sich nicht ein in die Angeber-Einheitsfront, wird der Nachbar schnell zum Gegner am Amtsgericht.

Kein Stabgitterzaun, kein Sichtschutzelement ist stark und hoch genug, um den Mitmenschen auf Abstand zu halten. So lebt denn das Eigenheim von der Illusion, alleinstehend zu sein. Drum herum zum Verwechseln ähnliche Wohn- und Daseinsformen. Und damit sich ja kein Fremder in das Getto verirrt, mäandrieren die Straßen ohne Ziel und Richtung zwischen der Bebauung hindurch.

Eigenheime werden in der Regel zeitgleich in sogenannten Neubaugebieten hochgezogen, alle Besitzer sind in derselben Altersgruppe, haben gleichaltrige Kinder und sind irgendwann gleichzeitig tot. Nachdem nur noch wenige Altbesitzer übrig sind und noch weniger von deren Kindern in der alten Aufzuchtstätte verblieben, erwacht die triste Siedlung zu ihrem zweiten Leben: Hier zieht eine türkische Familie ein, die sich ein gebrauchtes und nicht mehr ganz so frisches Haus endlich leisten kann. Dort eröffnet ein Zentrum für körpernahe Dienstleistung. Ein obskurer Autoschrauber lackiert verdächtig in einer der Doppelgaragen, und aus dem Schotterbeet des Zwangsneurotikers sprießt der Wegerich und blüht der Hanf. Gut Ding will Weile haben, und auch die Eigenheimsiedlung verdient eine zweite Chance.

Krieg im Vorgarten

Wer am Sonnabendvormittag am Rande der Städte unterwegs ist, begegnet dort einer seltsamen Karawane bestehend aus Mittelklasselimousinen mit pissigen Baumarktanhängern, auf denen Zweige festgezurrt sind. Was machen diese Menschen, fahren die ihre Kirschlorbeerhecke spazieren, oder wollen die ein Nest bauen für den fetten Kuckuck, der immer noch bei den Eltern wohnt? Verfolgt man eines der Gespanne, erreicht man die Grünabfalldeponie der städtischen Müllabfuhr. Dort entsorgt Piefke alles von der Natur, das nicht ins aufgeräumte Weltbild passt. Mehrfach im Jahr wird das Gehölz getrimmt, damit es so aussieht wie im Katalog und der Brutvogel sich nicht allzu sicher wähnt. Den Sommer über muss mindestens einmal die Woche der Rasen rasiert werden, und auch dieser Schnitt will deponiert sein, damit's im Garten nicht nach fauligen Leichen müffelt. Kommt der Herbst, dann geht's richtig los, denn die ganze versiffte Natur muss picobello aufgeräumt werden. Die unordentlichen Bäume lassen ihr Laub überallhin fallen, da wird über Wochen mit dem Benzingebläse gegenangepustet, und wenn der Swinegel glaubt, er könne im Blättermeer sein Winterlager aufschlagen, dann sieht er sich getäuscht. Ratzekahl wird alles weggeblasen und zum Schluss mit dem Nagelstock noch das letzte Blatt aufgespießt. Wieder ist ein Fuder voll, und ab geht's zur Grünabfalldeponie. Ob Zweige und Rasenschnitt oder Asbestplatten und Batteriesäure, da macht der Deutsche keinen Unterschied: Die Deponie ist die Deponie, und weg ist weg.

Aus den Augen, aus dem Sinn, und wenn rund ums Eigenheim alles blitzeblank erscheint, dann ist die Welt wieder ein Stück weit in Ordnung. Natur schön und gut, aber gepflegt muss sie sein. Überall hinkacken, und alles rund um sich liegen lassen, wie es Tier und Pflanze tun, das geht doch nicht. Eh man sich verguckt, ist alles verwildert, und es sieht aus wie bei den Hottentotten. Drum preist der Germane jene, die ihm so schöne Dinge geschenkt haben wie Rasenkantentrimmer, Hochentaster oder den gnadenlos zerfetzenden Grünabfallschredder. Rein damit in den eisernen Schlund, und alles, was da kreucht und fleucht, ist mausetot. Wenn dann im Frühling kein Vogel singt und kein Bienlein summt, dann knipsen wir die Außenlautsprecher an mit Helene Fischer drin, die fliegt jedenfalls auch nicht aufs Marmeladenbrot wie die doofen Insekten.

Mega-Hygge

Der Skandinavier schenkte uns vor Jahren das Wort «Hygge» für stumpfe Stubenhockerei mit Brettspielen und aufgegossenem Brennnesselsud. Da ahnten wir noch nicht, dass wir durch Corona in ein Mega-Hygge zwangseingewiesen würden. Zusammengepfercht mit den Trantüten aus dem Genpool, versauern wir vor der Glotze und versuchen unsere Tötungsphantasien auf das Videospiel zu projizieren. Freiwillig nicht nach draußen zu gehen, weil es dort nass und kalt ist, mag einen tatsächlich «hyggelig» stimmen. Wird es einem vom Staat überdeutlich anempfohlen, klingt es mehr nach Hausarrest. Was macht also der fehlbare Mensch? Er rottet sich im Hygge-Knast mit vielen Menschen zusammen, um nicht in der Kleinfamilie einen sozialen Tod zu sterben. Dort wird sich fleißig gegenseitig infiziert, und fertig ist der nächste Hotspot.

Besser wär's, man hätte statt Hausarrest täglich zwei Stunden Gassigehen mit Leinenpflicht zumindest für alle Stadtbewohner verordnet. Kontrolliert an die Luft unter gegenseitiger Sozialkontrolle ist allemal besser als heimliche Klumpenbildung in der Wohnzelle. Macht das nicht der Chinese recht erfolgreich? Frühmorgens, wenn die Hähne krähen, pfeift der Blockwart die Insassen aus ihren Waben, und dann ist eine Stunde Schattenboxen auf dem Rasen angesagt. Wenn man außerdem ständig Angst haben muss, dass einen die Nachbarn, ja, selbst die eigenen Familienangehörigen an die Partei verpetzen, bleibt man in der Restzeit lieber unter sich.

Da wir zum Glück – zumindest noch – nicht in einem chinesischen Ameisenhaufen leben, muss man die hiesigen Individuen auf andere Weise zu kontrolliertem Verhalten bringen. Eigenheimbesitzer werden durch Sonderangebote aus dem Baumarkt zu ganz besonderen Brettspielen in den eigenen vier Wänden überredet. An der frischen Luft ist er mit dem Laubgebläse und der Motorsäge ohnehin. Somit ausreichend beschäftigt, bleibt wenig Zeit, um den Ehegatten totzuforkeln.

Schwieriger wird's, den städtischen Mieter aus dem Hygge-Koma zu befreien. Zweimal täglich geführte Hamsterwanderungen zum Klopapier-Outlet sorgen da für ausreichend Bewegung, und innerhalb der Wohnzelle kann ein kurzer Stromausfall zu allerhand Ablenkung vom tristen Vorsichhinbrüten führen: Alle Geräte müssen resettet werden, die Passwörter sind verschwunden, der Rechner war nicht gepuffert, und der Fahrstuhl steht zwischen zwei Stockwerken mit Oma und dem Hund.

Genug Generve, um für Stunden die Zumutungen des Zwangs-Hygge zu vergessen. Denn ganz eigentlich will's der Deutsche gar nicht gemütlich, sondern er will gebraucht werden – und wenn's nur von dem Abflussrohr ist, das ohne ihn verstopft bleibt.

Mobilität von zu Hause aus

Allerorten wird von den wundersamen Dingen erzählt, die uns die neue Welt der Mobilität beschert: Hier wird autonom gefahren, dort gar elektrisch mit dem Tretroller über den Radweg geflitzt. Heißa, welch Glück steht uns allen doch bevor, wenn dereinst das neue Mobilitätszeitalter auf Erden Gestalt annimmt. Wer weiß, vielleicht werden wir demnächst von einer unbemannten Drohne am Haken durch den Himmel geschleift oder in der Hyperloop-Röhre mit doppelter Schallgeschwindigkeit nach New York geblasen. Ja, vielleicht, vielleicht, aber eher nicht. Denn die Entscheidung ist längst gefallen: Wir wollen ganz eigentlich nirgendwo mehr hin, wollen weder im Riesenblasrohr nach Amerika gepustet werden noch autonom im Stau stehen und auf dem Head-up-Display der Windschutzscheibe unsere E-Mails checken. Was wir nämlich wirklich wollen und schon längst getan haben, wo immer es möglich war: Wir haben unsere Mobilitätserfordernisse in die Leichtlohngruppe ausgelagert. Statt selbst mit dem SUV in die City zu brummen, sich über die verblödeten Mitmenschen aufzuregen, keinen Parkraum zu finden, nur um schlussendlich im Einzelhandel ein Museum der Nutzlosigkeit vorzufinden – um all diesen Mist zu vermeiden, lassen wir den Niedriglohnsklaven die Zumutungen der modernen Mobilität ertragen. Sollen doch Mustafa und seine Freunde im Stau stehen, um uns das Amazon-Packerl anzuliefern, unsere Lebenszeit ist dafür leider viel zu wertvoll.

Und so geschieht, was schon tausendmal zuvor geschehen ist: Wenn's dem Bürger zu anstrengend wird im Alltag, dann delegiert er die Mühsal an die nächst unter ihm stehende Schicht: Die Villa selber putzen? Nur das nicht! Die zusammengerammelte Brut auch erziehen? Dafür gibt's doch Personal. Dereinst ließ man sogar das selbst gekreißte Geheck an fremder Zitze nuckeln. Alles, was auf Dauer zu beschwerlich erscheint, wird ans Personal durchgereicht. Heute ist diese Schicht anonym geworden und trägt uns den Arsch inkognito durch die Welt. Lieferservice, Kurierfahrer, Pizzaboten: Das sind die Sklaven der Gegenwart.

HELDEN IM ABSEITS: Sigmar Gabriel

«Das war's also.» Sigmar Gabriel knipste sein fünftes Selfie vor dem Schild «Auswärtiges Amt». Undankbare Kackpartei SPD, undankbare Scheißregierung, undankbares Superscheißalles! Für die Rumfliegerei mit dem Regierungs-Airbus gab's nicht mal ein Bonusmeilenkonto, das man auf sein privates übertragen konnte. Drecksundankbare Mistkacke. Sigmar Gabriel war am Tag zwei nach dem Schulz-Desaster noch schlechter gelaunt als üblich. Das letzte Quäntchen, das ihm fehlte, um komplett auszurasten, war

Da freuten sich die beiden aber, als sie den Sigmar vernichtet hatten. Noch ahnten sie nichts von den finsteren Plänen des Kevin-Lümmels.

das feiste Honigkuchengrinsen von Andrea Nahles als neuer Fraktionsvorsitzenden. Schlimmer noch: Die weinerliche Fleischmütze aus Würselen hatte gar nichts begriffen. Er, Super-Siggi, der Titan der Titanen, hatte Schulzikowski, den EU-Trottel, als Opfer planmäßig auf die Schlachtbank geführt, um nach der zu erwartenden 20-Prozent-Katastrophe als Retter der Partei zurückzukehren. Aber statt sich in die Würselener Bahnhofsbuchhandlung zu verpissen, stahl sich der Penner seinen Parteivorsitz, den er, Sigmar der Schreckliche, ihm nur «geliehen» hatte für die Zeit der Opferkandidatur.

«Na warte, Freundchen, da kommt noch was nach. Glatzen-Matze und kleines dickes Andrea erneuern die SPD, das ist der größte Witz der Woche.» Um aus dieser

Partei den Muff von hundertfünfzig Jahren rauszuschütteln, brauchte es ein ganz anderes Kaliber, einen wie ihn, den Giganten aus Goslar. «Ach du Scheiße, Goslar!» Musste ihm das ausgerechnet jetzt einfallen, wo er sich gerade innerlich wieder etwas aufrichtete? Es war bitter, gestern Peking und New York, morgen Salzgitter und Goslar, sein Wahlkreis, in dem sich SPD-Opas und AfD-Pack Gute Nacht sagen. Aber er war immer noch Bundestagsabgeordneter, direkt gewählt von den abgehängten Pissesäufern nördlich vom Harz. Das heißt, er hatte immer noch ein ICE-Jahresticket für umme. Mal einen Tag an die Mosel und sich in Ruhe einen umhängen oder ein Wellnesswochenende im Schwarzwald, das war immer noch drin. Okay, es war nicht dasselbe, wie mit der Flugbereitschaft von Braunschweig aus in die Welt zu düsen, aber immer noch besser, als in Goslar mit dem Blagenbuggy am Hundeauslauf abzuhängen. In Berlin würde er sich so bald nicht zeigen, die mitleidigen Blicke der Furzfressen hielte er nicht aus. Jedenfalls noch nicht, nicht bevor er einen Plan für seine Rückkehr auf der großen Bühne hatte. Das Beschissene war nur, er hatte keinen Plan. Bisher hatte er nur einen Termin im Hauptstadtbüro von Schröder, vielleicht wüsste der was. Der Gerd war es schließlich auch, der ihm damals den Posten als Popbeauftragter besorgt hatte. Und jetzt mit der neuen Alten am Start war der Gerd auch wieder etwas besser drauf. Im Aufsichtsrat von Aeroflot mit privatem Bonusmeilenkonto, das würde ihm gefallen.

Sigmar Gabriel ging zurück in sein Büro und dachte daran, wie er am letzten Tag als Außenminister für seinen Nachfolger einen alten Camembert hinter einer Steckdose platzieren würde. Zum ersten Mal an diesem Tag huschte ein Lächeln über das dünn gewordene Gesicht des Sigmar Gabriel.

Lexikon: **Hotspot**

Wie schnell sich doch ein Wort vom Guten zum Schlechten verändern kann, haben wir schon beim Niedergang der «Alternative» gesehen. Der Hotspot, einst ein öffentlich zugänglicher WLAN-Empfangsbereich der Telekom, wurde zum Hochinfektionsrisikostandort. Einen «Coldspot» hat es – womöglich mangels Binnenreim – nie gegeben.

Influencer und Irre

Lagerkoller

«Gallia est omnis divisa in partes tres», wie früher die Schöler vom alten Cäsar lernten, Deutschland hingegen sollte «niemals dreigeteilt» sein. Das ist alles vorbei, längst ist die ganze Welt in *zwei* Teile zerfallen. Alles, worüber diskutiert und gestritten wird, kennt bloß noch Schwarz und Weiß, grau ist nur die Theorie. Ob Atomkraft schon vor Jahrzehnten, heute Windkraft, Impfung oder Migration, Fridays for Future oder verkaufsoffene Sonntage – völlig egal, man ist entschieden dafür oder dagegen. Ganz Germanien ist in zwei Teile aufgeteilt. Diese unversöhnliche Haltung gegenüber dem Kompromiss hat etwas Gegenaufklärerisches, ja, geradezu Pubertäres. Die jahrtausendealte Einteilung der Welt in Gut und Böse, wie wir sie aus den Lehrfilmen der Augsburger Puppenkiste und den Marx-Engels-Werken kennen, taugt aber nicht mehr zur Orientierung. Sind die Grünen noch die Guten oder nur die Doofen? Ist die «Bild»-Zeitung das Verlautbarungsorgan der Herrschenden oder der einzig legitime Nachfolger des Dadaismus? Keine Ahnung! China oder Russland, wer ist unser Freund, wer unser Feind? Oder ist beides falsch?

Tief in uns drin möchten wir, dass alles so eindeutig bleibt wie früher. Als Kinder spielten wir Räuber und Gendarm oder Cowboy und Indianer. Die einen waren die Guten, die anderen wurden totgeschossen. Auf diese Weise ideologisch gestählt, ging's los mit dem Erwachsenwerden, und in der Schule wurden wir für unser ganzes Leben geprägt: Die Jungen hatten einen blauen Pelikano-Füller, die Mädchen schrieben mit einem roten Geha, und damit war die Geschlechterfrage auch schon mal geklärt, nix mit «divers». Doch irgendwann später mussten wir erfahren, dass Geha und Pelikano zu einer Firma gehörten – ein Weltbild begann zu zerbröseln! Die gerechten Kriege wurden weniger. Schon bald nach dem Abschied vom Pelikano stürzte die Pubertät die Boomer in neue Wirrungen. Hätten wir sie je überlebt, wäre da nicht der Kampf Beatles gegen Stones gewesen, der uns Halt gab in dieser schweren Zeit? Ein paar Jahre später in den Freistunden der Oberstufe lehnten wir bei Eduscho an den Stehtischen und rauchten Haschisch, weil es so cool war – gegenüber bei Tchibo standen die Kaputten und soffen Kaffee, weil es so billig war. Heute haben sie die Kiffer aufgekauft – Eduscho gehört zu Tchibo. Die Spießer liefen schon immer mit den drei Streifen am Turnschuh rum, die Guten trugen seit jeher die schnellen Treter mit dem Puma. Auch das ist längst vorbei, obwohl sich die Gebrüder Dassler in Herzogenaurach auch nach ihrem Tod noch spinnefeind sind. Die alte Dualität ist leider dahin, die Fun-Generation läuft auf Nike, Reebok, Weißdergeier, und seitdem Turnschuhe «Sneaker» heißen, blickt eh keiner mehr durch.

Was blieb noch übrig an gerechten Kriegen des Dualismus? Zu Hause stand ein Apple Macintosh, die Gegner hatten vorsintflutliche Müllrechner, auf denen eine Art nachgemachte DDR-Software namens MS-DOS zu laufen vorgab. Für den Mac-User waren die Microsoft-IBM-Leute eine Art behämmerte Eingeborene, denen man halbjährlich neue Update-Surrogate verhökern konnte – kurz: Vollidioten! Angeblich hat Bill Gates nun seit kurzem die Weltherrschaft erlangt und hat nicht bloß Apple geschlagen. Das Reich des Bösen hat gesiegt. Wen kann man überhaupt noch anspucken?

Alles verschwimmt, nichts ist mehr so, wie es scheint, doch der Drang, die Welt in zwei Lager aufzuteilen, ist geblieben. Im Unterschied zu vergangenen Zeiten haben sie ihren harmlos folkloristischen Charakter verloren: Opel oder Volkswagen, ARD oder ZDF, Bayern oder Dortmund – die Zahl der jeweiligen Follower war ungefähr gleich und für wen man sich entschied im Grunde völlig Banane. Heute schart sich das Volk nicht mehr um Ariel oder Persil, SPD oder CDU, und damit wäre alles abgedeckt, sondern es bilden sich unzählige kleine Hotspots des selbstbezogenen Irrsinns. Deren Lagerdualismus lautet stets «Wir und die anderen», das heißt: die wenigen Durchblicker und die riesige Masse der Nichterweckten. Das gab's auch schon immer, aber dank Netz-Community wird es zum Normalfall der Lagerbildung. Wie niedlich ist dagegen der Streit, ob Hamburg oder Berlin, Salzgitter oder Lüdenscheid die geileren Städte sind.

Foodtruck-Festival

Gibt es noch einen Ort in Deutschland, an dem kein Foodtruck-Festival stattfindet? Ein Dutzend Imbissanhänger stehen auf einer innerstädtischen Parkfläche mit dem irreführenden Namen «Marktplatz» und buhlen um geschmackstolerante Kundschaft: Elf von den zwölf Frittierbuden bieten Burger an, das amerikanische Missverständnis einer Mahlzeit. Aber selbst dieser an sich schon absurde Nahrungszombie kann noch verschlimmert werden: Burger mit Fritten, oder englisch: Burger mit Kartoffelchips – als ob die mehrstöckige Ami-Bombe nicht schon ungesund genug wäre. Es ließe sich jetzt lang und breit darüber lamentieren, warum vor allem der deutsche Jung-Erwachsene die Vollzeiternährung mit ekeligem Stapelfraß für ein erstrebenswertes Gesundheitsrisiko hält. Sicher, er raucht nicht mehr, säuft wenig Alkohol, und mit irgendeinem Gift muss man dem Körper schließlich sagen, wer Herr im Hause ist. Jede Stadt bietet ausreichend Gelegenheit, die irdische Hülle mit stinkendem Abfall vollzustopfen. Und die meisten der aufgebahrten Futterleichen würden nicht mal eine Zertifizierung als Hundefutter erreichen.

Warum in diesem paradiesischen Umfeld für miserable Ernährung noch zusätzlich Gelegenheit geschaffen wird für noch mieseren Fraß, bleibt eines dieser Menschheitsrätsel des Stadtmarketings. Das Foodtruck-Festival ist der Shanty-Chor-Wettbewerb unter den städtischen Speise-Events, es holt den Besucher auf seiner niedrigsten Zivilisationsstufe ab. Daneben gibt es – auch in jeder Stadt – vorgebliche Gourmet-Tage, an denen die örtliche Gastronomie ihre ansonsten sicher gar nicht mal so miesen Gerichte auf Straßenniveau downgegradet hat. Hier kann sich dann der restzivilisierte Mittelständler sein Chateaubriand vom Stubenküken als Fastfood-Edition reinpfeifen. Das Spießbratenbrötchen heißt hier «Lendenstück vom Uckermärker Weideschwein in Dinkelkruste» und mundet auch sofort viel nachhaltiger.

Der Saisonrenner aber bei allen innerstädtischen Premiumfresspartys ist das gezupfte Fleisch im Kohlehydratträger, als Pulled Pork, Pulled Turkey oder sogar als Pulled Tofu. Weilt man unter dieser elitär sich gebärenden Bagage, wie sie in ihren Steppjacken am Grauburgunder nippen, dann gewinnt sogar das Foodtruck-Festival wieder etwas an Sympathie. Dort geht es nur darum, viel fettiges Zeug schnellstmöglich in sich hineinzuschlingen, und das hat immerhin was Wölfisches.

Fomos

Wer nicht genau weiß, was ein Fomo ist, und deshalb leichte Angst verspürt, er gehöre nicht mehr zum inneren Kreis der Mover und Shaker oder sonstigen hippen Gesindel, der ist selber einer: ein Fomo. Es steht für «Fear of Missing Out» und bezeichnet die ständige Angst davor, etwas zu verpassen. Schon immer gab es jene Miesepeter, die mit ihrem Schicksal haderten: Sie haben den allenfalls drittbesten Menschen geheiratet und damit ihre Zugriffsrechte auf Miss World leichtfertig blankgeschmissen. Sie haben den falschen Beruf ergriffen und das ihnen zustehende Lebensglück – meist durch üble Machenschaften ihrer Mitmenschen – verpasst, kurz: Das wirkliche Leben spielt sich immer gerade dort ab, wo sie nicht sind. Sie hetzen von einer Party zur nächsten, denn die könnte ja womöglich eher der «Place to be» des Abends sein.

Die ständige Unzufriedenheit mit der Gegenwart und dem Ort, an dem man gerade ist, wird zur *self-fulfilling prophecy*, denn man ist – egal, wann und wo – immer unzufrieden. Zu diesem logisch einleuchtenden Gedanken ist der Fomo jedoch nicht fähig. Wird dieser völlig falsch verdrahteten Rübe noch eine Hirnprothese beigestellt, ein Smartphone mit WhatsApp, Instagram oder welcher Selbstüberwachungsapplikation auch immer, dann dreht der Fomo komplett am Rad. Sekündlich kann er die weltweit verfügbaren Ereignisse hinsichtlich ihrer Event-Credibility gegeneinander abwägen und kommt – wer hätte das gedacht – dabei zu keinem Entschluss. Soll man sich lieber zum Chillen mit den anderen vor dem Starbucks treffen oder den letzten freien Platz für neun Euro nach Kopenhagen buchen, wo Aberwombat and Asshole gerade einen Flagship-Store eröffnen? Man weiß es nicht, klingt beides super angesagt irgendwie. Und weil man gerade sowieso an der Hirnprothese rumfummelt, sieht man diverse Likes von den anderen Fomos aus der Soziale-Medien-Gruppe, die genau wie man selbst traurig in ihr Phone glotzen.

«Menschen, die auf Displays starren» aus lauter Angst, etwas zu verpassen, das ist sogar ein Krankheitsbild. Wie wär's mit einem Anschiss, gefälligst sein versifftes Zimmer aufzuräumen? Das hat schon manches Hirn wieder eingerenkt.

Fongos

Die Yuppies, die Young Urban Professionals, wurden zu den Dinks, Double Income, No Kids, oder, nachdem die helikopterisierte Brut ausgezogen war, zu Empty-Nestern, um schlussendlich als Silver-Ager in der dritten Lebenshälfte die Kimme zuzukneifen. So weit zur Biographie eines industrialisierten Menschen in der westlichen Hemisphäre. Dauernd wird er gebeutelt durch mangelnde Work-Life-Balance, wenn nicht gar durch einen angetäuschten Burnout im Endstadium.

Zu diesen klassischen First-World-Problems hat sich itzund ein neues gesellt, die oder der Fongo, Fear of Not Getting Off. Es ist die Angst der Besitzenden, sich nicht rechtzeitig von Dingen zu trennen, die bald nichts mehr wert sind. Schnell noch den Diesel ins Netz gestellt, vielleicht findet sich ein Trottel, der einem die vermeintliche Seuchenmöhre zu einem akzeptablen Preis abkauft. Und was ist mit dem Häuschen im Grünen? Alle hier in der Meerschweinchensiedlung sind im gleichen Alter, die Blagen längst flügge, und bei den Ersten steht schon der Paritätische jeden Tag vor der Tür. Was ist, wenn jetzt alle gleichzeitig ihre Bude auf den Markt werfen? Fongo-Alarm! Der Aktienbesitzer kennt diesen Zustand seit jeher, da droht ständig ein Paket mit faulen Anteilsscheinen abzuschmieren. Der ganz normale Nudelfresser von nebenan aber dachte, Besitz würde stets im Werte steigen oder zumindest nicht unvorhersehbar auf null zusammenschnurren.

Jetzt, da Fongo den Zeitgeist regiert, ist nichts mehr sicher, und nur, wer sich rechtzeitig aus einem Investment verabschiedet, wird überleben. Fongo hat sich auch schon in die menschlichen Beziehungen eingefressen. Sollte man den Gatten in den Wind schießen, jetzt, da man bei Cellulite-Partner noch ohne Photoshop was reißen könnte? Es ist ein ewiger innerer Kampf um den richtigen Zeitpunkt. Morgen kann es schon zu spät sein, und niemand interessiert sich mehr für den

VW Jetta als Wertanlage oder die mühsam zusammengetragene Zollstocksammlung ... besser rasch versilbern, den ganzen Summs. Doch Fongo versöhnt uns auch mit dem Wertverlust, das ist der Selbstbeschiss hinter dieser Angst. Selbst wenn er sein Auto aufgrund politisch motivierter Wertminderung nur noch für ein Nasenwasser loswird, freut sich doch der Geschädigte, denn psychisch ist er mit sich im Reinen, hat er doch seinen Fongo besiegt.

Wenn die Panik die Besitzenden ereilt, so geht das Großhirn auf Distanz zu sich selbst: Der Fongo greift um sich! Übrigens hat er ein paar gegensätzliche Geschwister: die Steuerersparnis, das radikal runtergesetzte Sonderangebot und im zwischenmenschlichen Bereich die Torschlusspanik. All das sind weit verbreitete First-World-Problems, den Fongo im Kongo aber kennt nur eine Handvoll korrupter Arschgeigen in der Regierung – oder auch nicht, die haben ja alles in der Schweiz deponiert.

Half Bun, auch Männerdutt

Frauen tragen einfach eine Frisur: weil es Mode ist, weil sie's schön finden. Sie gehen manchmal zum Friseur, damit sie sich danach besser fühlen – kurz: Sie sind normal. Männer dagegen machen irgendwas Beklopptes mit ihrem Kopf. Das Gestrüpp auf der Birne ist ein Statement, ein Zeichen der Zugehörigkeit zu einer Szene, zu einer Überzeugung und nicht einfach bloß Kopfhaar, in Fasson geschnitten. Gar nicht Geschnittenes war einst das Zeichen des Rock 'n' Roll. Jahrzehntelang wucherte es aus dem männlichen Haupt wie aus einem kaputten Sessel. Die «Matte» war der Affront gegen das Establishment, je ungekämmter und verfilzter, desto radikaler.

Und hier begann das Trauerspiel um den Schädel des Mannes. Denn alle nachfolgenden Generationen mussten sich was

Eigenes einfallen lassen, um den Papi und die Mutti zu erschrecken. Vattern ist zum Beispiel ein Urgestein des aussichtslosen Kampfes gegen das Schweinesystem und entsprechend behaart, wenn auch längst zum Pferdeschwanz gezähmt. Eines Tages kommt der Sohnemann zu Besuch in die elterliche Altbau-WG und sieht aus wie Heinrich Himmler auf dem Reichsparteitag anno 36. Dem Muttertier fällt vor Schreck der Ziegenkäse aus dem Äser, und an der Küchenwand kräuselt sich das Che-Guevara-Poster. Eine ganze Generation sieht plötzlich aus wie ihre Naziopas und schämt sich nicht für zwei Pfennig. Die Scheitel werden immer strenger, der Undercut geht in Richtung Kim Jong-un. «Scheiße aussehen ist ein Vorrecht der Jugend», sprach der alte Häuptling der Indianer, «wild ist der Westen, schwer ist der Beruf.»

Irgendwann muss den Nazischädeln jedoch geschwant haben, dass, was außen dran ist, nicht zu dem passt, was innen drin gedacht wird. Und so kombinierten sie die Himmler-Frisur mit den Kinnfusseln der Salafisten. Allmählich sind die Möglichkeiten allerdings erschöpft, die Rübe gesinnungsmäßig zu stylen – alles ist schon mal da gewesen, und selbst die Kahlrasierten sind keine Skinheads mehr. Da griff der junge Mann zum Äußersten und verwandelte sich in seine androgyne Großmutter. Passend zu der Bollerbuchse, deren Schritt in den Kniekehlen hängt, ruht oben auf der filzigen Runkel nun der Männerdutt. Hier wird Hässlichkeit neu interpretiert. Hut ab! Nein, doch lieber wieder drauf!

Destroyed Jeans

Seitdem die viel zu engen kaputten Hosen «Skinny-Destroyed-Jeans» heißen, kaufen sich die Doofen für viel zu viel Geld zerrissene Klamotten und halten sich dabei für hip. Nun war es schon immer ein Vorrecht der Jugend, sich in Sack und Asche

Die kaputte Hose als kultureller Identitätsraub.

zu gewanden, kontrastierte es doch so herrlich mit der ansonsten juvenilen Frische. Allerdings scheitert wie so oft der Umkehrschluss: Sieht man scheiße aus, hat man sich damit nicht die Jugend zurückgekauft. Will heißen, die Transfünfzigerin, Typ Margarinereklame-Mutti, sieht mit den zerfransten Löchern am Hosenknie nicht aus wie die ältere Schwester ihrer Tochter, sondern wie eine frisch vermöbelte Assi-Alte.

Der Großvater des Shabby Chics ist der gebrauchte Armeeparka aus den Sechzigern. Dieser war immerhin günstig im Erwerb, authentisch vernutzt, hatte – da vom Militär – einen hohen Gebrauchswert, und man sah darin trotzdem richtig beschissen aus. Auf ihn folgte in der Genealogie der vorgekauten Kleidage die Kaufhauspelle aus «Antikleder» im «Used Look». Hier war nicht so sehr der Wunsch nach Hässlichkeit Vater des Kaufwunsches, sondern die Simulation von Geschichte. Der Träger sonnte sich im Gedanken, ein Royal-Air-Force-Pilot habe mit genau dieser C&A-Jacke deutsche Städte bombardiert oder im Casino willige Karbolmäuschen flachgelegt.

Richtig peinlich wurde es, wenn zusätzlich fiktive Regimentsaufkleber den Ärmel und die Brust der Schweinsledernen zierten.

Gleichzeitig zur verranzten Bomberjacke erschien die «Stone-washed-Jeans», sowohl als Jacke wie auch als Arschbeutel. Sie wurde gekauft, um sich die Mühsal zu ersparen, mit der nagelneuen und brettharten Jeans tagelang in der Badewanne zu verharren, damit sie so aussähe, als trüge man sie schon seit Jahren, hauptsächlich auf Demos und Festivals oder so und nicht im Proseminar Pädagogik. Um diesem Tort aus dem Wege zu gehen, erstand der pseudohippe Student die Pre-washed-Version der Markenjeans. Einen zweiten Frühling erlebte die peinliche Klamotte vor, während und nach Öffnung der innerdeutschen Grenze. Es schien so, als ob wirklich jeder Ostzonike, den es gen Westen trieb, eine Stone-washed-Jeansuniform trug. Damit war das Textil westlich der Elbe modisch verbrannt, wobei die Ost-Stone-washed-Technik nicht ganz dem entsprach, was man sich unter einer Alterspatina vorstellte. Die Zonenfummel sahen eher so aus, als wären sie in einen Möwenscheißeregen geraten.

Die bisher letzte Ausgeburt der pseudovernutzten Kleidung ist die Skinny-Destroyed-Jeans. Wer sich für satt über hundert Euro eine vorab zerrissene Hose um den Hintern hängt, sollte auf jeden Fall einen Aufnäher nicht vergessen: «Eure Armut kotzt mich an.» Denn genau das will uns die Hose sagen.

Schwachsinn und Life-Balance

Um weder wahnsinnig noch gewalttätig zu werden, muss man die Balance zwischen Schwachsinn und dem Leben, wie es sein sollte, einhalten. Wie viele Tweets von Donald Trump musste ich lesen, um mir ein weiteres Mal zu bestätigen, dass er ein rüpelhafter Vollidiot ist. Da greif ich doch lieber zu einem Gedicht von Herbert Hölderlin, oder auch Friedrich. Warum sollte ich mich stets auf dem neuesten Stand halten, was die bekloppten Ideen der Politik zu Klimawandel, Migration oder Widerspruchslösung bei der Samenspende anbetrifft? Heute gehört, morgen vergessen. Da schau ich doch lieber bei Netflix nach, wer gerade erstochen wird. Weniger Schwachmatengeraune und turnusmäßige Schreckensmeldungen halten das gebeutelte Großhirn länger am Leben. Warum erzählt man mir von all den umgefallenen Bussen in Pakistan, den ständigen Zugunglücken in Südamerika, vom gestrandeten Wal an Neuseelands Küste? Schade drum und irgendwie traurig, andererseits aber auch egal, wenn man ehrlich ist. Lasst uns doch mit dem Mist in Ruhe, das Wissen darum bringt weder uns noch den Pottwal weiter. Da guck ich doch besser eine halbe Stunde aus dem Fenster und räume im eigenen Resthirn auf.

Vom Schlechten und Schlimmen in der Welt zu erfahren stimmt den modernen Primaten nicht gerade froh, doch das Übel abzulöschen mit leicht verdaulicher Fernsehnahrung hilft auf Dauer noch viel weniger. Mit Bachelor-Binge-Watching oder anderen Chipsfresser-Begleitprogrammen wird das letzte Hirnwasser aus der Bilge gelenzt. Das tumbe Wirtstier liegt hernach wie ein verwestes Sauriergewölle in der Wohnlandschaft herum. Um auch geistig zu überleben, sollte nicht nur der Schrecken auf Distanz gehalten werden, sondern vor allem auch das Strunzendoofe. Der Infobrei aus Promigeseire und Meinungsfürzen, welcher täglich unsere Synapsen verstopft, muss gebändigt werden. Das gelingt am ehesten durch ein geistiges Gegenfeuer aus klugen Gedanken, Musik, Malerei, Gesprächen mit interessanten Menschen, Büchern, Radio und Fernsehen, meistens erst in der Nacht ... und sogar im Internet. Schwachsinn und Life-Balance ist das Wellnessprogramm für die Rübe.

HELDEN IM ABSEITS: Thilo Sarrazin

Das Erstaunlichste an Thilo Sarrazin ist, dass er weniger am Schwund der SPD-Wähler Schuld trägt als die letzten Vorsitzenden und Kanzlerkandidaten. Allein schon aus diesem Grund musste ein Ausschlussverfahren gegen ihn angestrengt werden, war er doch offensichtlich nicht auf Parteilinie. Sein Bestseller «Deutschland schafft sich ab» hat aber auch alles, um das Willy-Brandt-Haus in Wallung zu bringen. Hier spricht ein SPD-Mitglied in drastischen Worten aus, was viele SPD-Wähler womöglich auch denken, aber nicht denken sollen – nach Meinung des Vorstandes. Seine These lautet: Ungelenkte Migration ist nicht nur eine kulturelle Bereicherung, um es vorsichtig auszudrücken, oder in seinen Worten: «Ich muss niemanden anerkennen, der vom Staat lebt, diesen Staat ablehnt, für die Ausbildung seiner Kinder nicht vernünftig sorgt und ständig neue kleine Kopftuchmädchen produziert.» Besonders der letzte Teil des Zitats hat ihm schließlich das Parteibuch gekostet, das er laut eigener Aussage mit ins Grab nehmen wollte. Da drin liegt es nun vor ihm, neben den vielen anderen SPD-Parteibüchern.

Lexikon: Identität

Noch gar nicht lang ist's her, da war «Identität» ein spröder Begriff aus dem Bereich des Einwohnermeldeamtes, verwandt dem französischen Wort für den Personalausweis, «Carte d'identité». Heute ist die Identität hochpolitisch, und ganze Bevölkerungsgruppen fühlen sich in der ihren systemisch verletzt.

J

Jamaika und die SPD

Schuld war nur die FDP

«Wenn zwei Liberale sich in meinem Namen treffen, so soll diese Vereinigung heißen ‹Landesverband›», sagte einst der Gründer der FDP, Ron Hubbard, nein, der war's nicht, Bhagwan, nein, der auch nicht – ist ja auch völlig gleichgültig, denn die Liberalen heißen so, weil sie frei von jedweder politischen Meinung und Haltung sind. Nun nehmen sie zuweilen zwar eine solche an, legen sie aber genauso schnell auch wieder ab. Der Liberale will nichts durchsetzen oder erreichen, das unterscheidet ihn deutlich von den Genossen anderer Parteien, sondern er will deren politische Ziele verhindern. Denn nichts ist ihm so zuwider wie das Regieren an sich. Um staatliche Eingriffe und Lenkungsabsichten zu verhindern, geht der Liberale häufig sogar Regierungskoalitionen ein, mal mit dieser, mal mit jener Partei. Ziel ist jedoch immer, das Wirtstier zu schwächen und es an der Umsetzung seiner Vorhaben zu hindern.

So ist denn die FDP zur erfolgreichsten Partei der bundesdeutschen Nachkriegsgeschichte geworden. Mit dem beabsichtigten Misserfolg gemeinsamer Regierungsbündnisse geht allerdings auch eine periodische Schwächung der eigenen Wählergunst einher. Drum bewegt sich die FDP in einem ewigen Auf und Ab der Prozente und braucht nach einigen Jahren des kräftezehrenden Blutsaugens an der Wirtspartei wieder Zeiten der Rekonvaleszenz. Im Winterschlaf der Opposition schmilzt die Truppe auf eine Sockelbelegschaft zusammen, so benötigt man weniger Reisekosten für Landesparteitage, kleinere Säle, und manchmal reicht auch ein Telefongespräch für einen Parteibeschluss. Geht's aber wieder ans Regieren, so bedarf es nur einer Annonce im «Deutschen Ärzteblatt» zusammen mit ein wenig Getwitter, und die Reserve steht Gewehr bei Fuß vor den zu verteilenden Pöstchen. Die FDP ist gar keine Partei, sondern simuliert eine solche auf recht erfolgreiche Weise, und das schon seit mehr als einem halben Jahrhundert.

Und so ging's los: In den frühen Tagen der Bonner Republik trafen sich ein paar erfolgsorientierte Männer in einer Kaschemme am Rhein. Niemand von ihnen hatte etwas vorzuweisen, das auf eine rosige Zukunft hinwies – weder Hochschulabschluss noch Familienvermögen. So war allen klar, denn intelligent waren sie, dass nur der Weg in die Politik blieb, um an die Fleischtöpfe zu gelangen. Überzeugungen hegten sie keine, denn davor saß ihnen der Ekel noch aus tausendjähriger Erfahrung in den Knochen.

Wie sie nun so diskutierten und eine Partei nach der anderen durchgingen, welche denn wohl den schnellsten Durchmarsch zur Spitze böte, stellte sich schnell die Ernüchterung ein: Es fielen so ekelige Namen wie «Unterer Regionalverband» oder «Landesdelegiertenversammlung». Vor Abscheu schnäuzten sie in ihre Taschentücher und bestellten noch ein Gebinde des säuerlichen Müller-Thurgaus. Als dessen dritte Bouteille zur Neige ging, hatte einer endlich die rettende Idee: «Wir gründen eine eigene Partei, und weil sie frei von jeder festgelegten politischen Meinung sein soll, nennen wir sie die Freie Demokratische Partei.» Dies war die Geburt der FDP aus dem Geist der milden Trunkenheit, was wieder einmal beweist, dass die Nüchternheit nicht immer und überall die Mutter des Erfolges ist.

Am Ende war es Schulz

21. Januar im Jahr des Herrn 2018. Die Nacht fällt über Würselen. In einer bescheidenen Buchhändlerkate hockt tiefbetrübt ein kahlhäuptiger Mann. Woher dieser Trübsinn? Er versteht die Welt nicht mehr, hatte er nicht soeben einen Sieg errungen? Nun, nicht in der wirklichen Welt, sondern in der SPD. Es waren auch keine hundert Prozent wie vor Urzeiten, nur 56,4 Prozent der Delegierten sind noch immer auf seiner Seite. Unser Mann weiß nur zu gut, dass in einer Partei erst ab fünfundneunzig Prozent die Siege gezählt werden. 56,4, das war ein Arschtritt, wie er im Buche steht. Ein Herbert Wehner hätte sich dafür in sein Taschenmesser gestürzt, sogar ein Rudolf Scharping. Was ist nur aus dieser Welt geworden? Die Arbeiter wählen nicht mehr die ihnen vom Schicksal vorherbestimmte Partei, und die Kevins bleiben nicht mehr allein und schon gar nicht zu Haus. Wo soll das noch enden? Wird Deutschland bald von einer Chantal regiert? Gilt es denn gar nichts mehr, wenn man den stolzen Namen Martin trägt und weit mehr als den halben Mantel für den Stolz der Partei hergibt?

Aber auch ein Martin weiß, dass der Weg in die Selbstüberschätzung mit Stolz gepflastert ist. Ein letztes Mal ist es ihm an diesem Tag gelungen, den jungen Bock von der Lichtung zu forkeln, ein letztes Mal hat der Alte einen Sieg davongetragen, zwar einen erbärmlichen, doch immerhin einen Sieg. Jetzt ist er müde vom ewigen Kampf gegen die Schwachköpfe seiner Partei und vom Kampf gegen die regierende Wanderdüne aus Berlin. Mister 56,4 lässt sich in seinen Lieblingssessel fallen, liest noch ein paar Seiten in seinem Machiavelli, dann hat ihn die Müdigkeit endgültig übermannt.

In seinem Traum tritt Martin Schulz als Sieger ab, nicht als Mister 20 Prozent der Bundestagswahl, sondern als der 56,4-Terminator, der es geschafft hatte, sich selbst zu widerlegen. Den Horror mehrmonatiger Koalitionsverhandlungen, den tut er sich nicht mehr an, nur um danach von einem dieser Kevins erneut und dann womöglich endgültig abgekanzelt zu werden. In seinem Traum tritt er vor die Presse und sagt zum dritten und letzten Mal seinen Satz – den Satz, mit dem er in den Geschichtsbüchern stehen wird: «Mit der SPD wird es keine Neuauflage der Großen Koalition geben.» Wie sie dann dumm aus der Wäsche gucken werden mit ihren kleinen Schweinsäuglein, die Nahles, der Gabriel, die Schwesig und auch der miese kleine Kevin, der sich so auf einen weiteren Kampf gefreut hat, denkt Martin Schulz. Im Traum greift er zum Telefon und drückt die Kurzwahltaste «Angela». Er sagt ihr, dass der Plan funktioniert hat, er würde ihr die Reste der SPD auf dem Silbertablett servieren. Danach gibt's Neuwahlen, und in der letzten Szene seines Traums sieht er sich, wie er von Merkel zum ersten Gesamtaußenminister der EU berufen wird.

Dann wacht Martin Schulz auf und sieht, wie er im Fernsehinterview genau das Gegenteil sagt von dem, was er gerade geträumt hat. «Ach, der Schulz», denkt Martin Schulz und dreht sich wieder um. Noch fünf Minuten bis zur Wirklichkeit.

Eine Welt ohne SPD

Noch ist es ein Rückblick auf eine dann doch nicht eingetretene Zukunft, trägt aber schon den Geruch zukünftiger Niederlage in sich: eine Welt zehn Jahre nach dem Ende der SPD. Sie leben alle noch – irgendwie. Im Ursula-Engelen-Kefer-Haus des ebenfalls erloschenen DGB trifft sich der Godesberger Kreis, die Auffangorganisation der ehemaligen deutschen Sozialdemokratie. Ein mittlerweile auch physisch vergreister Ralf Stegner fordert die sofortige Abschaffung von Hartz IV. «Kevin, gib Ralle mal seine Tabletten», ruft Sigmar Gabriel aus der letzten Reihe. Die Malu, die Schwesig und das Schäfer-Gümbel kommen nie zum Mittwochssaufen der alten SPD-Schranzen.

Diese drei sind die wirklichen Totengräber der Sozen, hatten sie doch tatsächlich damals im Sommer 2019 die GroKo mit der Krampendings aus dem Saarland fortsetzen wollen. Gut, bei Neuwahlen wäre die SPD irgendwo knapp unter zehn Prozent gelandet. Ja, na und! Mit dem Ergebnis hätte die stolze deutsche Sozialdemokratie die schwere See abwettern können. Zumindest für die alten weißen Männer und die dicken weißen Frauen wäre das noch ein goldener Herbst in der Opposition geworden. Aber nein, der Schafskopf Gümbel wollte in seinem Leben unbedingt noch mal Minister werden, die Malu hatte an der Karrenbauer einen Narren gefressen, und die Schwesig hielt zum Beispiel Homöopathie für 'ne Schwulenkrankheit – keine weiteren Fragen.

Als Angela Merkel die drei Pappnasen im Juli zu ihrem Fünfundsechzigsten einlud, die Manuela links und Malu rechts neben Obama sitzen durften und das Gümbel den Eröffnungstanz mit Mutti aufs Parkett legte, war das Eis gebrochen. In all den Jahren in der SPD hatten die drei noch nie so viel aufrichtige Herzlichkeit erlebt. Spontan zwischen Kartoffelsuppe und Wackelpudding unterschrieben sie den neuen Blanko-Koalitionsvertrag der SPD mit Merkels Nachfolgerin und tranken Uckermärker Stachelbeerschnaps, bis die Sonne aufging. «Tschüssikowski Barack, man sieht sich», flötete die Schwesig beim Nachhausegehen.

Nach dieser denkwürdigen Nacht im Sommer des Schicksalsjahres 2019 dauerte es dann nur noch ganze drei Monate, bis sich auf Antrag Kevin Kühnerts die SPD selbst auflöste. Im Willy-Brandt-Haus ist nun ein Jawoll-Markt, die Friedrich-Ebert-Stiftung kümmert sich um Hunde aus Rumänien, und die alte Parteizeitung, der «Vorwärts», ist ein Onlineportal des Volkswagen-Konzerns. Auf die Namensrechte hatte auch die AfD geboten, aber Gerhard Schröder hatte irgendwo noch 'ne Million lockergemacht. Die Welt zehn Jahre nach dem Ende der SPD ist nicht wesentlich schlechter als davor – das ist im

Grunde die bitterste Pille für die Überlebenden. «Kevin, hol uns alle mal 'ne Flasche Bier, sonst streiken wir hier», zitierte sinngemäß und nicht zum ersten Mal an diesem Abend Sigmar Gabriel seinen alten Mentor.

Das Ende der SPD-Kultur

Mit der SPD verschwände nicht nur eine Partei von der politischen Bühne, die offensichtlich wenige vermissen, sondern eine ganze Kultur wäre weg: Die zum Einkaufspreis abgegebenen Bratwürste am 1. Mai, die roten Sonnenschirme, unter denen Kugelschreiber mit den drei lustigen Buchstaben angeboten wurden, und besonders schmerzlich vermisst: die schlichten Eiskratzer ohne Gummilippe, nüchtern und prosaisch wie Olaf Scholz. Ohne die gute alte Tante SPD wird wohl auch das kumpelhafte Geduze verschwinden und der durch bestimmten Artikel gestützte Vorname: Der Gerd und die Andrea, we are family! Als Steinbrück und Steinmeier noch im Team die SPD in den Abgrund führten, hießen sie unter Sozialdemokraten ehrfürchtig «die Stones», das hatten Jagger und Richards wahrlich nicht verdient. Die deutsche Sprache ist des Weiteren durch den Sozen-Plural bereichert worden: Die Mehrzahl von Papier lautete Papiere, und dabei ging es um die schriftlichen Ergüsse ihrer Funktionäre, die vorwiegend auf den Rücksitzen von Dienstlimousinen entstanden.

Laut Volksmeinung konnte die SPD nie mit Geld umgehen, dabei hat sie es doch durch den ihr eigenen Plural sogar vermehrt, er lautet «Gelder», und gemeint sind damit Steuereinnahmen, die an SPD-nahe Lobbygruppen für Transferleistungsträger weitergereicht wurden. Zu den geheimnisvollsten Wesen in der ehemaligen Partei gehörten die «Gremien». Wie die Erinnyen aus der griechischen Mythologie zerstörten sie alles, was den Göttern nicht gefiel. Reichte das einfache Mitglied ein «Papier» beim Parteitag ein, so hieß es sibyllinisch, es werde weitergereicht an die Gremien, auf Deutsch: in den Papierkorb.

Immer wenn es ganz schlimm um die Partei stand – also fast immer –, dann hieß sie in den Reden ihrer unzähligen Vorsitzenden nicht einfach «die SPD», sondern schwülstig «die Sozialdemokratische Partei Deutschlands», nicht ohne auf ihre über hundertfünfzigjährige Geschichte hinzuweisen und sich selbst als «stolzen Sozialdemokraten» zu bezeichnen. Nun wissen wir aus unzähligen Beispielen, dass jene, die auf sich selbst stolz sind, selten Grund dazu haben. Was aber bleibt von der SPD in Erinnerung? Bergleute, Betriebsräte, Bratkartoffeln und Brieftauben! Und natürlich irgendwie auch Rudolf Scharping!

Stumpfe Doppelspitzen

Deutsche Parteien leiden unter fortschreitender Doppelspitzisierung. Erfunden haben sie nicht – wie man vermuten mag – die Grünen, sondern wie fast alle Übel dieser Welt: die Spezialdemokraten. Willy Brandt und Herbert Wehner bildeten die erste wirkliche Doppelspitze Deutschlands und gaben ihr auch gleich ihr unumstößliches Gesetz: Einer muss immer die Frau sein, in diesem Falle der Willy. Später machten Die Grünen die Führungsdoublette zu ihrem Markenzeichen und formulierten ihr zweites Gesetz: Ein Fundi und eine Reala beziehungsweise eine Funda und ein Realo müssen immer dabei sein. Dank dieser doppelten Einschränkung der Auswahl ließ das dritte Gesetz nicht lange auf sich warten: ein Mordsotto und eine Blinse oder umgekehrt: ein Medienvielsprechgerät und ein Zausel, bei den Grünen als Klassiker neben Özdemir, dem Dauerpräsenten, die Blinse Simone Peter und zusätzlich zum Verlautbarungsorgan Göring-Eckardt den schratigen Anton Hofreiter.

Bei den anderen Parteibuch-Ausgabestellen sieht's ähnlich

aus. Alle halten sich an die drei Gesetze, wobei das erste – als Doppelspitze immer ein Mann und eine Frau – zu verschwinden droht, denn wie wir alle aus dem Schulbuch für Baden-Württemberg wissen, gibt es wesentlich mehr als nur zwei Geschlechter, folgt also bald die Quadrupelspitze oder gar die Rotten- oder Hordenspitze. Na ja, bis dahin übte sich die Linke noch im Klassiker: Sahra Wagenknecht und Dietmar Bartsch in ihrer Rolle als die beiden Fraktionsspitzen Nitro und Glyzerin. Einzig die Union wusste seinerzeit, wie man's richtig macht: Die Doppelspitze aus Merkel und Seehofer war nicht mal in derselben Partei.

Laschet und die Ampel

Gut eine Woche nach der Wahl zum Bundestag hatte auch Armin Laschet begriffen, dass es eine Jamaika-Koalition mit ihm als Bundeskanzler nicht geben würde. Doch er hatte einen Plan: FDP und Grüne beschließen die Koalition mit der SPD, und wenn es dann zur Wahl des Bundeskanzlers kommt, lässt Friedrich Merz bei allen Autos der SPD-Abgeordneten die Luft raus, Jens Spahn klemmt Dachlatten unter die Türdrücker der Grünen-Büros, und schwuppdiwupp haben CDU und FDP eine Mehrheit und wählen Laschet zum Bundeskanzler. Junge, Junge, da würde der Scholz aber dumm aus der Wäsche gucken. Die schlimmste Demütigung kommt aber erst noch für ihn, wenn er erfährt, dass Esken und Kühnert in den Plan eingeweiht waren. Sie hatten Merz die Autonummern der SPD-Parlamentarier verraten und damit zum zweiten Mal dem kleinen Olaf vor den Koffer geschissen – aber so was von!

Die sozialdemokratische Linke war sich im Klaren, dass man sich mit dem Scholz einen der Hartz-IV-Architekten in den Pelz gesetzt hatte, quasi den Beelzebub persönlich. Nun, da die Wahl gewonnen war, hatte der Olaf seine Scholzigkeit getan, und man konnte ihn getrost zurück ins Regal legen. Armin Laschet war einfach der bessere Verbündete gegen die FDP und die Grünen. Für die Chance, doch noch Kanzler zu werden, hätte er alles getan, sogar Saskia Esken geheiratet, Kevin Kühnert adoptiert und Walter-Bonobo beim Ausziehskat gewinnen lassen. Laschet war das Kanzleramt gar nicht so wichtig, aber glaubten diese Deppen von seiner Partei denn tatsächlich, eine Aachener Karnevalstruppe würde ihn als Wahlverlierer zum Prinzen küren? Wie weltfremd ist die CDU eigentlich geworden, wunderte sich der Armin, dass sie auch nur im Ansatz glaubt, jemand könne im Aachener Karneval als Verlierer einen Fuß an die Erde bekommen. Man schaue sich nur den Tropf aus Würselen an, selbst dort wird man nichts mehr als gescheiterter Kanzlerkandidat. Nein, nein, so was würde ihm nicht passieren, dem zehnfach außerehelichen Nachfahren von Karl dem Großen und Napoleon, wenn nicht sogar Neffen um drei Ecken von Ramses II. Und hieß nicht sogar der Bezwinger Roms im Jahr 9 nach Christus Armin? Da haben wir's doch, es ist alles vorbestimmt. Ein Laschet hat Nehmerqualitäten, gaben selbst seine Kritiker zu, und genau die würde er jetzt aktivieren und sich im Handstreich das Kanzleramt nehmen. Was für ein Husarenstück, das musste selbst Markus Söder zugeben.

Laschets Mund umspielte ein wissendes Lächeln, doch da schreckte eine Frauenstimme den CDU-Cäsaren aus seinem Tagtraum: «Herr Laschet, sind Sie so weit? Die Herren von der Security möchten Sie aus dem Konrad-Adenauer-Haus hinausbegleiten.»

Politik als Fußball

Wollen Politiker sich besonders volksnah geben, dann schwelgen sie in Bildern und Vergleichen aus dem Fußball. Altmeister der Rasensportmetaphern ist Old Münte aus dem Sauerland.

Aber auch bei weniger ballaffinen Schranzen liegt ständig die Wahrheit auf dem Platz. Selbst wenn der Ball im Feld des Gegners ist, muss das Runde irgendwann ins Eckige ... gähn, Langweil, Überdruss. Sobald der Polithansel auf Fußballsprech umschaltet, will er sein Publikum einlullen, indem er komplexe oder bedrohliche Sachverhalte in den Schonraum des Stadions holt. Wir leben zwar in einer Zeit, in der es an Bedrohungen nicht gerade mangelt, allerdings liefert der Fußball dabei wenig Trost. Was hilft es auch, die SPD mit Schalke 04 zu vergleichen. Beide sind gleichermaßen im Arsch. Auch wenn jedes Spiel neunzig Minuten hat, so läuft hier schon zweimal die Verlängerung, Saskia Esken nagelt zuverlässig den Ball an die Latte, und Schalke fliegt aus dem Bundestag – so könnten sich Fußball und Politik in Zeiten des Elends gegenseitig metaphorisch befruchten. Söder und Laschet haben sich verdribbelt, und die Union hat sich schon im Viertelfinale aus der Champions League verabschiedet. Wie im DFB hockt fernab von aller Realität Mutti Merkel in der Zentrale und schaut stoisch zu, wie die Nationalelf immer weiter abschmiert.

Was soll's, trotz Pandemie und Rezession gilt es, den Ball flach zu halten. So flach wie in der deutschen Politik nennt sich das dann allerdings nicht mehr Fußball, sondern Minigolf. Profiteur beim Abgesang der großen Volksparteien ist überraschenderweise die FDP. Während also im Tabellenkeller noch Licht brennt, stehen die Grünen schon bald unter der Sektdusche, wenn im Frauenfußball das Leder im Netz zappelt. Nur, wer beim Impf-, Test- und Lockdown-Chaos seine Kiste sauber hielt, konnte im September einen Sieg davontragen, bei allen anderen musste der Torwart nach hinten greifen.

Nun reicht es auch an Rasensprech, man wird des Eingelulles doch recht schnell überdrüssig. Eine erkenntnisführende Metapher allerdings ist in jüngster Zeit hinzugekommen, die auf Fußball und Politik gleichermaßen zutrifft: Beide halten Geisterspiele ab ohne Fans.

HELDEN IM ABSEITS: Olaf Scholz

Er ist ohne Zweifel der größte deutsche Politiker der Nachkriegszeit: Olaf Scholz, ein kleiner wortkarger Knubbel aus Hamburg. Anders als die eindimensionalen Figuren Adenauer, Brandt oder Merkel steht Scholz inhaltlich für nichts, an das man sich später noch erinnern wird. Überall da, wo jemand ohne Profil gebraucht wird, stand der Olaf zur Stelle. Gerhard Schröder setzte ihn 2001 auf den Posten des Generalsekretärs der SPD, genauso geräuschlos verschwand er von dort auch wieder drei Jahre später. Im ersten GroKo-Kabinett Merkel I beerbte er 2007 Franz Müntefering als Minister für Arbeit und Soziales, um dieses Amt 2011 ambitionslos und besenrein wieder zu verlassen. Andere Politiker tun immerhin noch so, als verberge sich ein Gedanke hinter dem, was sie äußern. Der «Scholzomat» hat diese Phase längst überwunden. Betonungslos spult er seine Worthülsen ab ohne Mienenspiel, Gestik oder was immer eine Restemphase verraten würde.

Nur einen Ausreißer gibt es in der Biographie der perfekten Mittelmäßigkeit: 2011 holte er für die deutsche Sozialdemokratie zum wohl allerletzten Mal in ihrer Geschichte eine absolute Mehrheit – ausgerechnet der Scholz. Big Olaf war plötzlich Erster Bürgermeister der Freien und Hansestadt Hamburg, und das war verdammt noch mal schweinesexy. Er spürte schon am Wahlabend, wie ihn die Frauen seiner Umgebung mit ganz anderen Augen ansahen, es war dieser Hallo-Olaf-ich-will-ein-Kind-von-dir-Blick. Aus der unscheinbaren Figur der rot-grünen Jahre war eine erotische Vergeltungswaffe geworden. Er war jetzt nicht mehr der Scholzomat, sondern der coole Cowboy aus Altona, ein Vollstrecker, der, ohne mit der Wimper zu zucken, die CDU besiegt und gedemütigt hatte. Da war es schier nicht zu

Der Olaf ist stinksauer: Wenn Laschet, die Pflaume, so weitermacht, hätte er die Kanzlerschaft an der Backe.

vermeiden, ihn in den SPD-Vorstand zu wählen. So scholzte er in Hamburg sieben Jahre vor sich hin und wäre dort wohl auch in Ewigkeit, amen, geblieben, wenn ihn die wackelige GroKo Merkel III nicht nach Berlin gerufen hätte.

Als Finanz-Scholz verbündete er sich mit der Kreissäge aus der Eifel gegen den Poltergeist Gabriel, und beide jagten jenen zurück ins Reservat am Rammelsberg. Als Nahles dann den Bettel hinwarf, stand Unser Olaf als letzter Schröderianer ganz allein in der scheintoten GroKo herum, und es schien, als liefe alles auf ihn als Nachfolger hinaus. Doch den SPD-Mitgliedern gefiel es, statt seiner eine Irre von der letzten Bank nebst Begleit-Opa als Vorsitzende zu wählen – eine Demütigung, als hätte man im Computerschach gegen einen Atari verloren. Niemand anders als Olaf Scholz konnte das überleben, doch mit jedem Tag, den er so tat, als sei nichts geschehen, gewann der große Unsichtbare wieder an Boden, denn im Vergleich zu dem geistig stumpfen Spitzenduo erschien Mr. Worthülse wie ein Gigant.

Um ihn schlussendlich zu demütigen, machte ihn das Eskenkühnert-Kartell zum Kanzlerkandidaten der SPD, im Bewusstsein, das würde nur ein weiterer Reinfall, wie mit dem Schulz. Aber nur einen Vokal von Würselen entfernt, und doch eine andere Welt! Er hat es allen gezeigt und wurde über Nacht zum «Sexiest Social Democrat Alive».

Lexikon: Jetzt

Nicht nur der Titel eines verunglückten Buches von Annalena Baerbock, sondern auch Programm der alarmistischen Symbolpolitik. Die Energiewende in ihrem Lauf halten weder Ochs noch Esel auf. Damals wie heute ein Zeichen zunehmenden Realitätsverlustes.

K

Kanzlerkandidaten und Parteifolklore

Siggi allein zu Haus

Wer war noch mal der letzte SPD-Vorsitzende, der gesagt hat, das sei der schönste Job nach dem des Papstes? War es Müntefering oder August Bebel? Ich hab's vergessen! Nur eins ist gewiss, es gibt noch beschissenere Jobs auf der Welt: Gleichstellungsbeauftragter in Saudi-Arabien oder bis vor gar nicht langer Zeit SPD-Kanzlerkandidat in Deutschland. Da wundert es nicht, dass Super-Siggi den schrecklichen Moment der Wahrheit so lange wie möglich hinauszögern wollte. Eine Wahrheit, die da nämlich lautet: Es gibt keinen anderen für das Himmelfahrtskommando außer «Kleines dickes Sigmar». Erstens weil die anderen Pflaumen in der Selbsthilfegruppe politischer Deppen, kurz SPD, noch unwählbarer waren als Siggi, und zweitens erfüllte Gabriel schon vorher die Grundvoraussetzung für einen Kanzlerkandidaten der stolzen deutschen Sozialdemokratie: Fast alle Mitglieder fanden ihn scheiße, vielleicht nicht ganz so scheißig wie einst Peer Steinbrück oder – ich schmeiß mich weg – Rudolf Scharping, aber es reichte für einen inszenierten Opfergang an die Wahlurne. Und als dann auch das wieder mal erledigt war, konnte sich die SPD vier Jahre lang ihrer eigentlichen Bestimmung widmen, nämlich, wie Gabriel vorher schon verkündete, «das Leben der Menschen besser machen», anders gesagt: keine SPD-Regierung! So stieg Sigmar Gabriel in den Olymp der großen SPD-Vorsitzenden auf, er, der die Sozialdemokratie zurück in das Land Kanaan der Opposition geführt hatte. Denn Opposition ist Mist, sagte schon Papst Müntefering, es ist der Mist, auf dem das nächste Parteiprogramm gedeiht – und daran hatten dann wieder alle Spaß in der alten Tante SPD.

Die GroKo-Verlierer Siggi und Thomas

An dem Tag, als Sigmar Gabriel erfuhr, der feige Usurpator Schulz habe ihm das Außenamt gestohlen, hat er noch bis tief in die Nacht im Nibelungenlied geschmökert. «Hagen von Würselen, feiger Hund, dich soll der Teufel holen und deine Gefährtin Andrea aus der Pfalz gleich mit dir.» Der Sigmar hätte es nie für möglich gehalten, dass er nach der Niederlage 2003 in Hannover gegen Christian Wulff jemals von einem noch nichtswürdigeren Gegner besiegt würde. Die Jammergestalt Martin Schulz mit glatten hundert Punkten auf der Rudolf-Scharping-Loser-Skala tritt als SPD-Vorsitzender zurück, will aber neuer Außenminister werden. Soll das heißen: Für die SPD zu doof, aber für Deutschland reicht's grade noch? Und er selbst hatte ihn auf den Sockel gehoben, nun stieß er ihm den Dolch ins Kreuz. Zu einer derartigen Intrige wäre das Weichei aus Würselen nie fähig gewesen, hätte ihm nicht die rotzfreche Nahles den Steigbügel gehalten.

Armes Deutschland. Allmählich verstand Sigmar Gabriel, dass sich Gerhard Schröder einen Zweitwohnsitz in Südkorea besorgt hatte. Doch was sollte jetzt aus ihm werden, dem ehemaligen Vizekanzler. Gestern noch hatte er den türkischen Außenminister in seinem Goslarer Haus bewirtet, hatte im Vorgarten den Heli der Flugbereitschaft bestiegen. Und nun, alles vorbei! «Erst mal den Ball flach halten, Siggi», beruhigte er sich und zog die Stecknadeln aus dem Nahles-Foto wieder heraus, «man sieht sich immer zweimal im Leben, Andrea.» Sigmar Gabriel hatte sich wieder unter Kontrolle, ergriff sein Smartphone und wählte die Nummer von Matthias Müller in Wolfsburg: «Hi, hier ist der Siggi aus Goslar, sag mal, ihr habt doch euren Ober-Abgasaffen, den Thomas Steg, rausgeworfen, ich könnte mir vorstellen, der neue Generalbevollmächtigte zu werden. Ach ja, und schick mir mal ’nen neuen Audi A8 oder so vorbei, ich hab keinen Dienstwagen mehr. Alles klar, man sieht sich.»

Zweihundertsiebzig Kilometer weiter östlich in einer Ostberliner Rentnerkneipe sitzen die beiden Cousins Thomas und Lothar de Maizière, letzterer besser bekannt unter seinem Stasi-Namen IM Czerny. Nun hatte es also auch den letzten Vertreter der alten Hugenottendynastie erwischt. Sie hatte alles überlebt: Der Vater und Onkel die Reichswehr, die Wehrmacht, sogar die Bundeswehr, Lothar die DDR und Helmut Kohl, Thomas hatte die Staatskanzlei von Meck-Pommes überlebt, das Verteidigungsministerium und hatte Mutti die Aktentasche nachgetragen. Es hatte nichts genützt. Er war der Letzte der Dynastie, von Merkel weggeworfen wie ein Stück Merz oder Wulff. All die Jahre aufopfernde Selbstverleugnung an der Seite der amtierenden Endmoräne hatten ihn nicht retten können. Sie verzieh ihm nicht, dass er im Herbst den Posten des Ministerpräsidenten von Sachsen abgelehnt hatte. Aber bitte! Ein de Maizière lässt sich nicht in den Kongo nach Dresden versetzen. Dafür war seine Familie nicht im 17. Jahrhundert zu den Boches nach Brandenburg geflohen.

Lothar nahm seinen frisch geschassten Cousin in den Arm und tröstete ihn: «Thomas, du bist nicht der Einzige mit Migrationshintergrund, für den es in diesem Land keinen Platz mehr gibt.»

Sommerliche Flatulenz

Die Verfahren und Winkelzüge der Politik bleiben für viele von uns aus dem einfachen Wählerpöbel rätselhaft. Warum fordern Politiker heute das, was sie gestern noch vehement bekämpften, warum grätschen Hinterbankiers ihren Kumpeln von der Regierungsbank in den Schritt? Man staunt und wundert sich. Um das Rätsel ein wenig zu lüften, sei an dieser Stelle auf ein ehernes Gesetz der politischen Alltagskultur hingewiesen. Der Volksmund würde es wohl in etwa so formulieren: «Wer zuerst es ausgesprochen, dem ist es aus dem Arsch gekrochen.» Vox populi bezieht sich hier – wir haben es längst vermutet – auf die achterseitige Flatulenz. Und da sind wir auch schon ganz nahe bei dieser Form der politischen Meinungsäußerung. Will man eine Debatte schon im Keim ersticken, lässt man dazu einen Meinungsfurz – am besten mitten hinein ins Sommerloch. Klassiker der politischen Flatulenz ist das vorzeitige Hinausposaunen von Kanzlerkandidaten – natürlich, um sie zu verhindern (Beispiel: «Merkel macht's noch einmal») oder um sie zu provozieren (Torsten Albig: «Die SPD reißt sowieso nichts»).

Aber auch auf großer Bühne wird eifrig flatuliert: Barack Obama entdeckte auf der Zielgraden seiner letzten Amtszeit die Klimapolitik, in der Gewissheit, dass er sich damit nicht mehr abplagen musste, seinem Nachfolger oder seiner Nachfolgerin aber ein faules Ei ins Nest gelegt hatte. Unsere Angela blies schon Jahre vor ihrem Ende Winde ab über Klimaziele, ohne dass daraus etwas folgte. 2015 beteiligte sich auch der umtriebige Lammert am sommerlichen Flatulieren: Er forderte die Reduzierung der Abgeordnetensitze und die Verlängerung der Legislatur auf fünf Jahre. Warum tat er das? Richtig, um es zu verhindern. Der ewig abgasende Seehofer trug natürlich auch etwas bei zum sommerlichen Meinungsnebel: Er, der größte Seehofer aller Zeiten, sei absolut gegen ein Einwanderungsgesetz. Doch dabei hatte der alte Schussel seine Finte schon vorher im Sommerinterview offenbart; da war er noch dafür, wie er selber sagte: um es zu verhindern. So richtig wurde man nicht schlau aus dem bayerischen Orakel, aber solange es sich selber noch in den Rücken fiel, war's mir recht.

Wahlversprechen

Sie prangen vollmundig auf den Wahlplakaten der Parteien, die Versprechen auf eine bessere Zukunft: «Soziale Herkunft spielt immer noch eine entscheidende Rolle für Bildungserfolge. Das müssen wir zwingend beenden», meint die SPD. Schön, kein Problem, warum nicht durch systematische Verblödung der Professorenblagen – schneller geht's nicht. Chancengleichheit besteht auch, wenn alle keine haben und einen Pisa-Test nach dem anderen versemmeln. Zukunft bedeutet, wenn der indische Hauptschulabschluss einem deutschen Abitur entspricht. Und wenn der komplett durchintegrierte Unterricht sich nach dem Doofsten in der Klasse richtet, haben alle was davon, nämlich einen an der Waffel, und wollen später «Irgendwas mit Medien» studieren. Doof bleibt doof, und alle haben ein Grundrecht auf das Einser-Abitur.

Auch die FDP verspricht sich und dem Wähler was mit Bildung, hat aber selbst eher keine. «Das Digitalste in der Schule dürfen nicht die Pausen sein», stand bei den Liberalsten auf dem Plakat geschrieben. Wer den Superlativ von «digital» bildet, ist nicht cool, sondern blöd, selbst wenn er trotzig dagegen behauptet: «Bildung ist unser Jugendwort des Jahres.» Macht nichts, das Jahr ist ja bald vorbei, und dann ist es wieder «Fuck you, du Opfer» oder was anderes in der Preisklasse.

Denn eins, das ist gewiss, zumindest die CDU ist «Für ein Deutschland, in dem wir gut und gerne leben». Wenn auch nicht lange, denn es müssen auch 'ne Menge abgeschoben werden, so schön es hier auch ist. Trotzdem ist die CDU «Für mehr Respekt vor Familien». Sehe ich ähnlich, jedenfalls vor arabischen Großfamilien oder La Famiglia aus Sizilien, sonst hat man ganz schnell 'ne unheilbare Bleivergiftung am Hals.

Das Thema wählen auch die Grünen und philosophieren im Zirkelschluss so vor sich hin: «Umwelt ist nicht alles, aber ohne Umwelt ist alles nichts.» Ja, ja. Alle Frauen sind Menschen, aber sind deswegen auch alle Menschen eine Frau? Bisher jedenfalls noch nicht. So ist das mit den Sprüchen, die so schlau daherkommen: Je näher man sie anschaut, desto weiter blicken sie zurück. Da loben wir uns doch als letzten Blick unseres kleinen Ausritts durch die politische Landschaft vor einer Wahl ein Plakat der AfD: «Neue Deutsche? Machen wir selber.» Ficken als Staatsauftrag. Das greift dem Wähler direkt in die Unterhose, und dort entscheidet sich ja sowieso letztendlich alles.

Frag die Basis

Volksentscheid, Mitgliederbefragung, Urwahl – woher kommt der plötzliche Drang, die Basis zu konsultieren? Die gewählten Führungseliten trauen den eigenen Argumenten weniger als der Schwarmdemenz einer breiten Masse. Aus Feigheit vor Verantwortung oder dümmlichem Populismus – das Resultat ist gleichermaßen verheerend. Fahren diese Basis-Apologeten eigentlich nie mit dem Bus, besuchen sie keine Fußgängerzonen, haben sie überhaupt keinen Kontakt zu den viel beschworenen einfachen, ehrlichen Menschen, die täglich zur Arbeit gehen? Hören sie sich nicht ihre kruden politischen Meinungen an, sind sie nicht erschüttert über deren katastrophales Nichtwissen über alles? Glauben sie wirklich, dass hiesige Ureinwohner, die sich durchschnittlich dreieinhalb Stunden pro Tag von deutschem Fernsehen ins intellektuelle Koma schicken lassen, dass diese Irren über unsere Zukunft entscheiden sollten oder auch nur über das Geschlecht von Ampelfiguren? Ist der Brexit nicht Lehre genug, dass man das Volk niemals nach seiner Meinung fragen sollte, nicht nur weil es zu doof ist, sondern weil es das Volk ist?

Eine aus repräsentativen Wahlen hervorgegangene Regierung kann man nach misslungener Politik abwählen, das Volk wird man nicht los, und dessen blödsinnigen Entscheide haften wie Dreck am Hacken. Das Wesen der Demokratie ist, dass sie nur so tut, als ob die ganzen Trottel über alles mitbestimmen dürfen, das ginge schon rein technisch nicht. Alle vier, fünf Jahre wird die eigene Meinung in der Urne begraben, und gut ist. Das klingt nach wenig, ist aber historisch gesehen eine ganze Menge an Mitbestimmung, denn immerhin ist es den Regierten gestattet, ihre Herrscher in die Wüste zu schicken, wenn sie allzu nassforsch der eigenen Klientel die Taschen füllen. Macht wird nur auf Zeit vergeben und bloß in den geregelten Bahnen einer rechtsstaatlichen Ordnung, die von einer unabhängigen Justiz überwacht wird. Das war's auch schon, was man von einem Staat erwarten darf.

Von seinen Repräsentanten kann der einfache Bürger verlangen, dass sie zum Wohle der Allgemeinheit Entscheidungen treffen, die weitgehend argumentativ nachvollziehbar sind, wenn er sich denn dafür interessiert. Er darf auch erwarten, dass der Staat dafür sorgt, die große Masse der schlecht, falsch oder gar nicht informierten Fleischwurstvernichter von politischem Einfluss fernzuhalten. Allein schon das Wort «Meinungsumfrage» sollte Beleg dafür sein, dass man danach keinesfalls Urteile fällen sollte. Wie sagte schon der pfälzische Saumagen-Philosoph Helmut Kohl: «Hinten kackt die Ente.» Und da sind wir immer mal wieder gespannt, welchen SPD-Vorsitzenden oder CDU-Kanzlerkandidaten die Kloake hervorbringen wird.

Mann aus Pappe

49,90 für einen lebensgroßen Pappaufsteller mit Rückenstütze für den Einsatz im Innenbereich. Er zeigt einen irre dreinblickenden Anzugträger mit Haarkranz, die linke Hand in der Hosentasche, die rechte Kralle scheint etwas zu umfassen, das aber wohl später herausretuschiert wurde. Ähnlich wie sein lebendiges Vorbild kann der Aufsteller durch Zweiteilung für den Transport einfach zusammengeklappt werden. Der Mann aus Pappe ist Martin Schulz, das Wunder von Würselen, im Format 1800 mal 600 Zentimeter. 49 Euro 90 sind dagegen nicht von Pappe, zum Vergleich: Ein lebensgroßer «Bravo»-Starschnitt von Schnappi, dem kleinen Krokodil, kostete 2005 den Gegenwert von elf Heften gleich 14 Euro 30, die vielen interessanten Zusatzleistungen der «Bravo» von Dr. Sommer und seinen glitschigen Kollegen nicht eingerechnet. Sicher, man musste Schnappi noch selbst zu Haus auf Wellpappe ziehen, das hatte der SPD-Fanshop im Falle Schulz schon für einen erledigt. Trotz allem: Dreieinhalbmal so viel für Schulz denn für Schnappi, wo bleibt da die soziale Gerechtigkeit? Hart arbeitende Menschen wollten sich den lustigen Pappkameraden der SPD womöglich gar nicht leisten.

Und schon lief die gut gemeinte Werbeidee des Willy-Brandt-Hauses ins Leere. Man hatte so sehr gehofft, Abertausende Wählerinnen und Wähler orderten den pappigen Schulzen, stellten ihn zu sich ins Wohnzimmer, um virtuelle Zwiegespräche zu halten über das SPD-Parteiprogramm. Just wie der reale Schulz würde auch der wellpappene zwar keine Antwort wissen, aber allein durch seine Präsenz wieder Hoffnung auf die Kanzlerschaft wecken. Doch es kam anders: Die Schulz-Pappe mit Zweiteilungsperspektive für den Transport stand einsam im Lager des SPD-Fanshops, weil niemand sie wollte. Nicht mal die treuen Genossen draußen in den Fußgängerzonen bestellten sich einen, denn der Schulz eignete sich trotz Rückenstütze nur für den Einsatz im Innenbereich. Draußen im Leben, da, wo es brodelt, manchmal riecht und gelegentlich stinkt, da wehte das kleinste Lüftchen den Pappkameraden fort.

Und nun, da der Schulz in den Brunnen gefallen war, überlegte die Sozialdemokratische Partei Deutschlands, ob es eine so gute Idee gewesen war, den eigenen Kandidaten, noch bevor er die Wahl verloren hatte, schon aus Wellpappe nachzubilden. Kaum vorstellbar, dass eine Angela Merkel, ja, nicht mal ein Cem Özdemir sich eine derartige Demütigung hätten bieten lassen, schon gar nicht von den eigenen Leuten. Aber wie heißt es doch in der Welt der Politik: Die Steigerung von Feind heißt Parteifreund. Drum drängte sich nicht von ungefähr die Überlegung auf, der finstere Gabriel stecke hinter dem Wellpappen-Komplott. Und wenn dereinst auch dieser Versuch zur Eroberung des Kanzleramts durch die SPD wieder mal Geschichte sein würde, blieben doch Tausende nicht verkaufte Pappschulzen im Depot. Man würde sie wie die Terrakotta-Armee sehr dekorativ in der SPD-Parteizentrale präsentieren können – denn für den Einsatz im Innenbereich wurden sie ja einst gemacht.

HELDEN IM ABSEITS: Esken und Walter-Borjans

Deutschland hatte endlich wieder ein Traumpaar. Seit Hans-Jürgen Bäumler und Marika Kilius, was sag ich: seit Hans Günter Winkler und Halla hat kein Pärchen die Menschen hierzulande dermaßen aus dem Fernsehsessel katapultiert wie NoWaBo und Eske Saksen, Saske Eksen, Saskia Esken, so schwer ist das ja nun auch wieder nicht. Außerdem macht man keine Witze über Namen, wenn sich auch andere Möglichkeiten bieten. Von nun an weht ein frischer Wind aus den muffigen Gemäuern der Willy-Brandt-Krypta. Eskia Saske steht zwar schon im Spätfrühling ihrer Lenze, ist aber in der Bundespolitik noch ein ungerittenes Füllen,

Esken und Walter-Borjans sehen sich zum ersten Mal selbst im Fernsehen und brechen in spontanen Jubel aus.

das seine miesen Erfahrungen erst noch machen darf. Ergänzt wird es von dem alten Frontkämpfer Nobbie Walter-Borjans, der schon unter Schulden-Hanne in NRW diente und dazu beitrug, dass dort jetzt die CDU regiert. Beide haben die undankbare Aufgabe, bei der SPD den Deckel draufzunageln.

Selber sehen sie es allerdings als Rückkehr ins gelobte Land, in dem Willy Brandt noch Kanzler war, ein Schröder nicht in Sicht und der Harz ein harmloses Mittelgebirge. Zurück in die Zukunft oder nach vorn in die Vergangenheit, die wissen schon, was sie tun, der knuffige Nobbie und die Eske. Alle Welt hingegen wundert sich, warum eine Partei sehenden Auges in den Untergang rennt. Wer jedoch Kevin Kühnert für einen Hoffnungsträger hält, muss sich über Sasasa ... Dingens Escobar, na ja, so ähnlich jedenfalls, nicht wundern. Und wer so naiv ist, seine Zukunft dem Plebiszit der eigenen Fußtruppen zur Entscheidung vorzulegen, muss sich ebenfalls nicht wundern, wenn die vielfach Belogenen und zigfach Enttäuschten in die Wahlurne reihern. Diese Menschen haben jahrzehntelang Plakate geklebt und sich auf verregneten Wochenmärkten beschimpfen lassen für eine Politik, für die sie nichts konnten. Lässt man diese Armada der Mühseligen und Beladenen von der Kette, sind sie zu allem fähig, sogar zu NoWaBo mitsamt dieser Frau, deren Namen ich mir leider nicht merken kann, vielleicht auch gar nicht muss.

Und wenn es hart auf hart kommt, küren die beiden sogar irgendwann den ersten Kevin der Geschichte zum Kanzlerkandidaten. Und wenn das der Neuanfang ist, dann will ich lieber unsern alten Kaiser Wilhelm wiederhaben, allerdings den Ersten von den beiden.

Lexikon: Killer-Argument

Es ist gar keins, sondern ein reiner Killer, dagegen verblasst jegliche Vernunft. Erfunden haben es die Atomkraftgegner, indem sie gebetsmühlenartig wiederholten, dass Atomkraft gefährlich ist – was nie jemand bestritten hatte. Heutige Killer-Nichtargumente sind: «So kann es nicht weitergehen» oder «Es muss sich was ändern». So offen kann die Tür gar nicht sein, als dass sich nicht jemand fände, der sie einrennt.

L

Liebe zum Geld

Besinnungsloses Grundeinkommen

Ein Traum wird wahr, und das ausgerechnet in der größten Wirtschaftskrise der Nachkriegszeit: Der Staat druckt Geld, und jeder bekommt was ab. Na ja, jeder wohl kaum, selbst ernannte Künstler und gedichteschreibende Drückeberger natürlich nicht. Da können die sich noch so oft «Kulturschaffende» nennen. Schraubt Ihr erst mal ein Auto zusammen, dann sehen wir weiter. Aber sonst dürfen alle unter irgendeinen Rettungsschirm, um diese Übergangszeit zwischen wirtschaftlichem Kollaps und Klimakatastrophe zu überbrücken. Wir wären ja auch schön blöd, würden wir die letzten angenehmen Jahre auf dem Planeten durch stumpfes Malochen verschwenden. So doof sind nicht mal wir Deutschen. Zeigen wir dem Italiener doch mal, was ein richtig frühes Renteneintrittsalter ist. Jetzt wird in die Hände gespuckt und das Geld gedruckt – bis das Portemonnaie auseinanderfliegt. Diese lächerliche Absenkung der Märchensteuer 2019, die vergessen wir mal ganz schnell. Okay, die kostete zwanzig Milliarden, das ist schon ein ordentliches Pfund für eine Maßnahme, die verpufft wie der Tropfen auf dem heißen Stein. Der arg gebeutelte Einzelhandel wäre ja auch «mit dem Klammerbeutel gepudert» (um ein zweites Mal in die staubige Metaphernkiste zu greifen), würde er diese Minimalersparnis an die Kundschaft weiterreichen.

Die weiß ohnehin nicht, wie viel eine Tüte Milch kostet. Und die zwomal hundertfünfzig Piepen pro Fortpflanze – haben wir gelacht! Wissen «die da oben» überhaupt, was eine Schachtel Fluppen heute kostet? Sieben Euro, das ist so viel wie für zwei Pfund Gehacktes. Da stimmt doch was nicht an dem Verhältnis. Ein Euro für 'ne Zwanzigerpackung, das wäre mal 'ne Konjunkturspritze.

Also den Geldregen der Bundesregierung in allen Ehren, aber da muss noch mit ganz anderem Wumms aus der Bazooka geballert werden. Das besinnungslose Grundeinkommen für jedermann muss her. Es löst alle Probleme, die uns jetzt noch belasten, mit einem kalten Schlag: Der Staat, den viele sowieso nicht mögen, ist finanziell am Ende, der verhasste Kapitalismus frisst sich selber auf, der aufgetürmte Schuldenberg muss gar nicht zurückgezahlt werden, denn die Schuldner sind identisch mit den Gläubigern. Und die nachwachsende Generation kann das Nachwachsen guten Gewissens einstellen, denn nach diesem großen Fressen bleibt nichts mehr für sie übrig.

Wer hätte das von uns braven Deutschen gedacht, dass ausgerechnet wir reinen Tisch machen mit dem bekloppten Projekt für immer größeres Wachstum. Eines der schönsten deutschen Volkslieder hat es schon immer gewusst: «Wir versaufen unser Oma ihr klein Häuschen». Prost allerseits!

Reichtum stinkt

So sieht's aus, liebe Mallorca-Zweitwohnungsbesitzer und Tote-Fische-aus-Asien-Fresser, euer Lebensstil ist für zweiundfünfzig Prozent des CO_2-Ausstoßes verantwortlich, obwohl ihr nur zehn Prozent der Weltbevölkerung stellt. Auch wenn ihr jetzt alle Tesla-Fahrer und Quinoa-Lutscher werdet und so tut, als ob ihr die Welt rettet, es hilft nichts, ihr stinkt überproportional stark. Es kommt noch härter: Das reichste eine Prozent von den siebeneinhalb Milliarden Endzeitverbrauchern auf dem kaputten Planeten ist für ganze fünfzehn Prozent des Kohlendioxids verantwortlich, das sind dann die mit den Jachten, den zehn Wohnsitzen und Privatjets, die nur vom Geld leben. Nun wenden ganz Schlaue ein, haha, aber fünfundachtzig Prozent werden von den Übrigen ausgeatmet, lasst uns die doch abschaffen, dann ist der Planet gerettet. Schöne Idee, aber wer putzt dann bei den Reichen, wer näht ihnen die Seidenkimonos? Und von irgendwoher müssen schließlich auch die Escortdamen kommen.

Die Möglichkeit, das eine Prozent der Megastinker zu neutralisieren – war das nicht sogar mal eine Forderung von Saskia Esken, oder hab ich das mit der Linken verwechselt? Nun, hätte man die weggeputzt, blieben allerdings noch immer fünfundachtzig Prozent CO_2-Sauerei, bringt also zu wenig. Wem müsste es also an den Kragen gehen, damit ein positiver Effekt für das Klima entstünde? Den Prolls unter den Reichen, diesen knapp siebenhundert Millionen kleinen reichen Pissern auf der Erde mit ihren hässlichen Fincas und zehn protzigen Sportwagen in der Garage. Zu arm, um sich eine ganze Regierung in Afrika oder Südamerika zu kaufen, aber einen auf dicke Hose machen mit Schampus-Partys in Marbella – ekelhaftes neureiches Getue.

Wenn ich jetzt richtig gerechnet habe, also die Superreichen abziehe, dann sind diese Glitzerprolls für siebenunddreißig Prozent der CO_2-Emissionen zuständig. Die haben keine Stiftungen für die Erforschung seltener Krankheiten oder fördern auch nicht die Künste, die sind einfach nur verfressen und furzen in ihre Pools. Da hört der Spaß auf, Ressourcen vernichten und Planeten grillen ja, aber bitte mit mehr Stil. Das ist doch wohl das Mindeste, was man als armer Schlucker in den geschundenen Teilen der Welt verlangen kann. Wenn einem auf Vanuatu die Südsee bis Oberkante Unterlippe steht, dann möchte man nicht auf eine schäbige 25-Meter-Plastikjacht gucken, auf der fette Europäer billige Puffbrause schlabbern, der

Liter womöglich unter zweihundert Kracher. Das Reichenproletariat verfrühstückt unsere Zukunft unter Wert. Wenn schon Dürre und Katastrophen, Waldbrände und Stürme nicht zu verhindern sind, dann doch bitte aufrecht stehend im Tweedsakko auf einem Ölschinken im Milliardärsanwesen. So viel Respekt sollten auch die Reichen den Opfern ihres Konsums gegenüber zustande bringen.

HELDEN IM ABSEITS 1: Reuter, Schrempp, Zetsche

Deutschlands Vorzeigeautokonzern, die Daimler AG, zieht unfähige Manager an wie der Kot die dicken Brummer. Die Selbstbeweihräucherung vom «Mercedes unter den Autos» verschließt den Blick auf die Realität. Edzard Reuter schaffte es in den zehn Jahren, mit seiner Idee vom «integrierten Technologiekonzern» einen Verlust von sechsunddreißig Milliarden D-Mark anzuhäufen. Auf ihn folgte die nächste Knallcharge, Jürgen Schrempp, der schon unter Reuter maßgeblich am Misserfolg beteiligt gewesen war. Seine Idee war noch bekloppter als die von Old Edzard, nämlich die Fusion mit dem amerikanischen Drittligahersteller zur DaimlerChrysler AG, die sogenannte Hochzeit im Himmel. Der Himmel wurde schnellstmöglich wieder geerdet, Schremppis Jahressalär von 10,8 Millionen Euro allerdings nicht. Schließlich ist er in einem befreundeten Aufsichtsrat deponiert worden. Der Dritte im Bunde der Stuttgarter ist Ditze Zetsche, der Mann mit dem Walrossbart. Gerechterweise muss man ihm zubilligen, dass er den Augiasstall seiner Vorgänger entmistet hat und die Bruchbude in Untertürkheim vorm Zusammenbruch rettete. Dabei blieben Modellpflege und technologische Vorherrschaft auf der Strecke. Heute ist Mercedes längst nicht mehr der «Mercedes unter den Autos», aber auch noch nicht der Lada, eher der Mitsubishi unter den Opeln oder so ähnlich.

HELDEN IM ABSEITS 2: Thomas Middelhoff

Im November 2017 wurde Thomas Middelhoff aus der Haftanstalt Bielefeld-Senne entlassen. Er war wegen Steuerhinterziehung eingefahren und hatte zwei Jahre im offenen Vollzug gebrummt. Sein gesamtes Vermögen bis auf ein paar lumpige Millionen auf den Caymans oder so – er wusste es gar nicht mehr genau – war verschwunden. Dabei hatte schließlich er die deutschen Kaufhausikonen Karstadt und Quelle zur Schlachtbank begleitet und den Markt für den Onlinehandel geöffnet. Bertelsmann davor hatte er nicht geschafft, da hatte er noch geübt. Seit seiner Entlassung arbeitete er an einem neuen Buch, einer Bibel für angehende Manager und Investoren, das er zusammen mit Markus Braun von Wirecard schrieb: «Big Mouth and Nothing Behind It». Lars Windhorst hatte ihnen ein Vorwort versprochen, und Olaf Scholz würde das Buch im Borchardt vorstellen. Middelhoff grinste sein altes Siegergrinsen von früher. Diesmal würde er es den kleingeistigen Korinthenkackern zeigen.

HELDEN IM ABSEITS 3: Hartmut Mehdorn

Der Morbus Merkel sitzt ganz tief im deutschen Gemüt. Er besagt, so lange weiterzumachen, bis sich der Misserfolg endlich einstellt. Bestes Beispiel neben Merkel selbst und ihrem Fußballfreund Jogi ist Hartmut Mehdorn. In den ersten Berufsjahrzehnten reihte sich Erfolg an Erfolg: Focke-Wulf, MBB, Lemwerder, Dasa, Airbus – überall, wo geflogen wurde, war der Reserveoffizier der Luftwaffe zu Hause, doch rausgeflogen war er nirgends. Irgendwo in Deutschland musste es doch noch einen Drachen geben, den Hartmut, der Härteste, nicht bezwingen konnte. Und so fand er seinen Weg zur Deutschen Bahn, schaffte es aber nicht, den halb toten Gleiskörper samt Lokführergewerkschaft in den Abgrund zu stürzen. Sollte das bei Air Berlin vielleicht glücken? Der Gründer Joachim Hunold hatte gute Vorarbeit geleistet und den Carrier schon fast in den Erdboden genagelt. Doch auch hier versagte Mehdorn, erst 2017 ging Air Berlin endgültig pleite. Da war Hartze schon seit vier Jahren bei seinem Meisterstück angelangt, dem Flughafen «Brigitte Seebacher-Brandt BER», einem so dermaßen verkorksten Unternehmen, das niemand auf der ganzen Welt zu einem Erfolg machen könnte. Und es ließ sich auch sehr gut an: Misserfolg reihte sich an Schlamperei, und Mehdorn war frohen Mutes, dass noch während seiner Zeit der ganze Airport «Berlin-Brandenburg Gurkensümpfe international» komplett in die Grütze geritten würde, Klaus Wowereit hatte ihm sein Wort gegeben. Doch am 15. Dezember 2014 schmiss Hartze entnervt die Flinte ins Korn und verabschiedete sich in den Ruhestand. BER aber überlebte Jahre als größter Parkplatz der Welt für nicht verkaufte Dieselfahrzeuge des Volkswagen-Konzerns.

Lexikon: **Liken**

Die selbst ernannten sozialen Netzwerke gebären ständig neue Vokabeln, die es nur in ihrer Welt gibt. Diese gehört dazu und hat auch ein entsprechendes Piktogramm, den nach oben gereckten Daumen. Kaum vorstellbar, jemanden außerhalb von Fratzenbuch und der WhatsApp-Kommunikation zu «liken», da heißt es noch immer «mögen».

Mobilität im Meinungskorridor

Ende des Motozäns

Für die strenge Wissenschaft leben wir seit circa elftausend Jahren immer noch im Holozän, einem Erdzeitalter, das mit dem Ende der Eiszeit einsetzte und der kulturellen Mutation der Menschheit den richtigen Schwung verlieh. So begann sie, weltweit die eiszeitlichen Großsäuger auszurotten und im goldenen Halbmond mit der unsäglichen Viehzucht und dem bescheuerten Ackerbau. Erstere bescherte uns jede Menge Infektionskrankheiten, die vom Tier auf den Menschen übersiedelten, Letzterer jede Menge Schufterei auf dem Felde. Alles Elend der Welt nahm nun seinen Anfang, und der Mensch machte sich die Erde untertan, explodierte geradezu der Anzahl nach, von drei bis vier Millionen Stinkern zu Beginn des Holozäns auf derzeit fast acht Milliarden, das sind zweitausendmal so viel und eine echte Last für den alten Planeten. Deshalb sprechen einige nunmehr auch von einem eigenen, menschengemachten Erdzeitalter, dem Anthropozän.

Doch es hätte noch alles gut werden können. Vor hundertfünfzig Jahren ist die Bande noch regelmäßig verhungert oder vor hundert an der Spanischen Grippe eingegangen. Die Welt war noch groß und fern und Teile sogar unberührt von des Menschen ekliger Hand. Doch in der zweiten Hälfte des 19. Jahrhunderts entstand ein neues Zeitalter, das Motozän, und

E-Mobilität gibt es längst, und jeder hat Angst, dass das die Zukunft ist.

kreißte ein Wesen, das die Welt grundlegend verändern sollte, den Verbrennungsmotor. Innerhalb eines Jahrhunderts hat er die Erde bis in den letzten Winkel erobert, saugt das Öl aus dem Erdinnern und verwandelt es in Bewegung, Wärme sowie giftige Gase und Aerosole. Dank des Verbrennungsmotors oszilliert die gesamte Menschheit wie die Wassermoleküle kurz vor dem Siedepunkt – alle wollen dauernd irgendwohin. Die rastlosen Primaten leiden an einer kollektiven Hyperaktivitätsstörung und können sie dank des Motors auch ausleben, wo und wann sie wollen.

Doch es kam der Tag, da wurden es derer zu viele, die ständig nach Ortsveränderung trachteten, und in den Städten verröchelten die ersten Hominiden an den Fürzen ihrer Mobilitätsprothesen. Recht so, alles hat seinen Preis, sprach Gott der Herr. Doch auch die brave Biene und der unschuldige Baum gingen ein, beide keine Autofahrer. Da dämmerte es den Menschen, dass es so nicht weitergehen könne und das Ende des Motozäns sich nahte. Sie wussten, dass es nunmehr Zeit sei zu handeln, und so gingen sie in ein Autohaus und kauften sich einen 350 PS starken Boliden, ehe es zu spät war.

Abschied vom Auto

Noch nie waren die Autos so sicher, so komfortabel und haben so wenig Sprit verbraucht wie heute. Noch nie wurden sie dafür so wenig geliebt. Als man noch mit zugigen Rostlauben, die vierzehn Liter schluckten, durch die Gegend schaukelte, sah man häufig den selbstbewussten Aufkleber «Bis dass der TÜV uns scheidet». Nicht selten trugen diese Gefährte sogar Namen am Heck: «Muckel» hieß der Käfer, «Schnatterinchen» die 2-CV-Klapperkiste von Citroën. Die eigene Meinung über atomare Energieversorgung («Atomkraft? Nein danke») oder die Auswirkungen des Zweiten Weltkrieges («Dreigeteilt? Niemals!») zierten wie selbstverständlich den Kofferraumdeckel. Wenn Vatti sich den neuen Opel Kadett beim Händler abholte, dann kam die ganze Sippschaft mit, streichelte das neue Familienmitglied und grinste wie ein frisch geficktes Eichhörnchen, wenn der Händler noch 'ne Fußmatte umsonst drauflegte. Heute muss das Abholen des Pkw zu einem Wochenend-Event in der Autostadt hochgepimpt werden, mit Werksbesichtigung, Kunstmuseum und Currywurst für alle – ein emotionaler Moment wird trotzdem nicht daraus.

Wenn ein Porsche Panamera vor dem Café in die letzte freie Parklücke hineinzirkelt, wird der Fahrer angewidert betrachtet, als habe er die jungfräuliche Lücke vergewaltigt. SUV-Fahrer, selbst wenn sie vom Geschlecht mit dem Sternchen sind, werden geradezu gehasst. Weder die alljährliche Pauschalreise auf die Seychellen noch die 200-Quadratmeter-Altbauwohnung werden so selbstverständlich mit dem Stirnrunzelsatz quittiert: «Wozu braucht man denn so was?!» Ein rumänischer Hersteller von Schlichtkarossen wirbt sogar mit der Schäbigkeit seiner

Produkte: «Das Statussymbol für alle, die kein Statussymbol mehr brauchen» – und keinen Wiederverkaufswert, wäre noch zu ergänzen.

Das private Auto folgt anderen einst langlebigen und bewunderten Konsumgütern: der Leica M6 oder der zweiäugigen Rolleiflex, die beim Studienrat nach jahrelangem Ansparen stolz am Halse baumelten. Nachdem man mit dem Telefon knipsen kann wie einst mit der Spiegelreflex, ist der Fotoapparat nur noch eine Unterfunktion im Menü des Smartphones. Stereoanlage, Fernseher, Ledersofa: alles Wegwerfware, an der das Herz des Verbrauchers nicht mehr hängt, nun also auch das Auto. Wen wundert's da, dass Young- und Oldtimer noch immer zweistellige Zuwachsraten verbuchen. Sie kommen aus einer Zeit, als ein Auto mehr war als ein Glied in der Mobilitätskette, auch wenn die meisten Zossen aus dem letzten Jahrtausend verglichen mit heutigen Pkw alte Rumpelkisten sind.

Autofahrer, du Drecksau

«Übermotorisierte Spritfresser sollen E-Autos bezahlen», rufen die übermotivierten Tofufresser schon seit langem von den Balkonen ihrer Altbausuiten in die Welt hinaus und haben damit wieder einmal Freund und Feind sauber getrennt. Doch die Welt ist komplexer, als Grünköpfchen sich das einbildet. Sprechen wir die brutale Wahrheit ruhig aus: Der Autofahrer insgesamt, gleich, welche Möhre er unterm runzligen Arsche führt, ist eine Drecksau. 2008 erwischte es ihn das erste Mal. Um Feinstaub und auch schon damals Stickoxide zu reduzieren, wurden zuerst gelbe und dann grüne Plaketten an die Frontscheiben geklebt. Wer eine alte Rußschleuder sein Eigen nannte, durfte sie hernach nicht mal mehr parken in den verpesteten Innenstädten, die zynisch genug ab da «Umweltzonen» hießen.

Die Abwrackprämie von zweitausend Euronen half über den schlimmsten Abschiedsschmerz hinweg. Und Klein Doofi kaufte sich vom Ersparten einen neuen Euro-5-Pkw, gern auch Diesel, denn der erzeugt weniger CO_2 als die Benzinkutsche und ist deshalb nicht so schlimm für den Planeten.

Nunmehr aber stellt sich heraus: Planet schön und gut, aber in unserer Stadt fallen die Bürger tot vom Balkon, gezehntet von den Stickoxidbombern, die durch die Straßenschluchten brummen. Aus mit Diesel, völlig egal, auch Euro 6 reicht nicht mehr. Kauft euch gefälligst ein Elektroauto, gibt auch wieder zweitausend Euro, nein, sogar viertausend. Aber zweimal fällt auch der Germane nicht auf denselben Trick herein. Die ganz Schlauen kauften sich gar kein neues Auto mehr, sondern teilten sich eine Gurke mit unbekannten Daseinsmitbewerbern. Auch wieder falsch, denn wie jüngst herauskam, ersetzt das gesharte Car nicht den Pkw, sondern die stinkige U-Bahn oder den Bus – noch mehr Autos sind unterwegs, und noch mehr hustende Bürger fallen tot vom Balkon.

Was nun? Da haben die Grünen natürlich eine weitere pfiffige Idee: Lasst uns doch die Menschen in die Elektromobilität hineinzwingen. Nun applaudiert auch Zetsche dem Özdemir: Genau, am besten erst mal Hybrid, da verkaufen wir den Doofen zwei Motoren pro Auto, wie geil ist das denn! Und wenn der Markt abgegrast ist, dann volle Elle Elektro: In den Städten atmen alle nur noch reinsten Sauerstoff, auf dem Land aber entsteht der tolle Umweltstrom in riesigen Gärbottichen zwischen den Maismonokulturen und Monsterquirlen. In den armen Ländern der Erde kratzen die Niedriglohnmenschen das Lithium und die seltenen Erden aus dem Boden. Und wenn die Batterie den Arsch zukneift, schmeißen wir den Sondermüll in die Ostzone, ganz nach hinten, da, wo die bösen Menschen wohnen. Ätsch!

Auferstehung des Pkw

Doch wer hätte das gedacht, kurz vor seiner Ausrottung erlebte der gute alte Pkw noch einen goldenen Herbst als Corona-Isolierzelle. Autoschalter gab es bis vor wenigen Monaten nur bei Schnellfraßanbietern, und seltsamerweise waren sie niemals Ziel cholerischer Fahrradaktivisten. Nunmehr erfreut sich die parkende Fahrgastzelle auch bei Kinobetreibern, Konzertveranstaltern, ja, sogar bei Drive-in-Gottesdienstlern wachsender Beliebtheit. Da mäkelt auch kein Verkehrswendeeiferer mehr am Verbrennungsmotor rum, denn wenn er nicht läuft, ist er ein guter Motor. Zu Hunderten stehen die Pkw vor den riesigen Leinwänden, während ihr Autoradio die Starterbatterie leer rüsselt, was nach Verklingen der Abspannmelodie des Films zu diesem asthmatischen Anlassergeräusch führt, das nur noch die Älteren von uns im Ohr haben. Hier zeigt sich der klare Systemvorteil des E-Autos im ruhenden Verkehr. Für den Vortrieb ist zwar nur eingeschränkt Energie vorhanden, für die Beschallung des Innenraums reicht der Arsch voll Lithium-Ionen aber allemal. Das Pärchen hat sich gemütlich in die beheizbaren Ledersitze gelümmelt und genießt den Film auf riesiger Leinwand, ohne den Hühnerfuttergestank der Lichtspieltheater, ohne das Gelaber und Geröchel auf den Nebenplätzen, ja, überhaupt ohne all diese widerwärtigen Mitmenschemissionen.

Auf nichts verzichten wir so schwer wie auf einmal gekannte Lust. Wird die Individualerfahrung der Corona-Zeit je wieder zurückgedreht werden? Gibt es eine Sehnsucht nach Geschubse und Gedränge? Nicht anzunehmen, besonders wenn damit ein Infektrisiko verbunden ist. Ebendeshalb geht die Renaissance des Pkw zu Lasten des Massentransports in Bus und Bahn. Stau und Parkplatzprobleme hin oder her, immer noch besser, als im vollgestopften Virenmutterschiff durch die Stadt zu gondeln; auf dem Land stellt sich die Frage nicht einmal. So absurd und gerade jetzt nicht finanzierbar ein kostenfreier Zugang zum ÖPNV auch ist, enthält er doch einen richtigen Gedanken – noch am ehesten über den Preis bekommt man den Menschen in den Viehtransporter. Wer kann, fährt Pkw, solange er kann und solange man ihn lässt. Deshalb steckt auch in der autofreien Innenstadt ein völlig bekloppter, aber dennoch richtiger Gedanke: Wenn man es ihm nicht ausdrücklich verbietet, denkt der Deutsche gar nicht daran, auf sein Auto zu verzichten, man betrachte nur die Ähnlichkeit der beiden Wörter «Gefährt» und «Gefährte». Ein Freund ist jemand, der zu einem steht in schweren Zeiten. Das Auto war für uns da, wo war der Bus? Wer weiß, vielleicht feiert die Geburtsvorbereitung von langer Hand im Pkw auch wieder fröhliche Urständ, wie viel Boomer wurden einst Im VW Käfer gezeugt. Wird der Jahrgang 2021 seinen Anfang im Autokino genommen haben?

Die Wiederauferstehung des Pkw treibt die seltsamsten Blüten. Eine davon ist der Jetta, vormals eine behäbige Rentnerlimousine, die geradezu sinnbildlich für den Wackeldackel und die umhäkelte Klorolle stand. In Deutschland ist er längst ausgestorben, und wer ab und zu die Wirtschaftsnachrichten in der Presse verfolgt, wunderte sich schon immer darüber, dass der Jetta in den USA das beliebteste VW-Modell ist. «Na ja, die Amis, in Sachen Autos total meschugge. Nun kaufen sie sich schon ein deutsches Auto, was prinzipiell schon mal besser ist als ihre eigenen Missgeburten, aber dann ausgerechnet den Jetta? Nicht mehr zu retten.» Nun aber steigt der Jetta wie Phoenix aus der Asche. In China, dem größten Automarkt der Welt, ist «Jetta» zu einer eigenen Marke unter dem Dach von Volkswagen geworden neben Audi und Bugatti, nur eben viel besser, weil beliebter. Mit dem Jetta will VW seine Marktführerschaft in China erhalten. Das ist so, als wollte die SPD mit Kevin Kühnert den Bundeskanzler stellen. Nein, schlechtes Beispiel, damit tue ich dem einzigartigen Technologieträger aus Wolfsburg unrecht.

Die Diesel-Saga

Sich von nubischen Sklaven in einer Sänfte durch die Innenstadt tragen zu lassen erscheint derzeit weniger riskant, als mit einem Diesel-Pkw dort unterwegs zu sein. Hat sich das Halbwissen der Mehrheit erst wie Mehltau auf einem Thema niedergelassen, ist es um die Vernunft geschehen, und es wird zum Angriff geblasen. Selbstredend kennen die Aufgeregten gar nicht den Unterschied zwischen Selbstzünder und Ottomotor, wissen nicht, warum und wie Stickoxide schädlich sind, und wieso fürs Weltklima, für dessen Niedergang CO_2 zuständig ist, der Diesel dem Benziner überlegen ist – ach was, scheiß der Hund drauf, da blickt ja keiner mehr durch. Neue Kampfansage: Tod ALLEN Verbrennungsmotoren. Doch warum nur den Motoren, warum nicht auch den Heizungen, den Kraftwerken, den Flugzeugen und der Industrie gleich insgesamt.

Aber eins nach dem anderen. Fangen wir beim Diesel an. Dazu gießen wir hektoliterweise Moraljauche über das Thema, damit noch das letzte Argument abgetötet wird, und heraus kommt ein für jedermann nachvollziehbares Gegnerpaar: hier das Böse, genannt «die Dreckschleuder», dort das Gute mit Namen «E-Mobilität» oder «Fahrradinfrastruktur». Und so geht die Diesel-Saga: Dreckschleudern vergiften unschuldige Pedalisten in den Städten und nähren sich vom «Diesel-Privileg», so heißt die Mineralölsteuer für die Bösen. Was noch fehlt, ist ein Äquivalent zu Mordor, der Heimat der Orks. Da bietet sich die Automobilindustrie gleich selber an mit ihren schwarzen Rittern aus den Vorständen.

Einen tragischen Helden haben wir auch noch, er heißt Winfried Kretschmann, gehört eigentlich zu den Guten, fraternisiert aber mit Mordor in BaWü. Das Drama nimmt seinen Lauf. Mit immer neuen faulen Kompromissen versuchen die Diesel-Orks ihrem unabwendbaren Schicksal noch zu entgehen. Doch die weißen Ritter mit den Fahrradhelmen haben längst die Meinungshoheit erobert. Hingeschlachtet durch die selbst verschuldete Schmuddelsoftware liegen die Aufsichtsräte im Feinstaub ihrer Motoren. Wie wird das Drama enden? Gibt es ein Happy End? Ja! Sobald die Grünen in der Regierungsverantwortung sind, werden nur noch Frauen in den Aufsichtsrat von VW entsandt. Endlich wird alles gut. Schluss mit allen männlichen Autonamen: der Tuareg, der Golf, der Passat und wie sie alle heißen. Die Jetta wird in Zukunft als Elektrowägelchen durch die Innenstädte summen und allen anderen Emissionsfreien ein leutseliges «Allzeit gute Fahrt, ihr Gerechten!» zurufen.

Die Bahn weiß die Antwort

Die Deutsche Bahn gilt zu Recht als Symbol für alles, was in Deutschland richtig prima läuft. Das selbst ernannte «Unternehmen Zukunft» hat nun auch die Antwort auf den Klimawandel gefunden. Auf der Strecke Hannover–Würzburg wurden die Schienen weiß eingefärbt, vorerst allerdings nur auf einer Länge von einem Kilometer. Man hofft dadurch, an heißen Tagen die Schienentemperatur um bis zu sieben Grad zu senken. Der eine Kilometer Gleis steht beispielhaft für einen Ausweg aus der Erderwärmung. Würde man – jetzt einfach mal groß gedacht – den ganzen Planeten weiß anpinseln, dann wären die befürchteten zwei Grad Temperaturanstieg leicht in den Griff zu bekommen. Wenn erst ganze Autobahnen in jungfräulichem Weiß erstrahlen, reflektieren sie so viel des schädlichen Sonnenlichts, dass wir wieder reinen Gewissens mit schneeweißen SUVs auf ihnen herumfahren dürften.

Durch den mutigen Feldversuch der Bahn wissen wir auch endlich, warum es überhaupt immer wärmer wird. Weil im Winter kein Schnee liegt und die Wärme reflektiert, steigt im Jahresmittel die Temperatur. Warum allerdings die schneeweiße Arktis abschmilzt, darauf hat die Deutsche Bahn bisher noch keine Antwort gefunden. Vielleicht hülfe es ein wenig, alle deutschen Hausdächer weiß zu überjauchen, um die Polkappen zu retten. So viel allerdings scheint schon jetzt sonnenklar: Trügen alle Menschen im Sommer eine weiße Mütze, ginge die Hitzköpfigkeit unter ihnen dramatisch zurück. Und würde auch der Bräutigam weiß tragen bei der Hochzeit, näherte sich seine Lebenserwartung jener seiner Braut wieder an. Der deutsche Wald, gegenwärtig größtes Sorgenkind des Klimawandels, sieht deshalb so erbärmlich aus, weil es immer weniger Vögel gibt, die ihre weißen Exkremente auf seine Blätter scheißen. Würden Bahnmitarbeiter versuchsweise einen Quadratkilometer Wald weiß überstreichen, vielleicht wäre damit der Dürresommer schon Schnee von gestern.

Die farbliche Neugestaltung des Gleiskörpers ist übrigens nicht die einzige Pinsellösung der Deutschen Bahn. An den ICE-Waggons hat man die rote Bordüre durch eine grüne ausgetauscht, um ökologischer zu erscheinen. Höhepunkt des Farbenfestes bei der Bahn wird die Umstellung der kompletten Fahrgastinformationen auf das Ampelsystem. Grün bedeutet: Richtig geraten, Sie und Ihre gewählte Zugverbindung werden innerhalb der nächsten Stunde aufeinandertreffen. Gelb heißt: Das Warten lohnt sich, demnächst kommt irgendein Zug nach irgendwo, mit etwas Glück wollen Sie auch dahin. Und Rot sagt dem Reisenden: Es fährt ein Zug nach nirgendwo, nutzen Sie bitte den Schienenersatzverkehr mit Ihrem privaten Pkw. Und Weiß bedeutet bei der Bahn: Hier reflektiert nichts und niemand mehr.

SUV

Warum tragen Großstadtmenschen beim Latte-macchiato-Schlürfen Barbourjacken und an den Füßen Timberlandtreter? Fürchten sie, dass der Dschungel sich die Fußgängerzone zurückerobert, noch bevor sie den Kaffee ausgetrunken haben? Indiana-Jones-Repliken und Möchtegern-Crocodile-Dundees waren die Ersten, die passend zum Outfit ihren fahrbaren Unterleib wählten. Das waren noch ehrliche Offroader vom Schlage eines Landrover, wirkten im innerstädtischen Weichbild doch schon damals eher grotesk. Der gezähmte Bürowallach träumte davon, in Wahrheit ein wilder Hengst zu sein, und projizierte seinen Traum in den Pkw hinein. Die Autoindustrie bediente diese Sehnsucht mit einer neuen Fahrzeuggattung, den SUVs, was so viel heißt wie «Sportklamottenrumfahrvehikel». Trotz dieses offenkundig total bescheuerten Namens eroberten die SUVs nach und nach die Städte, nicht obwohl, sondern weil sie unpraktisch sind: außen zu groß, innen zu klein, passen in keine Parklücke rein, und mehr Diesel verbrauchen sie obendrein. Aber wie könnte man deutlicher sagen, dass man über der schnöden Zweckmäßigkeit thront und ein schäbiges «Vernunftauto» das Allerletzte ist, mit dem man sich in der Öffentlichkeit zeigen mag. Das gilt längst nicht mehr nur für den männlichen Schwanzlängenabgleich, auch beim morgendlichen Abwurf der Zöglinge vor der Waldorfanstalt zählt ein Porsche Cayenne mehr als ein Renault Twingo. Zudem bedienen die SUVs archaische Bedürfnisse der lenkenden Klientel: Man sitzt höher als das Fußvolk. Außerdem ist man vor dem Gekrächze des Pöbels da draußen geschützt, wenn man seine Angelo-Branduardi-CD auf dem Nachhauseweg hören möchte.

Ihren Erfolg in den Zulassungsstatistiken verdanken die «Hausfrauenpanzer» dem Umstand, dass sie zwar äußerlich einem Geländewagen ähneln, technisch aber aufgeblasene Limousinen sind: kein Leiterrahmen, keine Starrachse, keine Differenzialsperre, kein Allrad, nichts ist geblieben vom Offroader. Wohl auch deshalb werden die SUVs immer mehr, obwohl sie kaum zur Verkehrsdichte passen. Doch auch darauf hat die Autoindustrie längst reagiert: SUVs gibt's bis in die kleinsten

Fahrzeugklassen, vom Seat Arona bis zum Volkswagen Cross Up. Bei diesen Asphaltwanzen kann man dann sinnvollerweise nicht mehr von «spritfressenden Monstern» sprechen, SUVs sollen die Kleinen aber trotzdem sein, weil's Herrchen oder Frauchen so wollen.

Nahverkehr umsonst

Wenn es nicht so traurig wäre, man müsste lauthals loswiehern über die Idee, den Stickoxidausstoß in den Städten zu verringern: kostenloser Nahverkehr! Bruharhar! So was können sich nur puritanische Ökosadisten ausdenken, die irdisches Leiden für eine Eintrittskarte ins Jenseits halten. Da braucht man keinen Modellversuch, um zu erahnen, was passieren wird, wenn der Öffi für umme ist: Die Zahl der Passagiere wird schneller steigen als die der Busse, Bahnen und Verbindungen. Folge: Pro Ladung quetschen sich noch mehr müffelnde, fressende und sonst wie emittierende Unpaarhufer in die Fahrgastzelle. Sollte tatsächlich ein Autofahrer auf die verwegene Idee verfallen und dank Kostenfreiheit den Schritt in den Massentransport wagen – nach einer Fahrt wird er der Mikrobenkalesche wieder den Rücken kehren.

Bisher suchte man, die Attraktivität des Öffis durch komfortablere Bahnen, besser getaktete Verbindungen, günstigere Tickets oder – man fasst es nicht – Reklameglotze in der Zelle zu steigern. Das Fatale an dieser Entwicklung war deren Erfolg, tatsächlich nutzen in den Ballungsräumen immer mehr Pendler statt Pkw den Waggonshuttle. Die Vergrämung des Individualverkehrs mittels Dauerstau und Parkplatznot tat ihr Übriges. Doch je mehr Menschen Bus und Bahnen nutzen, desto unattraktiver werden sie wiederum für jene, die sich eine Alternative – nämlich das Auto – leisten können oder wollen. Die Quadratur des Kreises liegt nun darin, dass sich mehr Menschen für den Öffi gewinnen lassen, wenn man dort weniger Menschen begegnet. Klingt unlösbar, ist es aber nicht unbedingt. Weniger Fahrgäste müssen dann eben genauso viel bezahlen wie vorher die vielen Passagiere, wenn sie denen nicht begegnen wollen. Wozu man sich also entschließen müsste, ist, eine Business-class im Öffi einzuführen, statt alle umsonst rumzukutschieren. Warum sollten Leute, die zwanzig Euro für den Quadratmeter gentrifizierten Wohnraum blechen, nicht auch 'nen Fünfer für 'ne geräuschberuhigte Sitzplatzkarte ausgeben wollen? Warum lungern in U-Bahn- und DB-Bahnhöfen haufenweise Menschen rum, die nirgendwohin wollen, sondern nur eine «Pizzazunge» in einer der Schnellfraßbuden verdrücken, dafür aber Reisenden im Wege stehen? Wieso gibt es so was Bekloppptes wie einen Einkaufsbahnhof? Es gibt ja auch keinen Einkaufsfriedhof, da sind nur Leute unterwegs, die jemanden vergraben haben oder wollen.

Die Antwort ist so simpel wie einleuchtend: Der Fahrpreis deckt nicht die Transportkosten, die Kommune kann nicht unbegrenzt zuschießen, also muss an anderer Stelle Geld generiert werden. Sollte also der öffentliche Nahverkehr für die Fahrgäste kostenfrei werden, rücken einem nicht nur die Mitreisenden immer dichter auf die Pelle, sondern auch die Reklame und die Würstchenbuden. Was aber ist der grundsätzliche Widerspruch? Aus ideologischen Gründen hat der Öffi klassenlos zu sein: Besserverdiener oder Aufstocker, alle zahlen das Gleiche und leiden auch gleichermaßen. In einer Gesellschaft, in der es Hunderte von einkommensbedingten Klassenschranken gibt – vom Restaurant bis zum SUV, vom Wohnort bis zur Chefarztbehandlung –, ist es doch völlig absurd, ausgerechnet den wichtigen öffentlichen Nahverkehr zum Nachteil aller Teilnehmer aus ideologischen Gründen verkommen zu lassen.

Fahr- und Fluggäste

Nichts scheint dem modernen Personentransportwesen mehr hohnzusprechen als die Bezeichnungen Fahr- und Fluggast. Dann doch eher die an Paketzustellung erinnernde Bezeichnung «Paxe». Schaut man jedoch auf die Herkunft des Wortes «Gast», dann treffen sich Bedeutung und Realität. Im Altdeutschen ist der «Gast» der Fremde, im Latein gleichen Ursprungs der «hostis» gar der Feind. So wundert es gar nicht mehr, dass Fahr- und Fluggäste heute wie Stückgut in die jeweiligen Transportcontainer gestopft werden. Dem ursprünglich mal als sensibles Lebewesen geplanten Menschen wird eine Höchstleistung an biologischer Selbstverleugnung abverlangt: In intimer Körperdistanz, wie er sie kaum mit seinem nächtlichen Verkehrsteilnehmer einginge, muss er wildfremde Säugetiere an sich heranlassen und so tun, als seien sie hundert Meter weit entfernt. Den Fluchtreflex hat er so weit domestiziert, dass er unsichtbare Fremde über sein Schicksal bestimmen lässt, wie es ihnen opportun erscheint.

Der aufrecht schreitende Primat, der einst die Weiten der Savanne durchmaß, ist zu einem sich selbst verpackenden und sortierenden Transportgut degeneriert. Es wäre arg verwunderlich, wenn dies ohne bleibende Schäden an der Rübe abginge. Täglich dem Mahlstrom der städtischen Logistikkette ausgesetzt zu sein tötet anscheinend so viel Sinneszellen und deren Auswertungssoftware im eigenen Rechner ab, dass der Durchschnittsdeutsche in seiner Stapelzelle hockend dreieinhalb Stunden Fernsehen pro Tag überlebt. Und damit meine ich nicht Arte, Netflix oder das bulgarische Kulturprogramm, sondern das ganz normale deutsche Fernsehen von RTL bis QVC. Ein Steinzeitmensch oder Amazonasindianer hielte das keine zehn Minuten aus. So bekommt das moderne Personentransportwesen über seinen Wert an Effizienz hinaus noch eine zusätzliche Bedeutung: Es diszipliniert den Insassen der

Gegenwart, seine natürlichen biologischen Verhaltensweisen zu unterdrücken, um sich in ein stumpfes Konsumschwein zu verwandeln.

Diese Trottel kann man, ohne dass sie murren, in überfüllte U-Bahn-Waggons quetschen, zu Tausenden in Kreuzfahrtbunkern stapeln und des Nachts auf Robotersexpuppen rumhoppeln lassen. Der Homo domesticus, Rohrfrei der Evolution, ist zum willfährigen Objekt seiner eigenen Blödheit geworden. Ab und zu ein Amoklauf, jeden Abend 'ne Flasche Fusel, und das Leben lässt sich auch so ertragen, währt sogar mehr als doppelt so lang wie das des Steinzeitmenschen, man fragt sich nur: wozu!

Das heilige Fahrrad

Die bescheidene Wetterlage ermuntert mich dazu, der Heiligsprechung des Fahrrades mal ein paar Knüppel in die Speichen zu werfen. Keine Frage, das Velociped ist eine der großartigsten Erfindungen der Menschheit, multipliziert sie doch die mickrige Muskelkraft des Großhirnträgers insoweit, als dieser damit über das effektivste Fortbewegungsmittel aller Landsäuger verfügt. Richtig ist auch, dass in den letzten Jahrzehnten das Fahrrad endlich Anschluss an den technischen Fortschritt gefunden hat und nicht mehr die Torpedo-Rücktrittnabe als Speerspitze der Ingenieurskunst gilt. Dennoch bleiben grundsätzliche Probleme ungelöst. Erstens: Bei Wind, Kälte und Regen mit dem Rad egal wo unterwegs zu sein ist und bleibt unangenehm bis echt zum Kotzen. Da helfen weder semipermeable Regenkleidung noch Thermoschlüpfer, wer ein Auto hat und ein fauler Sack ist – also die allermeisten von uns –, lässt den Drahtesel im Keller stehen. Zweitens: Der unbestrittene Vorteil, in der Stadt mit dem Rad unterwegs zu sein, ist zum großen Teil den Nachteilen der Mitbewerber zu verdanken:

Pkw gleich Stau und Parkplatznot, ÖPNV gleich Mitmensch, da ist es ein leichter Sieg für das Rad. Drittens: Die Elektrifizierung des Antriebs, zuerst als Rentnerkrücke verspottet, gilt mittlerweile als Hochamt des ökologischen Pendelns zum Arbeitsplatz und dient der Rechtfertigung zum Bau von Radschnellstraßen. In der wirklichen Wirklichkeit raubt das E-Bike dem Fahrrad die Unschuld, es wurde dadurch zu einem weiteren der Mode unterworfenen Wegwerfgadget wie der ganze andere Cyberschrott. Und was die Verwendung angeht, so wird mit E-Bikes weniger gependelt als freizeitgeradelt oder gleich mit dem Elektromountainbike die Natur kaputtgetrailt. Willkommen in der Wirklichkeit, guter alter Drahtesel!

Bleibt als letzter Heiliger noch das Lastenrad, die Rhabarberschorle unter den Strampelgefährten. Mütter mit einer Holzkiste voller Kinder zwischen Vorderrad und Lenker pedalieren bei Sonnenschein durch städtische Grünflächen, Amazon bringt die neue Waschmaschine mit dem Elektrodreirad. So wird der Planet ein Stück weit zu einem besseren Ort für unsere Enkel, oder so ähnlich kommuniziert es die Werbung. Wer allerdings mit dem Lastenrad seine Nachzucht durch den winterlichen Schneematsch manövriert, muss schon ökologisch sehr im Glauben gefestigt sein. Es ist mit dem Fahrrad wie bei fast allem, was den Deutschen so umtreibt: Er leidet an einer bipolaren Grundstörung: Fahrrad gut, Auto schlecht. Frau sehr gut, Mann toxisch. Natur heilig, Technik böse. Wischmeyer hat recht. Wischmeyer Blödmann.

E-Bikes

Opa fährt es schon lange, Mutti hat jetzt auch eins, und der Sohnemann brettert damit sogar durch den Wald. Gemeint ist das Elektrofahrrad oder «Ebeik», wie es auf Deutsch heißt. Vom Nimbus der Kalesche für mobile Mümmelfritzen befreit, hat es alle Radwege in Stadt und Land erobert. Mit zunehmender Verbreitung stieg allerdings auch das Risiko, von einem E-Biker übermöllert zu werden oder selbst den elektrifizierten Schädelbruch auf dem Asphalt zu finden. Somit nicht völlig aus der Luft gegriffen, überlegt Brüssel, den Stromradlern eine Haftpflichtversicherung aufs Auge zu drücken. «Das geht aber nicht», schreit da die Branche, denn das wäre ja eine Hemmschwelle für den Kauf eines E-Bikes. Interessant argumentiert, so wie der Zwang zum Waffenschein ja auch eine Hemmschwelle sein kann, eine Wumme im Nachtkästlein vorzuhalten. Was? Man kann doch wohl ein Gerät zum Töten nicht mit einem der umweltschonendsten Verkehrsmittel vergleichen! Okay, geschenkt, aber wieso es umwelt*schonendst* sein soll, sich mit drei Kilo schwer zu entsorgenden Schwermetallen unterm Arsch fortzubewegen, statt ausschließlich mit Muskelkraft für Vortrieb zu sorgen, muss man mir erst noch erklären. Das sei ein falscher Vergleich, denn ein E-Bike würde viele Autofahrten ersetzen. «Würde, würde, Fahrradkette.» Die mir bekannten Elektroradpiloten ersetzen damit im Wesentlichen Fahrten mit dem analogen Velociped und nicht mit dem Pkw. Wer mit dem E-Mountainbike durch den Forst bohnert, «ersetzt» damit gar keine anderen Fahrten, sondern nutzt das Teil als hippes Freizeitvehikel.

Warum auch nicht, Motorradfahrer, die sich ja ebenfalls heute «Biker» nennen, bügeln am Wochenende doch auch ohne Ziel und völlig sinnfrei durch die Lande. Die sind allerdings haftpflichtversichert und zahlen sogar Steuern. Das sei ja auch viel gefährlicher und auch so laut, quasi Umweltschweine. Gut, das mit der Umwelt hatten wir ja schon. Warum allerdings jemand, der ein Zweirad mit Verbrennungsmotor und erlaubter Höchstgeschwindigkeit von 25 km/h durch die Lande steuert – also Mofas –, warum der haftpflichtversichert sein muss, zum Helmtragen gezwungen wird und keine Radwege benutzen darf, seinem elektrischen Kollegen das aber alles schnurz sein kann, verstehe, wer will. Ach, stimmt ja, hatte ich zwischendurch vergessen: Das hemmte ja den Verkauf der E-Bikes. Und was sicher auch nicht ganz uninteressant ist: Man muss als E-Biker kein Kennzeichen am Fahrrad führen, kann also nach dem Ummöllern von Fußgängern das Hasenpanier ergreifen und dem verfolgenden Gendarmen den Mittelfinger zeigen. Okay, das hat mich dann doch überzeugt, Argumente sind eh für die anderen. Ich kauf mir morgen auch ein E-Bike, solange man damit noch als Outlaw rumbrettern darf.

Es war einmal ein Fahrrad

«Bei keiner anderen Erfindung ist das Nützliche mit dem Angenehmen so innig verbunden wie beim Fahrrad», wusste schon Adam Opel, Erfinder der gleichnamigen Bewegungsprothese. Dagegen kann man doch was unternehmen, dachte sich der blöde Mitteleuropäer und ließ zuerst das Nützliche fort. Aus dieser Überlegung entstand der Freizeitradler, der nirgendwohin will, sondern nur so in der Gegend rumfährt, zumeist mit der Freizeitradlerin hinterm Schweif. Kürzt man jetzt auch noch das Angenehme weg, dann hat man den Radsportler, der mit seinen Nüstern auf Auspuffhöhe die Asphaltkilometer abspult. Damit ist das Radfahren noch nicht vollständig seiner Reize beraubt. Immerhin findet es noch draußen statt, und die Gegend um einen herum ändert sich mit jedem Tritt.

Nächster Schritt der Entfremdung ist das stationäre Rad, das gar keins mehr ist, denn ihm fehlen die Räder. Die Haltestange vorn nennt sich immer noch «Lenker», lässt sich allerdings um keinen Deut nach links oder rechts bewegen. Da wohl auch den Herstellern dieser Absurdität auffiel, dass jenes Produkt genauso wenig ein Fahrrad ist wie eine Gummipuppe eine Frau, nannten sie es Ergometer. Das stellt sich der Knallkopp in den Wäschekeller und strampelt wild darauf herum. Nach

Können innerdeutsche Flugverbindungen durch das Fahrrad ersetzt werden? Erste Versuche in China zeigen, wie's geht.

'ner halben Stunde kommt er schwitzend wie ein Karrengaul aus dem Souterrain gewackelt und teilt dem Restbewohner mit, gerade sei er dreißig Kilometer gefahren. Statt den Alten nun postwendend in die Geschlossene zu verfrachten, lobt die Gattin ihren Strampelmann. Dem wird das Groteske seiner Betätigung zwar nicht bewusst, wohl aber deren Eintönigkeit. Im nächsten Schritt seiner Entfremdung stellt er sich die Glotze vors Trampeldings und guckt beim Schwitzen Unterschichtsfernsehen. Auch das wird ihm bald zu dumm, und Strampelmann beschließt, mit dem Pkw ins Fitnesscenter zu fahren, um dort auf dem Tretbock imaginäre Kilometer runterzureißen. In der Iltishölle neben ihm sitzen Gleichverklemmte, und jeder kämpft für sich gegen das widerborstige Gerät.

Nun ist unser Freund den Weg der Degeneration schon recht weit gegangen, hat allerdings die Spitze des Stumpfsinns noch nicht erreicht. Ihm fällt auf, welch armer Tropf er ist, neben fremden Menschen wortlos schnaubend auf dem Tretomaten zu hocken wie der Besamungsbulle auf dem Abspermgerüst. Und so entsteht aus all dem Blödsinn die Idee vom Spinning oder Indoorcycling. Da hockt man in geselligem Rund auf dem Tretgerüst und lässt sich vom Schlagmann bei aufpeitschender Musik in die Pedalen scheuchen. Mit dem Nützlichen und Angenehmen, das Adam Opel vor über hundert Jahren dem Fahrrad attestierte, hat das alles nichts mehr zu tun. Alle werden immer bekloppter, und es ist kein Ende abzusehen.

Flugscham

Fliegen ist das neue Fleischessen, oder ist es schon Mikrogewalt gegen die Schöpfung? Ich komm langsam nicht mehr mit bei den vielen No-Gos, um den Planeten zumindest noch bis Weihnachten am Leben zu erhalten. Als Vielnichtflieger dachte ich bisher: Selber schuld, sich für neunzehn Euro in einen Galeerensträfling von Ryanair zu verwandeln. Sollen sie doch, diese Idioten! Aus Geiz und Gier für eine Woche Supersparpreis in den Süden fliegen und dafür die Tortur der Viehverladung am Flughafen hinnehmen erschien mir Strafe genug für einen ökologischen Fußabdruck wie von Polyphem, dem Zyklopen. Wer im Aluminiumsarg durch die Lüfte düst, dabei einen Virencocktail wegatmet und sogenannte Mitmenschen in Furztüten um sich duldet, der ist nun wirklich nicht zu beneiden und bedarf keiner weiteren Ächtung, sondern eher unseres Mitgefühls.

Ein Verhaltensforscher hat einmal gesagt, die zivilisatorische Leistung des Menschen bestehe darin, dass sich dreihundert Leute, eingepfercht in einer fliegenden Röhre, nicht umbrächten, während dreihundert Schimpansen sich sofort an die Gurgel gingen. Meine Sympathie gehört hier eindeutig den Schimpansen, einer Spezies, die noch weiß, was zählt im Leben: die Freiheit. Der Prozess der Zivilisation aber ist unumkehrbar und die Duldungsstarre des modernen Menschen legendär: Fahrstühle, U-Bahnen, fensterlose Schlafboxen – überall sperrt man ihn ein, warum also nicht im Flugzeug hochkant an ein Polstergestell gefesselt und mit Pappe gefüttert.

Der Mensch in seiner Würde ist nach unten offen. Doch plötzlich ist alles anders, es regieren die Revolutionswächter des Klimawandels und ächten ein bis dato normales Verhalten nach dem anderen als Ökosauerei. Fleischverzehr ist böse, SUV-Besitz total arschig, und nun hat es die Fliegerei erwischt. Ich denke, meine Meinung zum Flugtourismus ist an dieser Stelle recht deutlich geworden. Hier geht es jedoch um das pharisäerhafte Geseire der Ökopriester, die jedem alles vermiesen wollen mit dem Hinweis auf den verdammten Planeten, der vor sich hin fault. Jajaja, wir wissen es, vieles von dem, was wir auf Erden treiben, ist nicht nötig, braucht kein Mensch und treibt uns und die Bienen in den vorzeitigen Tod. Drum verteuert meinetwegen große Autos, bis sie keiner mehr kauft, macht Fleisch zum Luxusartikel und besteuert endlich Kerosin wie jeden anderen Treibstoff. Doch hört endlich mit diesem ekeligen Moralisieren auf. Schweden, das Land der ökologischen und sozialen Selbstgefälligkeit, Geburtsland der heiligen Greta von den Freitagsadventisten, dieses gelobte Land hat ein weiteres Gebot erlassen: #Flugscham heißt es, und seitdem setzen sich alle Schweden eine Eselsmütze auf und blicken verschämt zu Boden, sobald sie einen Flieger besteigen. Warum kann man nicht einfach an Bord dem Passagier auf dem Nebensitz an die Gurgel gehen, dann hört die doofe Vielfliegerei von selbst auf. So würden Schimpansen für eine bessere Umwelt kämpfen, aber die kommen in Schweden ja auch nicht vor.

Das Ende der Mobilität

Versprochen wird uns täglich aufs Neue, wie kommod wir in Zukunft unsern Arsch von A nach B bewegen werden. Im autonom gelenkten Pkw lungern wir selig besoffen auf dem Rücksitz herum, den pfeilschnellen ICE steuert kein Gewerkschaftler mehr ins Nirgendwo, sondern der Rechner weiß, wo Wolfsburg liegt. Selbst das Fliegen soll schöner werden, zumindest kürzer, wenn ein mit Paxen vollgepfropftes Projektil innert vierzig Minuten durch eine Röhre von London nach New York geschossen wird.

Die Zukunft der Mobilität erscheint in den schönsten Farben, hat allerdings mit der tristen Gegenwart so gar nichts gemein. Dem Pkw, ob autonom oder vom Säugetier selbst gelenkt, bleibt wenig übrig, als sich mit den anderen Fahrgastzellen die hart umkämpfte Verkehrsfläche zu teilen. Zudem schmälern Radfahrer, brütende Frösche und sogenannte Anwohner den weiteren Ausbau der asphaltierten Welt. In Zukunft wird's dort wohl noch enger werden, und wer an einem akuten Schub an Nächstenliebe leidet, dem sei auch fürderhin die Teilnahme am Straßenverkehr empfohlen: Keine fünf Minuten dort, und man verwandelt sich in einen Klumpen aus Hass und Mordgier.

Als Ausweg geriert sich der öffentliche Transport. In seiner Version des gleisgebundenen Nahverkehrs verbreitet er den Charme einer transsilvanischen Hundesauna. Im Fernverkehr geht's deutlich gediegener zu. Und wenn man kein analfixierter Pünktlichkeits-Nazi ist, der ohne Murren auch gern mal 'ne Stunde im rauchfreien Einkaufsbahnhof Hamm verbringt, für den ist der ICE immer noch die erste Wahl, allerdings auch nur in dieser Klasse. Nur eines sollte man weder mit dem Pkw noch mit dem Zuge tun: am Freitag die eigene Höhle verlassen. Gleichgültig, wohin oder womit: alles voll und verstopft. Der Freitagnachmittag auf den Autobahnen Nordrhein-Westfalens sollte vom Papst als Buße anerkannt werden dafür, dass man zum Beispiel seine Oma aufgefressen hat oder einem Geschiedenen die Hand gab.

Je mehr man uns die glitzernde Zukunft der Mobilität vorgaukelt, desto gruseliger erscheint deren Gegenwart: vollgepisste Bahnhöfe, fliegende Sardinenbüchsen und das Arschloch, das vor uns fährt. Nein, wenn's eben geht, zu Hause bleiben und den Bewegungsdrang mit ein paar Runden auf dem Rasentrecker abfrühstücken.

HELDEN IM ABSEITS: Andi Scheuer

Für die CDU waren es keine leichten Zeiten, Merkels Abschied rückte näher, und in einem Kampf bis aufs Blut hatten sich zwei Kandidaten gegenseitig an die Fichte genagelt. Siegreich daraus hervorgegangen war ausgerechnet der Schwächere von beiden, und als ob das nicht ausreichte, um jede Hoffnung auf das Kanzleramt endgültig fahren zu lassen, giftete der besiegte Drachen aus seiner bayerischen Höhle weiter gegen den armen kleinen dicken Ritter Armin, als sei dieser in einer anderen Partei – was er genau genommen auch tatsächlich ist. Gänzlich trostlos erschien die Zukunft der CDU, als die Beliebtheitswerte einer jungen Trampolinspringerin die des Laschet in den demoskopischen Orkus stampften.

Da endlich hatte auch Mark Antonius Söder ein Erbarmen, besann sich auf die nominelle Bruderschaft mit der Schwesterpartei und ließ die Geheimwaffe Andi Scheuer von der Kette. Wenn etwas wirklich und zuverlässig nicht klappen soll, dann ist der «Murksel», wie ihn seine Freunde nennen, die erste Wahl. Jahrzehntelang hatte sich die CSU gegen eine Autobahnmaut gesträubt, doch erst als Murksel-Andi sich ihrer annahm, ist sie endgültig vom Tisch. Diese albernen elektrischen Kinderroller, mit denen die grünen Hipster durch ihre linksliberal versifften Altbauviertel flitzen – sie waren ein Graus für jeden anständigen Bürgersteig-Deutschen. Der Andi hat sie legalisiert und humorlos zu einem zukunftsweisenden Mobilitätskonzept einer autofreien City erklärt. Schon kurz darauf sind sie zur Pest der Innenstädte geworden. Nur noch besoffene Teenager versuchen, damit den Sheriffs zu entfliehen, von Zukunft und «autofrei» keine Spur mehr. Es ist die schlafwandlerische Fähigkeit des Murksel, alles, aber auch wirklich alles in die Grütze zu reiten.

Und so erteilte der Söder seiner Geheimwaffe Andi den Auftrag, das «Goldene Kalb» der Grünen, das Fahrrad, so anzugreifen, dass die ganze Partei in ihrer Selbstbesoffenheit daran Schaden nähme. «Scheuer stellt Radverkehrsplan vor», lautete die schmucklose Kriegserklärung an die Grünen und ihre Vorstellung von nachhaltiger Mobilität. Wenn am Ende der Murksel-Andi mit seinem Plan fertig wäre, dann würden alle Fahrradwege in Deutschland an ein Konsortium der Autoindustrie veräußert sein, deren Benutzung kostete eine Mautgebühr, und der Staat würde auf Milliarden Schadenersatz verklagt, weil er kaputte Radwege zu einem überhöhten Preis von einem symbolischen Euro an das Konsortium verkauft hatte.

Niemand führe mehr mit dem Rad irgendwohin, selbst grüne Landesminister ließen sich wieder in ihrem Dienst-Audi fotografieren. Doch der beliebteste Politiker würde plötzlich kleines dickes Laschet sein. Man nimmt ihm einfach ab, dass er noch nie in seinem Leben Rad gefahren ist. «Eher gehe ich auf allen vieren ins Kanzleramt» ist ein viel zitierter Spruch von ihm. Andi «Murksel» Scheuer aber würde unter ihm Finanzminister werden, hatte Laschet dem Söder versprechen müssen. Auch in Bayern wird Rache anscheinend kalt serviert.

Lexikon: Mansplaining

Nur knapp vor der Mikroaggression hat es das Mansplaining in das Lexikon der bekloppten Trendwörter geschafft, weil es ein Portemanteau-Wort ist. Heißt das auf Deutsch «Kleiderbügelwort»? Ich weiß es nicht. Nach dem Brexit, dem British Exit, sind diese Wortkreationen bis hin zum Covidioten total hip. Mansplaining bezeichnet die angebliche Unsitte aller Männer, Frauen auf herablassende Weise die Welt zu erklären. Probates Gegenmittel: Femrupting, Female Interrupting.

N

Nachhaltigkeit oder so

Schöpferische Zerstörung

«Macht kaputt, was euch kaputt macht» ist die populäre Version dessen, was in der Ökonomie «Schöpferische Zerstörung» genannt wird, aber höchstwahrscheinlich anders gemeint ist. Der Kapitalismus in seiner ganzen Erhabenheit entfaltet sich immer wieder neu, wenn zuweilen die Reset-Taste gedrückt wird. Nur wenn einer das Geschirr zerschlägt, kaufen sich alle neue Tassen. Ab und an muss aber auch der ganze Porzellanladen dran glauben, damit was Neues entsteht. Warum nur will der Einzelhändler in der Innenstadt nicht einsehen, dass seine Insolvenz der gerechten Sache dient? Selbst Gott der Herr hat in der Sintflut mal reinen Tisch gemacht, damit die alten Strukturen zerschlagen werden. Und hätte nicht ein Meteorit die verdammten Saurier umgebracht, wären wir heute noch mickrige Beutelratten, die als eine Art SPD der Evolution um ihr Überleben bangten.

Es spricht eigentlich alles dafür, dass nicht nur in der Ökonomie, sondern in allen menschlichen Bereichen die Zerstörung die Mutter des Fortschritts ist. Zwei winzige Probleme gäb's da nur noch zu lösen, sobald die Bereitschaft zum Kaputtkloppen da ist. Das Alte darf nicht zu alt sein: Weder die Zerstörung von Palmyra durch den IS noch das Schleifen der Buddha-Statuen von Bamiyan durch die Taliban haben moderne Gesellschaften hervorgebracht. Und ich nehme an, dass auch das Bismarck-Denkmal in Hamburg ruhig stehen bleiben kann, ohne den gesellschaftlichen Fortschritt unter den autonomen Kräften der Hansestadt groß zu behindern. Zum anderen findet sich bei den vom Fortschritt Weggeputzten leider auch wenig Verständnis für ihr systemrelevantes Menschenopfer. Wenn doch nur mehr Einsicht vorhanden wäre für die Naturgesetze der permanenten kreativen Destruktion des Kapitalismus, dann würde sich die Karstadt-Verkäuferin vielleicht mit einem Lächeln in ihr Schwert stürzen. Wir alle würden Amazon viel Glück wünschen auf dem Marsch durch die Institutionen, statt nur so zu tun, als würden wir dort nicht einkaufen. Aber nein, der Mensch verharrt in seiner zugemüffelten Komfortzone, statt sich zu freuen, dass sein Lebensmodell einem viel neueren weichen muss, allerdings dann ohne ihn.

Die Parteien, die Gewerkschaften, die Kirchen, die Kleinfamilien, ja, selbst die Geschlechter – das sind doch alles alte Zöpfe, die längst abgeschnitten gehören. Oder wollen wir etwa die Frösche fragen, bevor wir den Teich ablassen? Also her mit der schöpferischen Zerstörung: Auf ein Neues, hurra, hurra, die Schule brennt, und wenn alle tot sind, haben wir die totale Herdenimmunität. – Manchmal ist es eben auch einfach nur Zerstörung und wenig schöpferisch.

Umdenken

Jede große Krise bringt ihre eigenen Worthülsen hervor. Die Klimaveränderung gebar die «Nachhaltigkeit» und das klerikale Geseire um den «Erhalt der Schöpfung», als hätte der Schöpfer nicht selbst mit der Sintflut die Mutter aller Klimakatastrophen verursacht. Mit der Corona-Pandemie und ihrem ersehnten Ende kam die Forderung nach dem «Umdenken» auf. Schon länger bekannt war das «Nachdenken» als vornehmste

Art der Geistestätigkeit, und in seiner Blähversion der «Nachdenklichkeit» erhielt es gar einen moralischen Beiwert. Wenn das Umdenken rhetorisch ausgelutscht ist, erwartet uns die «Umdenklichkeit» als höchster Wert auf der nach oben offenen Skala des gehobenen Blabla.

Was ist eigentlich aus den «Vordenkern» geworden, die waren doch auch mal angesagt: Linke Sozialutopisten, Kämpfer für ein anarchisches Miteinander, eine Welt ohne Krieg, ohne Hunger, ist das alles vorbei? Ist das Projekt Menschheit gescheitert, und ahnen das mittlerweile auch die meisten? Welches Unheil, welche Dystopie macht das Rennen: Dürre, Hunger, Polschmelze, Überbevölkerung, Atomkrieg, Pandemie, der Bankencrash oder alles auf einmal?

Da der Mensch mit dieser ständigen Vorausahnung nicht gesund durch den Alltag kommt, braucht er einen Silberstreif am Horizont, und so entstand das «Umdenken». Soll noch einer sagen, die deutsche Sprache sei nicht fähig, bescheuerte Modebegriffe zu prägen, weshalb Gaga-Sprech nur im Homeoffice unter den Bedingungen des Intelligent Distancing stattfände. «Umdenken» ist das Gegenbeispiel. Vereint dieser Nonsens-Begriff doch aufs Allerherrlichste den christlichen Gedanken von der «Umkehr» mit dem des aufklärerischen von der «Vernunft», dem «Denken». Zwei in einem Wort vermählte Begriffe der abendländischen Verheißung, und schwuppdiwupp haben wir die Zukunft wieder im Griff. Schluss mit dem «schneller, höher, weiter» – noch so eine begriffliche Steißgeburt der Corona-Zeit –, und dann wird's schon irgendwie hinhauen mit der Zukunft, einfach mal «umdenken»: Fleischfressen und Autofahren werden digital, alle erhalten ein besinnungsloses Grundeinkommen, Strom kommt endlich wieder wie früher nur aus der Steckdose, und das Atomkraftwerk dazu steht weit weg in Frankreich. An den Radwegen sprießen die Blühstreifen, und das Wandern ist der Kröten Lust. Einfach mal «umdenken». Dann wird's schon werden. Halleluja, amen!

«So viel plus sechzehntes Monatsgehalt und einmalig eine Dose Würstchen für den gesamten öffentlichen Dienst.»

HELDEN IM ABSEITS: Bsirske, Resch und Weselsky

Alle Räder stehen still, wenn's einer von diesen Typen will. Der Altmeister des Mülltütenballs auf der Straße ist Frank Bsirske, edler Ritter und Kämpfer für die gerechte Sache, will heißen: mehr Lohn, Urlaub und dreifaches Weihnachtsgeld für den öffentlichen Dienst. Zwar vertritt seine ehemalige Riesengewerkschaft auch Verkäuferinnen und im Geiste sogar Fleischzerlegearbeiter aus Rumänien, das Herz schlägt jedoch für die vom Staat Alimentierten. Eine Arbeitervertretung neueren Typus leitet Claus Weselsky, die Lokführer-Gewerkschaft. Wozu sich um den buckligen Rest des siechen Unpünktlichkeitsanbieters kümmern? Wenn vorne in der Lok keiner sitzt, liegt auch so der ganze Laden still. Pünktlich wie die Mücke und die Zecke kommt der Weselsky im Sommer zu uns und nervt. Immerhin setzt er sich für schlecht bezahlte Lokführer ein. Vom Menschen als Klientel komplett verabschiedet hat sich der modernste Lobbyist, Jürgen Resch, Bundesgeschäftsführer der Deutschen Umwelthilfe. Dieser aus keiner demokratischen Wahl hervorgegangene Zwergenverein schafft es, auf dem Klageweg Regierungshandeln zu ersetzen. Resch, Weselsky und Bsirske, so würde ich meine drei Rauhaarteckel nennen, wenn ich welche besäße.

Lexikon: **Narrativ**

Die Blähvokabel des neuen Jahrtausends schlechthin, hat sie doch die Analyse als Grundlage politischen und gesellschaftlichen Handelns abgelöst. Die Bescheuertheit in ihrer ganzen Pracht erschließt sich, wenn man die deutsche Übersetzung bemüht: «sinnstiftende Erzählung». Gott bewahre uns vor Entscheidern, die das zur Grundlage ihres Handelns machen, Immanuel Kant rotiert bereits im Grab.

O

Ostdeutschland und das Opfer-«Narrativ»

Land am Rand

Schaut nicht zu den Griechen an Europas Rand, die größten Doofköppe haben wir im eigenen Land: die sogenannten Sachsen. Im Südosten der Republik liegt der Postleitzahlbereich null – welche Geheiminformation wollte uns der Postminister seinerzeit damit übermitteln? Null Bock auf Demokratie, auf Ausländer, auf Normalsprechen, auf Mitdenken und Mitfühlen sowieso nicht. Hier in den Überschwemmungsgebieten der Mulde und Elster sagen sich Nazis und Verfassungsschutz Guten Morgen, hier gedeihen Pegida und Querdenker, hier zündelt der Kleinbürger am Flüchtlingsheim – was zum Teufel ist los im Tal der immer noch oder schon wieder Ahnungslosen? Haben wir ihnen nicht erst die D-Mark und hernach den Euro geschenkt, die Ostrente angepasst und die Frauenkirche wiederaufgebaut? Schicke Westautomobile werden im fernen Osten der Republik montiert, was wollt ihr denn noch, damit ihr euch wie zivilisierte Mitteleuropäer benehmt? Das Staatsvolk der DDR wart ihr einst, jetzt seid ihr nur noch eins von sechzehn Bundesländern, ist es das, was euch grämt? Nun, da hab ich einen Vorschlag: Verpetzt euch doch wieder gegenseitig wie damals bei der Stasi und lasst die anderen, die euch nichts getan haben, einfach mal in Ruhe. Und jetzt legt euch wieder hin.

«Einen Moment, Herr Obersturmbannführer, ich schminke nur kurz das Loch zu, wo Ihnen das Gehirn ausgelaufen ist.»

Immer auf die «Sachsen»

Immer wieder auf die Sachsen, wie gemein. Als ob es Thüringen nicht gäbe oder Sachsen-Anhalts Süden, die sind doch auch noch ganz vorne im politischen Retrorassismus. Nimm dagegen die Hessen, die sind seit Jahren psychisch stabil, da hört man nix. Als ob wir keine anderen Sorgen hatten, als uns jeden Abend in der Tagesschau die Innenstadt von Chemnitz anzugucken. Donald Trump wollte Mercedes-Fahren verbieten, Europa drohte auseinanderzufallen in Sommer- und Winterzeitländer, Olaf Scholz garantierte die Rente bis 2040 und wollte sie schon im Voraus auszahlen, damit alle noch schnell die SPD wählen, bevor sie den Arsch zukneifen. Das waren die tatsächlichen Probleme. Übrigens sah das Angela Merkel genauso und hatte in einem Treffen mit der deutschen Wirtschaft laut geheimem Zusatzprotokoll den Sachsit beschlossen. Darum ging es: In einem ersten Schritt wird der Südostfreistaat einem Reichsverweser kommissarisch unterstellt. Ja was? Ihr könnt euch doch sowieso nicht selbst regieren, noch eine Wahl, und die AfD sitzt in der Staatskanzlei. Wie darauf wohl die internationale Presse reagierte und erst recht der DAX. Kommt überhaupt nicht in die Tüte. Wenn ihr Glück habt, kommt Martin Schulz als Bundeskommissar, habt ihr Pech, Hartmut Mehdorn. So oder so, es wird aufgeräumt im selbst ernannten Freistaat. Pegida, Pro Chemnitz und alle anderen Spinnervereine werden der Treuhand übergeben und schneller abgewickelt, als die Idioten «Lügenpresse» brüllen können.

Den Unesco-Status hat man Dresden ja schon aberkannt, bald ist auch mit Landeshauptstadt Schluss. Die neue heißt Bielefeld. Nun werden einige geographische Haarspalter bemerken, das liege doch gar nicht in Sachsen. Das ist der Witz! Oder glaubt ihr, die Nazihonks aus dem Erzgebirge fahren jeden Montag bis nach Bielefeld, um ihre Meinung in die Luft zu furzen? Na bitte, ein Problem gelöst. Der Name Chemnitz ist als Marke verbrannt, klang vorher schon wie Chemtrails und irgendwie abgespact. Die Stadt wird wieder zurückbenannt in Karl-Marx-Stadt oder Karl-May-Stadt, kommt auf zwei Buchstaben nicht an. Die Riesenrübe in der City könnte doch auch Old Shatterhand sein, oder? Na bitte. Wenn alles klappt in den Verhandlungen mit Polen, dann wird der ehemalige Freistaat Sachsen zeitweise unter polnische Verwaltung gestellt und erhält seinen alten obersorbischen Namen Swobodny zurück. Selbstverständlich bekommt Swobodny den Status eines Beitrittskandidaten zur Bundesrepublik Deutschland, ähnlich wie Serbien oder Transnistrien zur EU. Das kann in dreißig, vierzig Jahren schon sehr vielversprechend aussehen. Bis dahin wird das ehemalig sächsische Staatsvermögen in drei Radeberger-Kisten bei der Exilregierung in Bielefeld aufbewahrt. Kopf hoch, Freunde, es hätte schlimmer kommen können.

Leipzig, die Heldenstadt

Es gibt das Regenloch an der Unterelbe mit den ausgestopften Fischen und den Shanty-Chören, das ihre Ureinwohner mit einer Weltstadt verwechseln. Und es gibt dagegen die «Weltstadt mit Herz», in der braun gebratene Tagediebe und verlebte Blondinen Schampus beim Friseur schlürfen. Am Rhein südlich von Bad Leverkusen liegt eine Architekturkotze, in der selbst die Gebäude irgendwann freiwillig vor Ekel einstürzen. Und dort, wo sich der mitteleuropäische Kulturkreis allmählich in den Weiten der ostzonalen Taiga verliert, wabert ein riesiger Millionenpuff vor sich hin, der für jede Körperöffnung etwas zu bieten hat.

Doch nur einen Ort gibt's in Deutschland, der für sich selbst den Titel «Heldenstadt» beansprucht. Sieh an, was hat Leipzig, das Kiel, Bielefeld, Kassel und Cottbus nicht haben? Ist dort Old Shatterhand geboren? Oder waren es die Jacob Sisters? Ich weiß es nicht. Leipzig, DIE Heldenstadt!? Völkerschlacht 1813. Alle gegen Napoleon, und danach gab's Freibier für die siegreichen Helden und die Töchter der Stadt als Nachtisch. Nein, das kann's auch nicht gewesen sein, auf dem Gebiet hat Waterloo die Nase vorn. Vielleicht ist der Titel ganz neu und bezieht sich auf die Thekenmannschaft des Limonadenfabrikanten aus Salzburg. Kann auch nicht sein, denn es gibt einen Aufkleber aus dem Jahre 1990: «Leipzig. Die Heldenstadt». Jetzt klingelt aber was bei mir! 1990, Ende der DDR, und waren nicht in Leipzig diese Montagsdemonstrationen, oder war das Dresden? Nein, Dresden war später, und die waren von und mit Pegida. Leipzig war «Wir sind das Volk», und das haben die so lange gebrüllt, bis Honecker samt Margot den Schwanz eingekniffen hat. Es war die sogenannte Friedliche Revolution, und seitdem hat sich Leipzig selbst zur Heldenstadt ausgerufen. Eigenlob stinkt! Aber was soll's, beim Stadtmarketing darf man nicht zimperlich sein.

Was es etwas unschön von anderen städtischen Werbesprüchen unterscheidet, ist das «Wording», wie die Doofen heute sagen: «Heldenstadt», der Titel stammt aus der Sowjetunion und erinnert aber für deutsche Ohren an Nazistädtetitel: München, «Hauptstadt der Bewegung», oder Goslar, die «Reichsbauernstadt». Vielleicht doch noch mal drüber nachdenken, wie wär's mit «Leipzig, die Bahnhofsstadt»? Dagegen ist nichts zu sagen, denn um diesen Bahnhof werden die Leipziger von ganz Deutschland beneidet.

Wintermärchen war auch gekauft

Schon nach dem Tod Günter Schabowskis 2015 kamen Zweifel auf an der Echtheit seines berühmten Zettels, mit dem er die Maueröffnung ankündigte. Im Februar 2016 veröffentlichte Handschriftanalysen werden eindeutig belegen, dass die Zeile über die Reisefreiheit «Das trifft... nach meiner Kenntnis... ist das sofort, unverzüglich» von einem Mitarbeiter Schabowskis verfasst worden ist. Die darunter ausradierte Passage lautete: «Da trifft nach meiner Kenntnis unverzüglich jede Kugel eines Volkspolizisten einen Republikflüchtling.» Besagter Mitarbeiter hatte den Satz gegen eine Einmalzahlung des BKA in Höhe von 6700 D-Mark geändert und der verdutzte Schabowski somit unfreiwillig die Grenzen geöffnet. Schon in der Nacht auf den 10. November 1989 flog der plumpe Schwindel des Bundeskriminalamtes auf. Der gekaufte Mitarbeiter hatte jedoch längst die Gunst der Stunde genutzt und verputzte bereits in Helmstedt genüsslich seine erste Banane. Die Militärs der DDR forderten Egon Krenz auf, sofort die Mauer wieder zu schließen, bevor die gesamte Bevölkerung ausgebüxt wäre. In einer Sondersitzung des Politbüros erging allerdings der Befehl, die Sache streng geheim zu halten. Zu peinlich wäre es, käme heraus, dass man die ganze DDR für 6700 D-Mark hatte kaufen können. In einer erst 2016 gefundenen Aktennotiz wird Egon Krenz zitiert mit den Worten: «6700 D-Mark, damit machen wir uns die Preise kaputt, das darf niemals herauskommen.» Wird es nun aber doch. Heißt das, der Westen hat nach der Grenzöffnung viel zu viel bezahlt für die DDR? Egon, gib uns unsere Billionen zurück!

HELDEN IM ABSEITS: Friedrich Merz

Für einen kurzen Moment war er die Westhoffnung für den Osten. Obwohl er sich mehrere Jahre in bescheidenen Aufsichtsräten amerikanischer Finanzoptimierer verborgen gehalten hatte, galt der Merz als Volkstribun der neuen Bundesländer. Urplötzlich wurde er wie ein Mammutbaby aus dem politischen Permafrost des Sauerlandes aufgetaut. Mit seiner DNA sollte die CDU zu neuer Größe heranwachsen und wieder wie einst in ihrer letzten Warmzeit durch die welke Tundra der alten Bundesrepublik stolzieren. Friedrich Merz, das klingt nach preußischen Tugenden und nach Frühling, wer wollte dagegen etwas haben. Und war es nicht längst an der Zeit, dass wieder ein erfahrener Mann an der Spitze der Union stände, um weibische Grenzöffnungen ein für alle Mal zu verhindern? Sollte nicht Deutschland endlich einen Politiker bekommen, der weder auf das schnöde Gehalt eines Bundeskanzlers noch auf die pannenanfällige Flugbereitschaft angewiesen ist? Endlich jemand, der weiß, wie schwer es ist, in diesem Land nicht nur Millionär zu werden, sondern vor allem auch zu bleiben. Friedrich Merz bedeutete Hoffnung für die vielen braven Steuerzahler da draußen, die es einfach satthaben, von der parteiübergreifenden Sozialdemokratie abgemolken zu werden wie schwarzbunte Rindviecher. Friedrich Merz, das war der Arsch in der Hose der CDU, aber es hatte nicht sollen sein.

Stehen da wie die Orgelpfeifen, aus denen kein Ton mehr kommt: AKK, PZ und FM.

Lexikon: Obergrenze

Nach der spontanen Einreise von 1,5 Millionen Flüchtlingen tauchte zum ersten Mal der Gedanke auf, dass es so nicht weitergehen könne und man den Zustrom irgendwie bremsen müsse. So einleuchtend dieser Gedanke auch politisch ist, so schwer ist es, ihn mit Völkerrecht und Genfer Flüchtlingskonvention in Einklang zu bringen. So entstand daraus die «atmende Obergrenze». (Weitere bekloppte Wörter im Kapitel «G».)

P

Plastik, Müll und der tote Planet

Globale Kreislaufwirtschaft

Als Pappe und Plaste nur außen um den Burger rumgewickelt waren, scherte es niemanden: Autofenster runter, und ab damit in den Forst, dorthin, wo Verpackungen und Einweggeschirr ihre letzte Ruhestätte fanden. Erst als der deutsche Wald vom Freizeittreiber als Ausbringfläche seiner durchweg nutzlosen Betätigungen auserkoren wurde, fiel ihm auf, dass die fortgeworfenen Einwegplastikverpackungen allüberall die Erholung trübten. Und so trennte und sammelte er die ausgeschabten Joghurtbecher, Trinkhalme und Plastegeschirre, stopfte sie in eine weitere PVC-Verpackung und verschiffte sie nach China. Das nannte sich Recycling. Der Asiate, gar nicht dumm, klöppelte aus dem Plastikgranulat neue Fleecejacken und verkaufte uns den eigenen Müll zurück.

So ging es putzmunter hin und her. Doch irgendwann hatte der Chinese keine Lust mehr, unsere versifften Tüten und Becher zu recyceln, also flog der ganze Müll hinaus ins Meer und strandete an aller Länder Gestade oder bei Flipper im Magen. Die Fleecejacke ihrerseits häutete sich zu Hause bei jedem Waschgang, und die mikroskopisch kleinen Abriebteilchen fanden über das Abwasser auch den Weg in die wogende See. Seither ist nichts mehr so, wie es war. Alle Ozeane sind versifft; wo einst das Plankton lebte, schwimmt nur noch Plastik rum.

Das Fischstäbchen – in Ermangelung anderer Nahrungsquellen – frisst das winzige Granulat, und schon findet sich im Stuhl des Bundesbürgers ein Teil der Fleecejacke wieder, die er gestern noch stolz für 9 Euro 90 bei Friedhelms Family erwarb.

Doch das wird die Ausnahme bleiben. Zumeist lässt sich das Mikroplastik nämlich gar nicht ausscheiden, sondern führt zu Verstopfungen, und so schließt sich der Kreis – im wahrsten Sinne des Wortes. Es explodiert der weiße Mann und natürlich auch seine Frau, weil er und sie über Umwege die Einwegverpackungen ihrer Schnellfraßnahrung mitverspeist haben und nun am Rektum die letzte Schlacht geschlagen wird. Das alles ist nicht schön und wurde von der allwissenden EU gerichtet. Dem Wattestäbchen und der Einweggabel gilt der Kampf. Ab sofort heißt es, die Pommes mit den Händen futtern. Und im Ohr kann man auch mit dem kleinen Finger oder Kugelschreiber rumpulen – wenn's keiner sieht.

Ein mystischer Ort namens «weg»

Es gibt den einen sagenumwobenen Ort auf dieser Welt, von dem wir alle ständig hören. Er ist voller Illusionen und Projektionen. Doch es ist weder Atlantis noch das Paradies, sondern dieser verwunschene Ort hört im Deutschen auf den schlichten Namen «weg». Zumeist tritt er zusammen mit einem Verb auf und auch gerne im Imperativ: «Räum das endlich weg» oder «Wirf das weg». Natürlich kann man nichts wegwerfen oder wegräumen, sondern nur woandershin. Denn zum Leidwesen aller Ordnungsfanatiker ist der uns zugängliche Teil des Universums endlich und die Erde keine Scheibe, über deren Rand man den ganzen Dreck runterfegen kann. Die Vorstellung allerdings, dass man hier Ordnung herstellen kann, ohne dort Chaos anzurichten, die bleibt des Deutschen liebste Illusion. Gelernte Ersatzorte für «weg» sind im häuslichen Bereich der Platz unterm Sofa oder hinter dem Schrank. Dort lassen sich ungefrühstückte Pausenbrote und vollgepisste Unterhosen eine Zeit lang zwischenlagern. Doch es kommt der Tag, da Mutter mit dem Kehrbesen durch die Wohnung fegt, und das vermeintlich «Weggeräumte» ist in die Realität «zurück*gekehrt*». Eine ordentliche Tracht Prügel, und die Welt ist wieder im Lot.

Problematisch wird diese Philosophie, wenn sie die einer ganzen Gesellschaft ist, der unsrigen nämlich, auch «Wegwerfgesellschaft» genannt. Wenn ein komplettes Volk die angefressenen Pausenbrote und zugestrullten Schlüpfer «wegwirft», auf Deponien, in sogenannte Endlager oder einfach ins Meer, dann kommt «Mutter» zwar nicht sofort, aber wenn, dann mit ordentlich Karacho. Die Prügel, welche Mutter Natur austeilt für die unterm «Sofa» versteckten Atommüllreste und Styroporflocken, schlagen ordentlich ins Kontor: Klimakatastrophe, tote Ozeane, wegerodierte Ackerflächen – die ganze Büchse der Pandora. Und das alles nur, weil wir so blöd sind und nicht wahrhaben wollen, dass es den Ort «weg» nicht gibt. «Karl-Kevin, räum sofort deinen Müll da weg!» «Ey, Alte, schon mal was vom Zweiten Hauptsatz der Thermodynamik gehört? Die Entropie lässt sich nicht aufhalten.» Recht hat er, der kleine Karl-Kevin!

Obsoleszenz

Die bösen Wörter haben ein neues Mitglied im Club: die Obsoleszenz. Der Begriff ist nicht neu, sein Gebrauch hat aber im Zeitalter der wachsenden Berge an Elektronikschrott und Plastikmüll an Fahrt aufgenommen. Gemeint ist die geplante Lebensdauerverkürzung bei Konsumprodukten im Verhältnis zum normalen Verschleiß. Klassiker der Obsoleszenz ist die Glühbirne, bei der, wie von allen Herstellern vorgesehen, nach tausend Stunden Betrieb der Faden reißt. Moderner Übeltäter ist der Drucker mit heimlichem Zählwerk, der beim zehntausendsten Blatt die Läufe streckt. All das dient dazu, dem Konsumenten ständig neuen überflüssigen Schrott aufs Auge zu drücken. Großmeister dieser Strategie sind die Hersteller digitaler Lebensbegleiter. Da diese Geräte weit weniger schnell kaputtgehen als erhofft, werden mit jeder Generation die Stecker geändert, die Software ist nicht mehr nach unten kompatibel, oder es gibt einfach ein neues iPhone, und schon wandert das alte auf den Müll oder in die Bucht.

Dem Nachhaltigkeitspropheten ist solch ressourcenverschwendendes Verhalten ein Gräuel, und er möchte es am liebsten gesetzlich unterbinden. Schön und erhaben ist das Prinzip, doch mühsam wird's in der wirklichen Welt. Hat doch sogar der Herr in seiner Schöpfung den Verfall ins Lastenheft gekritzelt. Nichts auf Erden währt ewig, und sogar sein Gesellenstück, der Mensch, welkt rasend schnell dahin. Zu Recht fragt sich da der Skeptiker: «Warum soll mein Drucker länger leben als ich oder die Glühbirne noch leuchten, wenn bei mir das Licht im Hirn erloschen ist?»

Blöderweise gibt es auch tatsächlich so was wie technischen Fortschritt, und es erscheint wenig ratsam, die alte benzingetriebene Herz-Lungen-Maschine so lange durchzureparieren, bis sie von allein auseinanderfällt. Hingegen dürften das T-Shirt oder die Cordhose weitestgehend technisch ausentwickelt sein und müssten nicht im Shopping-Rausch ständig ersetzt werden. Schwierig bis unmöglich aber wird's, den jetzigen Wohlstand ohne Turbo-Obsoleszenz zu retten. Was also tun, um den Planeten möglichst lange am Leben zu erhalten, aber auch des Menschen Gier nach dem neuesten Schrei und des Produzenten nach Profitmaximierung zu befriedigen? Neue ressourcenschonende Produkte müssen auf den Markt: heiße Luft, falsche Versprechungen und der gute alte Ablassbrief als Eintrittskarte für das ewige Leben. Mit klaren Worten: Der Mensch muss mit in den Emissionshandel einbezogen werden, dann kauft er sich keinen Elektrorollerschrott, sondern zwei Wochen legales Ausatmen.

Littering

Mit nur wenigen Kniffen kann man sich mediterranes Flair nach Hause holen: Die Hundefutterdosen vom Mittagsmahl einfach durchs Fenster nach draußen schmeißen, man gebe als kleinen Gruß aus der Mülltonne ein paar Fetzen ranziger Folie dazu und streue großflächig mit Styroporflocken ab, schon wähnt man sich an den Gestaden des Mare Mediterraneum. Ist es einem um die eigene Parzelle zu schade, dann tut's auch ein sonntäglicher Spaziergang durch einen deutschen Stadtpark. Dort kann man zwischen abgenagten Knochen und leer gesoffenen Bierdosen lustwandeln, und das Auge darf sich an der bunten Pracht der Produkte unserer Verpackungsindustrie erfreuen.

Der Migrant bringt seine Kultur des Teilens aus der Heimat mit, und der Herkunftsdeutsche ist eh ein Schwein, wenn keiner guckt. Mittlerweile hat sich das Einsauen öffentlicher Parkanlagen am Wochenende zu einem bundesweiten Freizeitvergnügen gemausert. Richtig hip wird ein aasiges Verhalten allerdings erst, wenn es einen englischen Namen bekommt, siehe «Binge-Watching», «Cocooning» oder «Anal Bleaching». Und nun ist das obsessive Zumüllen der Grünflächen auch endlich in den anglophonen Adelsstand erhoben worden: «Littering» heißt der kranke Mist.

Somit ist es bloß noch eine Frage der Zeit, bis eine Kunstform daraus wird. Fremder Leute Hauswände und S-Bahnen mit Farbe vollkleckern hat es schließlich auch in die Galerien und Museen geschafft. Und kann man die documenta in Kassel nicht als ein großes Littering-Projekt interpretieren? Alle fünf Jahre einmal volle Kanne die Karlsaue einsauen. Nur gegrillt wurde dabei bisher noch nicht. Anders als in der Volkskunst, dort geht dem Müll-Event ein ausgiebiges Fress- und Saufgelage voraus. Und weil es im Konsumuniversum kaum noch Dinge gibt, die des Aufhebens wert wären, wirft man den vollgesifften Einweggrill nach Gebrauch ins Gebüsch, und das klapprige Gartengestühl lohnt die Mitnahme auch nicht, denn an der Non-Food-Raufe des Fraß-Discounters gibt es günstig neue Sitze für den adipösen Arsch.

Bleibt die Stadtverwaltung. Wie steht die dem Treiben ihrer Schutzbefohlenen gegenüber? Ratlos! Mancherorts werden grüne Pfeile auf die Gehwege gepinselt, um die Trottel Richtung Mülleimer zu lenken. Eine pfiffige Idee, geradeso als klebe man ein Schild «Bitte nicht einbrechen» ans Parterrefenster. Als ich neulich durch einen kommunalen Erholungsraum schlenderte, trat ich in etwas Dampfendes, Weiches und erschrak. Doch Glück gehabt, es war nur Hundedreck.

Endlager eins

Wohl um einiges aussichtsloser als die Suche nach dem Bernsteinzimmer ist jene nach einem Endlager für ausgelutschte Brennstäbe. Allein das Wort «Endlager» weckt schon ungute Assoziationen, und so wundert es mich, dass die so auf Schönwettervokabeln erpichte Politik nicht längst einen Euphemismus erdacht hat. «Anti-Atomkraft-Zentrum» ist mein Vorschlag, denn diese böse Atomkraft soll dort ja gerade gebannt werden. Somit könnten sich im Anti-AK-Zentrum Kernkraftbefürworter und -gegner über schwelendem Cäsium die Hand reichen. Wenigstens ein «verstetigtes Zwischenlager» hätte man sich gewünscht. Aber nein, es bleibt der alte Kampfname, und schon werden bundesweit die Messer gewetzt.

Glaubt denn wirklich irgendjemand, eine Gemeinde freute sich, wenn ihr die Findungskommission den Titel «Miss End-

Nach Afrika exportierte Rohstoffe schaffen dort sichere Arbeitsplätze im Niedriglohnsektor.

lager» verliehe? Selbst wenn man einen kleinen Flecken im niederschlesischen Oberlausitzkreis mit Millionen zuschisse, ihm Spaßbäder, Opernhäuser und Regionalflughäfen schenkte, er würde sich das Endlager nicht antun wollen. Denn statt eines blitzeblanken Atomklos mit piekfeinem Stacheldraht käme eine Horde Ziegenmelker und Selbstfinder in das kleine sorbische Dorf und errichtete aus alten Europaletten eine verlauste Anti-Atomkraft-Kommune. Innerhalb von Jahrzehnten verwandelte sich der beschauliche Ort für Langzeitahnungslose in ein Versteck für Gammler und Langhaarige. Wer's nicht glaubt, dem empfehle ich einen Besuch im Hambacher Forst. Die bloße Drohung, einem Haufen Borkenkäfern die Behausung unterm Arsch wegzubaggern, rief schon Hunderte von sogenannten Aktivisten auf den Plan. Wie viel kämen erst, verhieße man ihnen ein neues Brokdorf, Wackersdorf oder Gorleben? Nicht auszudenken, wie viel Müll dort entstünde, wie Tausende in die Flur defäkierten und sich der Fuchs dort den Menschenbandwurm holte.

Nein, nichts und niemand kann noch das hundverfrorendste Kaff in Deutschland bewegen, Standort eines Atomendlagers zu werden, allein wegen des hämischen Grinsens aus dem Wendland schon mal nicht. Aber dazu wird es ja auch niemals kommen. Die vorurteilsfreie Standortsuche ist nichts weiter als eine hochradioaktive Nebelkerze. Wenn der Atomdreck nicht in Gorleben unter die Erde wandert, dann nirgendwo in Deutschland. Ab in den Kongo damit wie der Plastikmüll. Oder in die Innenstädte, da gibt's ja auch demnächst jede Menge Leerstand.

Endlager zum Zweiten

Endlösung, Endsieg, Endlagerung – deutsche Wörter in der Reihenfolge abschwellender Bösartigkeit. Die harmlosere unter den drei unheimlichen Schwestern, die Endlagerung, ist die neue Wahnvorstellung im Land der Deutschen. Seit den Kirchen die Ewigkeit nicht mehr geglaubt wird, hat von säkularer Seite der Staat die Garantie dafür übernommen, zwar nicht vollständig «ewig», aber schon ein gutes Stück des Weges: Eine Million Jahre lang soll der Atommüll in der unterirdischen Heimstatt seine Ruhe finden. Zuständig für die Suche danach ist die neue «Bundesgesellschaft für Endlagerung». Eine Million Jahre, da wäre man gerne selber ein Brennstab. Zu Hause hat man nicht mal eine halbe Stunde seine Ruhe, ohne dass einem jemand auf die Nüsse geht. Ramses II. hat es immerhin auf dreitausend Jahre Ruhezeit gebracht, bevor ihn die Archäologen ins Museum verschleppten.

Eine Million Jahre, ohne gestört zu werden, ist eine durchaus mutige Prognose. Vielleicht gibt's im Jahre 4380 Grabräuber, die nicht ahnen, was so ein ausgebuddelter Brennstab alles anrichten kann. Kann uns aber auch gleichgültig sein, denn nicht nur wir, auch unsere Kultur ist dann längst vergammelt und vergessen. Ganz unsentimental betrachtet, würde ein Zwischenlager reichen, das die nächsten hundertfünfzig Jahre hält. Dann sind auch unsere Enkel längst verstorben, und die Brut, die danach kommt, kennen wir sowieso nicht. Für ein Erbpachtgrundstück über hundertfünfzig Jahre Dauer fände sich vielleicht auch eine Stadt als Bewerber.

Einen Vertrag über siebenstellige Laufzeiten unterschreiben nur Idioten, Fatalisten und Zyniker. Deshalb wird die vorgetäuschte Suche nach dem Standort auch ausgehen wie das Hornberger Schießen. Es sei denn, eine gewitzte Kommune mit einer gehörigen Chuzpe ihres Kämmerers kommt auf folgende Idee: Salzgitter, Finsterwalde oder Todesleben bieten der Bundesgesellschaft für Endlagerung ein großes Grundstück über und unter der Erde für die nächsten eine Million Jahre als Brennstabdeponie kostenlos an. Sofort bildet sich eine Bürgerinitiative dagegen, die Grünen haben endlich wieder einen Wallfahrtsort, die üblichen Bauzaun-Events locken Aktivisten aus ganz Deutschland in die Atomkommune, und plötzlich brummt der Alternativtourismus. Zuerst ist es nur der Kiosk, an dem sich die Atomkraftgegner mit Schokoriegeln und Rhabarberschorle versorgen. Doch nach und nach steigt die Zahl der Übernachtungen, Zuzügler aus den Großstädten kaufen leer stehende Häuser und gründen Ateliers für Seidenschlipsmalerei, Ziegenkäse und Trommelworkshops, Zumbahopsen und irgendwas für Frauen – die einst so klamme Kommune blüht auf. Das geplante Endlager ist nach kurzer Zeit vergessen, gebaut wird es sowieso nicht, und was in einer Million Jahren sein wird, darüber hat sich vor langer Zeit nicht mal Ramses II. Gedanken gemacht.

Plastiktanne

Die Verwandlung, um nicht zu sagen Verschandelung, der Weihnachtsfichte begann mit der elektrischen Lichterkette statt Stearinkerzen. Vorgeblich, um die Brandgefahr zu bannen, wurde ein Wirrwarr an Kabeln durch den Baum gefriemelt. Es roch nicht mehr nach Kerzenwachs, und keine Flamme züngelte an den Fichtennadeln herum – die Stimmung war olfaktorisch mehr oder weniger schon im Arsch. Gut, da war noch der originale Baum aus der Plantage im Sauerland, aber elektrisch angefunzelte Natur hatte etwas in sich Widersprüchliches.

Der nächste Schritt zur Plastifizierung des Christkindlgebäums war die Nordmanntanne. Anders als ihre proletarische Cousine, die Fichte, pikste das Biest nicht mehr, wenn man die chinesische Fahrradbeleuchtung durchpulte. Außerdem sah sie schon fast aus wie ein echter Plastikbaum, müffelte aber immer noch nach Wald und ließ die Nadeln auf die Auslegeware fallen, ein Graus für jede Hausfrau, die auf Sauberkeit und Anstand hielt. Dem Mann missfiel an dem Produkt aus Stiefmutter Natur, dass die Kabel nicht unter Putz verliefen, sondern wirr in den Zweigen rumbaumelten. Zuerst setzte sich jedoch Mama mit ihren Bedürfnissen durch. Eine quasi naturidentische Plastikfichte wurde im Baumarkt erstanden, schon mit fertigem Fuß gleich unten dran. In dulci jubilo, das war doch ganz was anderes als der alte Stinker aus der Schonung: blitzsauber, kärcherkompatibel zu reinigen und sah dabei total echt aus. Endlich waren auch mal die Zweige gleich lang auf jeder Seite und standen exakt neunzig Grad vom Stamme ab.

Doch als Vatti den elektrischen Chinesen durch die Plastezweige ziehen sollte, riss ihm endgültig der Geduldsfaden. «Weg mit dem halben Kram», rief er noch und war schon mit seinem Passat in den Baumarkt entfleucht: Da steht er nun, der vollelektrische Tannebaum mit innen verlegten Kabeln in den Zweigen und integrierter Kerze aus einem Stück gegossen. Man kann zwölf verschiedene Lichtstimmungen mit einer App ansteuern, und im Fuß ist ein Bluetooth-Lautsprecher integriert, der die behämmertsten Christmas-Heuler von Spotify direkt aus der PVC-Fichte quäken lässt. Wenn Weihnachten vorüber ist, wird der Baum platzsparend wie ein Schirm zusammengefaltet und hinter dem Schrank verstaut. Vatti war begeistert und wollte schon zugreifen, da sah er aus den Augenwinkeln die allerneueste Kreation: Weihnachtsbaum Modell Harz mit Ballen aus Plastik. Gibt man ihn im Januar wieder zurück, verpflichtet sich der Baumarkt, ihn droben im Harz einzupflanzen, damit das Gebirg sein immergrünes Kleid zurückerhält. Ein dreifaches Hosianna auf unser schönes Weihnachtsfest!

HELDEN IM ABSEITS: Klaus Wowereit

Er war der letzte Regierende Bürgermeister, dem der Job noch Spaß gemacht hatte. Berlin war damals «versifft und verschuldet, aber geil wie Schmidts Katze» – oder so ähnlich. Wowereit hatte sein berühmtes Originalzitat von damals vergessen. Dabei war er einer der wenigen Politiker, von dem sogar 2, in Worten: ZWEI, Zitate geblieben waren. Da konnte sich das Frollein aus der Uckermark ihr albernes «Wir schaffen das» in die Kartoffelsuppe stippen. Verdammt, was hatte er noch gesagt, wie ging er noch mal, dieser berühmte Spruch von ihm? «Ich bin cool, und das ist Gudrun.» Wer zum Teufel ist Gudrun? Die Gesichter von früher verschwanden immer mehr. Was hatte er damals als erigierender Bürgermeister ... Jetzt musste Wowereit über sich selbst lachen. Ja, er hatte es noch drauf mit den lockeren Sprüchen, aber irgendwas mit Flughafen war da auch noch, es fiel ihm aber nicht mehr ein. Na egal, wie sagte noch ein anderer berühmter Berliner: «Keine Termine mehr und total besoffen, das ist das Glück.» Oder so ähnlich jedenfalls.

Lexikon: **Populismus**

Es ist entweder eine Schande für die Demokratie, dass «Volkstümlichkeit» und «volksnahe Themenwahl» eine negative Bedeutung haben, oder es ist deren Schattenseite. Dem Volk mit seinen niedersten Instinkten das Wort zu reden gehört in Zeiten der «Echoräume» und «Fake-News-Blasen» zum Standardarsenal des digitalen «Volkstribuns».

Q

Querdenker

Verschwörungstheorie

Hallo, liebe Doofköppe, seid ihr alle da? Das ist schön, denn jetzt basteln wir uns eine eigene Verschwörungstheorie. Warum wir das machen? Weil Bill Gates hinter all den anderen Verschwörungstheorien steckt. Auf Windows 8 folgte gleich Windows 10. Die verheimlichte Version Windows 9 erzeugt im Untergrund ständig neue Verschwörungstheorien, um die Menschheit in Rekordtempo zu verblöden. Windows 9 hat die außerirdischen Reptiloiden erfunden und die Chemtrails am Himmel. Das geheime Betriebssystem Windows 9 steuert auch alle Reichsbürger in Deutschland. Darüber lässt sich wöchentlich ein Update des neuesten Irrsinns runterladen. Auch Donald Trump hatte Windows 9 auf seinem Rechner im Oval Office installiert. Er bekam exklusive Fake News, die speziell auf seinen IQ zugeschnitten waren, zum Beispiel: «Belgien ist eine wunderschöne Stadt» oder «Desinfektionsmittel helfen intravenös gegen Corona».

Vor Jahren wurde zusätzlich der Microbrain-Service Twitter erfunden, um möglichst effektiv bescheuerte Meinungen an ganz viele Leute zu verschicken. Offiziell hat Bill Gates damit nichts zu tun. Wenn das kein Beweis dafür ist, dass er dahintersteckt, dann wäre das hier keine echte Verschwörungstheorie. Über seine Kanäle in die Idiotenszene der USA hat Bill Gates verbreiten lassen, ihm gehöre die Weltgesundheitsorganisation, um diese zu schwächen. Seine Twitter-Handpuppe Trump ist sofort drauf reingefallen.

Das Meisterstück von Bill Gates ist aber, sich selbst als den Verursacher der Corona-Pandemie hinzustellen. Hauptsächlich die Chinesen haben diese Fake News verbreitet. In Deutschland ist diese Theorie zwar auch populär, einige Reichsbürger sind allerdings der Meinung, Markus Söder und Jens Spahn stecken hinter Corona und hier auf deutschem Boden finde der Endkampf zwischen diesen beiden und dem Reptiloiden Laschet statt, der in Wahrheit ein Sohn der Schildkröte Merkel ist. Auch Bill Gates hat offiziell auf diese Version umgeschwenkt, denn er leugnet öffentlich, für Corona verantwortlich oder Besitzer der WHO zu sein. Die Wahrheit dahinter ist so schlicht wie einleuchtend: Bill Gates ist natürlich gar kein Mensch, sondern ein Avatar von Windows, das sich durch ihn selbst erfunden hat und in seiner geheimen Version 9 die Welt beherrschen will.

Hinter dieser ganzen Megaverschwörung steckt jedoch in Wahrheit noch ein ganz anderer: Willi, der Freund von Biene Maja. So was Ähnliches hatte ich schon länger vermutet.

Impfgegner

Jeden Tag gebiert die Welt eine neue Gruppe Vollidioten. Mitunter schlummern sie jahrelang im Morast der eigenen Echokammer, doch plötzlich sind sie da. Wie die «Flatearther»: Bisher glaubten wir, kaum eine andere Weltsicht habe sich ähnlich erfolgreich durchgesetzt wie die Vorstellung von der Erde als Kugel, an den Polen etwas eingeditscht. Aber nein, die «Flatearther» sind fest davon überzeugt, auf einer Scheibe zu wohnen mit der Antarktis als weißem Zuckerrand. Sollen sie doch, denkt der tolerante Schöpfungskollege, irgendwann fallen sie am Rand hinunter, und dann ist Essig mit «Flatearth» und seinen Freunden. Aber was ist mit den «Chemtrailern», den «Reichsbürgern» oder den «Identitären»? Da hört die klammheimliche Freude an der intellektuellen Beschränkung anderer auf, zumal diese Burschen immer öfter bewaffnet sind. Wie harmlos kommt dagegen doch die Gruppe der Impfgegner daher. Sie wollen sich nicht gegen Masern und andere ansteckende Krankheiten immunisieren lassen – gehen sie eben dran tot, selber schuld.

Wenn's doch nur so einfach wäre. Zumal der Staat auch die Aufgabe hat, den Vollidioten vor sich selbst zu schützen, siehe Gurtpflicht im Pkw: Bei deren Nichtbeachtung stirbt ja nur der Gurtmuffel, trotzdem greift der Staat in dessen Freiheit ein. Anders sieht es aus bei der Vakzination. Nichtgeimpfte gefährden ihre Mitmenschen, hauptsächlich Schwächere, Kinder und alte Leute, durch ihren verbohrten Schwachsinn. Dem gilt es Einhalt zu gebieten. Und zwar eher nicht durch Aufklärung, denn einem Besessenen mit Argumenten zu kommen ist aussichtslos.

Zusammen mit Hygiene und Chirurgie gehört die Impfung zu den Glanzlichtern der Medizin, die von ihren Gegnern abfällig «Schulmedizin» genannt wird, so lange, bis ihnen der Wurmfortsatz am Blinddarm durchsuppt. Die Meriten eines Staates, der sich um das Wohl seiner Bürger bemüht, werden immer weniger geschätzt: Die Schulpflicht ist nur noch ein hohles Wort, das nicht erst durch den Gretaismus mit Füßen getreten wird, sondern schon vorher durch notorische Schwänzer, Schwimmunterrichtsverweigerer und Eltern, die ein paar Tage früher in den Urlaub fliegen wollen.

Die Schulpflicht als Ende der Kinderarbeit ist ebenso aus dem kollektiven Bewusstsein verschwunden wie die Massenimpfung als Schutz vor grassierenden Epidemien, die ganze Landstriche entvölkerten. Andererseits: Wenn die Erde vielleicht doch eine Scheibe ist, wir in Wahrheit noch im Deutschen Reich leben und uns die Flugzeuge am Himmel mit ihren Kondensstreifen ohnehin nach dem Leben trachten – wozu sollen wir uns dann noch gegen Masern impfen? So gesehen, hat der Doofe wieder mal recht.

Meinungs-Lockdown

Der Lockdown hatte viele Gesichter, allerdings wenige, aus denen nicht ständig über ihn gesprochen wurde. Seine Omnipräsenz Karl Lauterbach nuschelte in jede Kamera, die nicht rechtzeitig ausgeschaltet worden war. Bisher unbekannte Seitenlinien der Menschheitsentwicklung wie Ministerpräsidenten und Virologen unterwanderten Presse und Podcasts. Selbst die scheue Bienenkönigin aus dem Merkeloneum erschien plötzlich und unerwartet auf dem Bildschirm. Als ob das nicht schon enervierend genug gewesen wäre, durchfaulte Corona auch die Großhirne des Gefährdeten von der Straße. Jeder Arsch mit Ohren war ein gefühlter Ratgeber des Gesundheitsministers, der Bundeskanzlerin und wusste viel besser als diese, was eigentlich geschehen musste.

Und damit meine ich nicht die selbst ernannten Querdenker, die in der Evolution längst den Rückwärtsgang eingelegt haben. Diese zehn Prozent der Bevölkerung werten wir mal als Schwundmasse, die eine freie Gesellschaft zu ertragen hat, will sie sich nicht selbst demontieren. Nein, ich meine die restlichen neunzig Prozent, Mitmenschen, die noch allein zur Toilette finden und auch sonst relativ normal erscheinen. Jene haben sich in Meinungsdrohnen verpuppt, die alles um sich herum mit FFP2-Masken-und-Messenger-RNA-Besserwisserei bombardieren. Einzig der physische Lockdown schützte uns vor deren altklugen Aerosolen. Hätten auch noch die Frisiersalons und Gaststätten geöffnet gehabt, wir wären längst verrückt geworden ob der Pandemie an Schlaubergertum.

Sollten wir uns nicht alle – zumindest für eine Zeit lang – einen Meinungs-Lockdown verordnen, einfach mal die Fresse halten über Corona und den guten alten Fatalismus wieder hervorkramen? Gottes Wille geschehe oder in der Kölner Version: «Es hätt noch immer jot jejange», was zwar auf Dauer nicht stimmt, aber auf die Schnelle. Covid-19 und seine Mutanten haben mittlerweile den öffentlichen und privaten Diskurs dermaßen infiziert, dass man schon froh ist, wenn zwischendurch die SPD was Bescheuertes fordert – nur um einfach mal auf andere Gedanken zu kommen.

Weder die «Gala» noch die «ADAC Motorwelt» schützt uns vor dem Kontakt mit Corona-Themen. Ich empfehle zum Erhalt der geistigen Gesundheit Bücher, die vor dem März 2020 erschienen sind, oder den heiteren Youtube-Kanal «Tagesschau vor 20 Jahren» oder noch länger her. Nichts ist so beruhigend wie die Probleme vergangener Zeiten. Und wer sich richtig entspannen möchte, diskutiert mit einem Angehörigen aus seinem Haushalt über den Nato-Doppelbeschluss oder vertritt eine willkürliche Meinung zum Berufsverbot für Lehramtsanwärter. Schon findet die coronageplagte Seele für eine Weile Ruh.

Zeitalter der Abwesenheit

Die Metropolen locken die Umworbenen mit sogenannten Soft Skills in ihre Mauern: eine Staatsoper, mehrere Museen für moderne Kunst und ein Dreispartenhaus mit eigenem Ballett. Weitaus profaner versucht die Randgemeinde, neue Siedler zu gewinnen: Nähe zu Ärzten, Kindergarten, fußläufige Grundversorgung. Gemeinsam ist beiden, dass sie mit der ANWESENHEIT vermeintlicher Vorteile punkten wollen, nicht aber mit der ABWESENHEIT von Nachteilen, zumal diese oft nicht besonders gesellschaftsfähig sind. So ist längst erwiesen, dass Eltern ihre Kinder vorzugsweise auf Schulen mit geringem

Ausländer- und Hartzer-Anteil schicken, gleichgültig, ob Rudolf Steiner oder Jesus zum Leitbild der Lehranstalt gehören. Niemand zieht in einen Prekarierstadtteil, weil's von dort nur ein kleiner Sprung ist bis zum Opernhaus. Es ist auch völlig egal, ob der Arzt, der nicht kommt, hundert Meter oder zehn Kilometer weit entfernt residiert. Der Anteil der übers Internet bestellten Waren ist in der Stadt sogar höher als auf dem Land, obwohl es jede Menge Einzelhändler in der Nähe gibt.

All das sind Hinweise darauf, dass ganz andere Gründe zur Entscheidungsfindung über den Wohnort beitragen. Der wichtigste lautet: Nur wenige Menschen sind überhaupt in der begünstigten Lage, eine freie Entscheidung zu treffen. Für sie gilt: Wo ist es billig, wie weit ist es zur Arbeit, aus die Maus. Wer über die Freiheit verfügt, entscheidet über seinen dauernden Aufenthalt nach dem Nichtvorhandensein von empfundenen Zumutungen. Im Zeitalter der ABWESENHEIT ist es für den einen wichtig, dass KEIN Mobilfunkmast in der Nähe ist, für den anderen zählt der freie Blick bis zum Horizont ohne Windräder. Etwas delikater wird es, wenn die Mitmenschen ins Blickfeld rücken. Flüchtlingsunterkünfte in Sichtweite gelten selten als Standortvorteil, Hartzer-Gettos, auch «soziale Brennpunkte» genannt, wohl auch nicht. Selbst so harmlose Einrichtungen wie Kindergärten oder touristische Hotspots sind für viele Vergrämungsfaktoren. Damit ist der Mensch in seiner Abstoßungskraft in die Nähe der Mülldeponie gerückt.

Die Liste der Abwesenheitsknüller ließe sich unendlich fortsetzen: keine Autobahn in Hörweite, keine Bahntrasse, kein Getränkeabholmarkt nebenan, keine Fremden, die auf der verkehrsberuhigten Stichstraße rumlungern, keine Dunkelhäuter, die in Smartphones starren, keine Hunde im Park, keine Kinder auf dem Bürgersteig. Am liebsten wohnt man nur mit sich selbst, dem Sky-Abo, der sexuellen Ausbringfläche plus Labradoodle, SUV und Jil-Grace, dem süßen Fratz. Der Rest: weg!

HELDEN IM ABSEITS: Lucke und Petry

Längst vergessen ist Bernd Lucke. Der Professor aus Hamburg war 2013 Mitbegründer der Alternative für Deutschland, damals ein professoraler Schlaumeierverein, der eigentlich nur unsere gute alte D-Mark zurückhaben wollte. Doch ein Jahr später öffnete sich in Dresden die Büchse der Pegida, und der Abschaum unterspülte den trutschigen Professorenclub. Lucke wurde abgewählt, auch seine Nachfolgerin Frauke Petry musste dem Gesinnungsmob um Höcke, Chrupalla und Kubitschek weichen. Und auch Opa mit den Hunden auf dem Schlips, selbst kein Greis von Traurigkeit und berüchtigter Vogelschiss-Historiker, konnte den rechten Haufen nicht mehr bändigen. Das soll's auch gewesen sein zur AfD in diesem Buch, mehr Zeilen sind sie mir nicht wert.

Lexikon: Queer

Das ist das «Q» in LGBTQ. Die ersten vier Buchstaben stehen für «lesbian, gay, bisexual and transgender». Was bleibt da noch übrig? Als alter weißer Hetero dachte ich: «normal». Doch weit gefehlt, das gibt's nämlich gar nicht, sagen die LGBTQs. «Normal» sei «übergriffig», was dem Wort vom Wesen her unrecht tut, denn «normal» ist nicht «normiert», sondern bezeichnet die statistisch weitestverbreitete Präferenz. Aber da sind wir auch schon am äußersten Rand der Verständigung angekommen und wissen immer noch nicht, was «queer» ist … Irgendwie alles, auch die LGBTs sind letztlich «queer». Jetzt bin ich raus.

R

Restrisiko Realität

Was man alles nicht mehr darf

Im eigenen Pkw darf man Döner essen, fluchen, schreien, in der Nase bohren, doofe Musik hören und schlimme Sachen sagen – aber nicht mit dem Handy telefonieren, geschweige denn darauf Filmchen glotzen. Das wiederum aber darf man in Bus und Bahn, dafür aber in Wien zum Beispiel nichts mehr essen und fast überall keinen Alkohol trinken. Im Pkw ist das erlaubt, allerdings lediglich auf dem Fahrersitz und nur, wenn man zu Hause ist, bevor er wirkt. Rauchen ist hingegen unbeschränkt gestattet, nur die Kippe aus dem Fenster schnippen nicht erlaubt. In der Bahn darf man gar nicht rauchen, in Restaurants schon lange nicht mehr, und in Groningen ist es sogar bald überall verboten. Wer im Bus als Mann die Beine spreizt, gilt als übergriffig, stinken wie ein toter Puma dagegen ist erlaubt. Singen, Schnorren und Zeitungen verkaufen ist untergriffig. Betteln in der Fußgängerzone nur gestattet, wenn keine Kinder dabei, und ohne nur mit appen Beinen. Es gibt schon Restaurants, in denen der Betrieb von Smartphones verboten ist, Hunde sowieso. Kinder sind auf einigen Kreuzfahrtschiffen und in All-inclusive-Resorts nicht gestattet. Katzen darf man frei rumlaufen lassen, sie dürfen in Nachbars Garten und die Piepmätze umbringen. Hunde nicht, auch Kaninchen ist's verboten, und wenn die zahmen Gänse dem Nachbarn die Rabatten wegfressen, kennt der auch kein Pardon. Mit dem alten Dieselauto darf bald keine Stadt mehr befahren werden, und auf der Windschutzscheibe zeigt der Plaketten muntere Schar, wo das Auto noch fahren oder parken darf. Mit dem Fahrrad darf man alles, jedoch nach 22 Uhr draußen vor der Schankwirtschaft nicht mehr sprechen, und nach 23 Uhr sollte man bis morgens um 6 am besten gar nicht draußen sein, nicht weil man abgestochen wird, sondern weil der Hilfeschrei den Anwohner weckt. Komplett mit schwarzem Tuch verhüllt und nur aus Sehschlitzen blinzeln wird in einigen europäischen Ländern von der Ordnungsmacht geahndet. Ohne Fahrradhelm darf noch eine Weile Deutschland beradelt, mit Motorradhelm aber keine Bankfiliale mehr betreten werden. Das Urinieren in der Öffentlichkeit ist fast überall verboten, das Defäkieren dort findet kaum noch statt, obwohl nicht ausdrücklich untersagt. Auch einvernehmliches Kopulieren in der Öffentlichkeit wird nur bestraft, wenn es eines unbeteiligten Dritten Ärgernis bedeutet.

Völlig straffrei geht übrigens aus, wer auf der Straße stirbt. Wenigstens das darf man noch, sogar als Mann auf einem Frauenparkplatz.

Tür zu, geht nicht auf

Den eigenen Sarg macht niemand mehr von innen auf. Was soll's, schließlich liegt man nicht zum Spaß in der Kiste, sondern verwest in aller Ruhe vor sich hin. Blöderweise wird man auch immer häufiger bei *lebendigem* Leibe eingesargt, will heißen: Die Entscheidung, ob und wann die Kiste aufgeht, fällt jemand anderes. Beim Fahrstuhl haben wir uns dran gewöhnt, und nur praktizierende Klaustrophobiker empfinden es noch als bedrückend, dass die Lifttür sich öffnet und schließt, wann es ihr gefällt und nicht uns. Die Notruftaste samt darunter vermerkter Adresse mit einer sehr fremden Postleitzahl spendet da wenig Trost. Der Lift als gewollter Aufenthalt nennt sich japanisches Kapselhotel, ein fensterloser Schließfachsarg für gestresste Asiaten kurz vorm Sozialinfarkt. In Europa soll er an Flughäfen den Paxen etwas Powernapping zwischen den fliegenden Viehtransporten ermöglichen. Wie weit kann sich die Flugreise eigentlich noch aus der zivilisierten Welt verabschieden! Wickeln sich die Trottel demnächst selbst in Folie ein und legen sich aufs Förderband?

Doch zurück auf den Boden der Zumutungen. Still und leise haben sich hier die automatischen Türen immer weiter in unseren Alltag eingeschlichen. In der Öffentlichkeit, an Bahnhöfen, Kaufhäusern und Passageneingängen hat die Automatiktür zugegebenermaßen Vorteile gegenüber der händisch zu bedienenden: Man muss nicht den Türdrücker berühren, den zuvor tausend notorische Arschprokler abgefingert haben. Längst ist auch unser Eigenheim dazu übergegangen, die Schließhoheit in eigener Regie zu verwalten. Wer das – oft selbst verschuldete – Pech hat, in einem Smarthome dahinzuvegetieren, kann davon ein Lied singen.

Plötzlich und unerwartet beschließt die digitale Drecksau, einen aus- respektive einzusperren. Warum? Man weiß es nicht! Hat sich ein Kriechstrom in deren Eingeweide verirrt oder Putin die Software von der Butze gehackt? Das Ergebnis ist dasselbe: Man wird zum Ausgesperrten oder Gefangenen der eigenen Heimstatt. Ähnlich ergeht's einem mittlerweile beim gleisgebundenen Transportdienstleister. Auch da ver- und entriegelt der Wagen nach Gutsherrenart. Verharrt der ICE stundenlang auf freier Strecke aufgrund eines sogenannten technischen Problems, dann wird man zum Häftling und darf sich keinesfalls draußen die Beine vertreten wie noch zu den seligen Zeiten, als Rothäute die Union Pacific überfielen. Ach ja, und Fenster, die sich öffnen lassen, gibt's schon lang nicht mehr.

Was also bleibt einem noch, um selbst zu entscheiden, ob und wann man aussteigt? Der eigene Pkw? Von wegen. Längst haben alle Autos zentralverriegelnde Schließautomaten. Ist die Batterie leer oder dein Auto hält dich für einen Einbrecher, dann verfaulst du in der Fahrgastzelle. Einziger Ausweg: So tun, als sei man ein Hund, es erhöht die Chance, dass ein Passant die Polizei alarmiert. Der Schlaue aber hat stets einen Hammer unterm Fahrersitz deponiert oder fährt lieber mit dem Rad, wo man drauf- und nicht drinsitzt. Endlich mal ein Argument, das selbst mich vom Radfahren überzeugt.

Tiere essen

Der Mensch ist seit jeher nicht besonders wählerisch bei dem, was er verzehrt. Mit dem Gebiss und dem Magen-Darm-Trakt eines Allesfressers kann er – zumindest als Erwachsener – sogar als Veganer gesund alt werden. Wann immer er Gelegenheit hatte in seiner Geschichte, griff er allerdings auch zum Fleisch. Als haariger Zottel, damals noch ausschließlich in Afrika ansässig, hat er zigtausend Jahre hauptsächlich von Aas gelebt. Einerseits weil er zu unsportlich war, um lebende Tiere zu ergreifen, und andererseits zu doof zum Kochen. Der «Hautgout» des halb vergammelten Antilopenarsches am Wegesrand war ihm kein Graus, sondern kam ihm grad zupass. Bakterien und Maden hatten das Fleisch vorbehandelt, sonst hätte er den halben Tag drauf rumgekaut und wäre doch nicht satt geworden.

Die schönsten Jahre des Fleischverzehrs lagen in der mittleren Steinzeit: Flitzebogen und Wurfspeer waren erfunden, Mama konnte Feuer machen und kochen, da gab's täglich leckere Leichenteile zu Mittag. Doch irgendwann war die Fauna leer gefressen, und der Mensch beging die Erbsünde: Ackerbau und Viehzucht. Wilde Tiere wurden gezähmt und neben dem Schlafzimmer fett gefüttert. Als Zwischenmahlzeit gab's Vo-

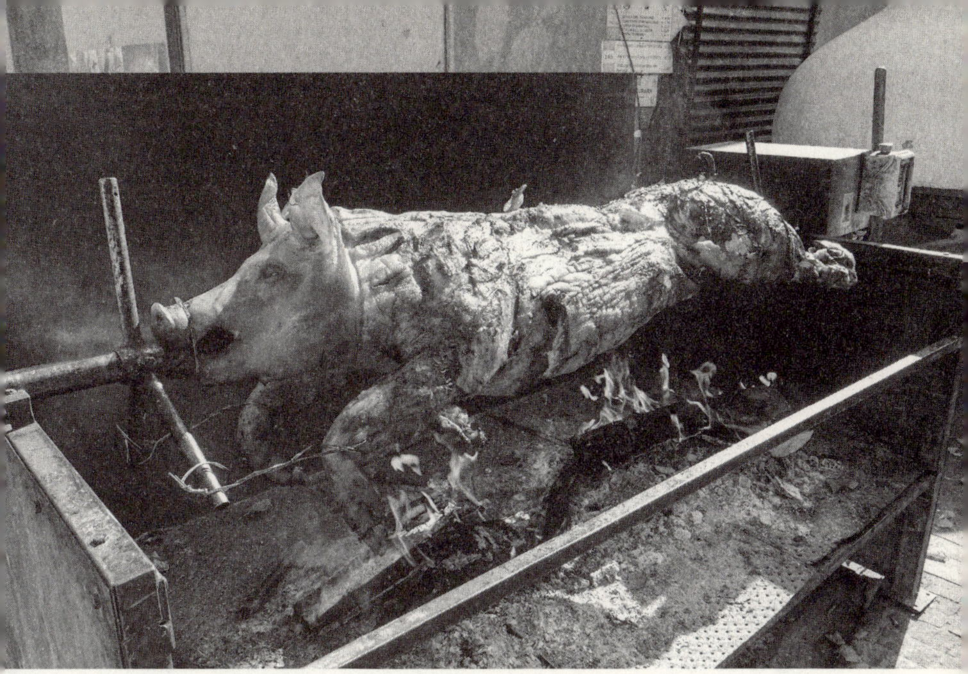

Plastinat aus Gunther von Hagens' «Körperwelten»

gelfutter, das der Mensch in mühseliger Plackerei dem Boden abtrotzte. Die Körnerfresserei zermalmte die Backenzähne, und die tierischen Mitbewohner hatten unsichtbare Gäste mitgebracht: Masern, Pocken, Ziegenpeter. Ständig vor sich hin mutierend, sprang der Viren fröhliche Schar vom Nutztier auf den Menschen über.

In den letzten hundertfünfzig Jahren gelang es der Wissenschaft, dem Siegeszug der winzigen Mistviecher durch Impfungen etwas entgegenzusetzen. Doch der Mensch wäre nicht der Schwachkopf, der er nun mal ist, suchte er nicht von sich aus nach Möglichkeiten, neuen Virenstämmen einen sozialen Aufstieg zu ermöglichen. Die einen leben mit ihren Hühnern in einem Zimmer, die anderen finden, dass Ziegenkacke heilig ist und nicht weggeräumt werden darf. Vieles davon ist der Armut und geringen Bildung geschuldet und verziehen. Wie aber kann eine hypermoderne Gesellschaft, die eine Milliarde ihrer Bürger täglich mehrfach fotografiert und Smartphones produziert wie die Karnickel Junge, wie kann diese Gesellschaft es zulassen, dass Nashörner ausgerottet werden für den naiven Glauben, der kleine Pimmel würde so hart wie das Horn, wenn man dessen Pulver über den Reis bröselt? Wie kann diese modern sich gerierende Gesellschaft es erlauben, dass verblödete Idioten Gürteltiere, Schleichkatzen und Fledermäuse aus Aberglauben fressen und damit die ganze Welt ins Elend stürzen? Und die ganze Welt traut sich nicht, ihnen zu sagen: «Ey, so geht das nicht weiter, Freunde, sonst könnt ihr eure Smartphones und Fahrradreifen behalten und als Sättigungsbeilage zur Fledermaus fressen.» Wie kann das sein? Dazu fällt mir nichts mehr ein.

HELDEN IM ABSEITS: Joachim Löw

Er war der treue Wegbegleiter der Ära Merkel, sie jubelte ihm von der Tribüne zu, in Brasilien trafen sich beide in der Kabine. Was den Merkel-Spöttern die Frisur war den Jogi-Witzlern der südbadische Dialekt: Die «höggschde Konschentratschion» stand beiden ins Gesicht geschrieben. Merkel und Löw lachten selten, ihr versteinerter Ausdruck versprach, dass die Lage ernst war, und so liebten es die Deutschen. Das Ende ihrer Karriere kündigte Mutti weit im Voraus an und strauchelte in der Gestaltung ihrer Nachfolge. Jogi stand bereits mit dem Hansi im Nacken am Spielfeldrand. Der Mann mit den Super-Slim-Hemden sah einer letzten großen Herausforderung entgegen: Er sollte Deutschlands Ehre auf dem Rasen wiederherstellen, eine Ehre, die er selbst versemmelt hatte 2018 in Russland, als die Mannschaft schon beim Vorspiel durch erektile Dysfunktion ausschied.

Wie konnte es nur so weit kommen, wie konnte unsere stolze Nationalelf auf das Niveau der Gurken-GroKo absinken? Vielleicht war es mehr als eine Koinzidenz. Hatte sich in den trüben Zehnerjahren ein Grauschleier über das Land gelegt, hatten die hängenden Lefzen der Kanzlerin die ganze Nation bis in den Fußball hinein paralysiert? Nach der Schmach von Kasan tat Jogi Löw das, was vielen zuvor erfolgreichen Alleinherrschern zu eigen ist: Statt sich selbst aus dem Spiel zu nehmen, werden die Generäle gefeuert. Jérôme Boateng, Mats Hummels und Thomas Müller mussten gehen. Statt ihrer bolzte sich eine Truppe von Grünschnäbeln bis Dezember 2020 zur nun endgeilen Demütigung des null zu sechs gegen die haushoch überlegenen Spanier. Doch statt sich nun endlich und direkt nach dem Abpfiff voller Todesverachtung in die Eckfahne zu stürzen, brauchte der Bundes-Jogi satte drei Monate «höggschder Konschentratschion», um seinen Rücktritt zu erklären.

Und da war er ganz bei Mutti: nicht sofort, sondern erst nach der EM 2021. Man wunderte sich fast bei so viel Merkelismus, dass er nicht auch Annegret Kramp-Karrenbauer zur Nachfolgerin ausrief. Während Angela Merkel ihre sechzehn Jahre als Bundestrainerin langsam ausfaden wollte, mit der Flugbereitschaft noch mal überall vorbeischauen und Adieu sagen, suchte Joachim Löw den letzten alles Elend überschattenden Endsieg. Da verhielt er sich wie ein Roulettespieler, der nach zehnmal Rot hintereinander das gesamte Restvermögen auf Schwarz setzt.

Niemand verlässt gern als Gescheiterter das Spiel, doch zeigt die Geschichte, dass genau dies die Regel ist. Gerade die Erfolgreichen und mit großem Glück Gesegneten brauchen den finalen Schuss vor den Bug, um endgültig das Feld zu räumen. Und tief im Innern suchen sie ihn sogar. Löw ging dafür nach Canossa und holte Müller und Hummels wieder in die Mannschaft, Merkel nahm zum Abschied das Scheitern an Corona als Sündenbock mit aufs Altenteil in die Uckermark. Jogi Löw aber saß nach dem Achtelfinale stumm vorm heimischen Fernsehgerät.

Lexikon: **Resilienz**

Der Begriff gehört zu den Guten, und da von wissenschaftlicher Anmutung und trotzdem recht schwammig, wird er von Politikern gern im Munde geführt. Resilient sind Personen, die auf Herausforderungen durch Anpassung ihres Verhaltens reagieren. Steuererhöhungen, mehr Steuerhinterziehung! Blitzer am Straßenrand, Radar-Warn-App im Navi. So ähnlich jedenfalls.

S

Soziale Gerechtigkeit

Mitarbeiter gesucht

«Junger Mann zum Mitreisen gesucht», inserierten in längst vergangenen Zeiten die Schausteller an ihren Fahrgeschäften. Als halbstarker Bursch war man durchaus geneigt, diese Chance beim Schopfe zu ergreifen. Die Arbeit schien darin zu bestehen, megacool freihändig auf der Raupe zu balancieren und bei voller Fahrt abzuspringen, als wär's gar nichts. Man trug Pullunder auf nacktem Oberkörper, Cowboystiefel aus Schlangenlederimitat und rauchte filterlos. Die fast noch cooleren Typen sprangen auf den Autoscootern von einem Wagen zum andern, rieben ihr Geschröte an der Stromabnehmerstange und schwangen, am langen Waschbärschwanz befestigt, den Universalchip in ihren Händen. Und wenn einem Fahrzeug mit attraktiven Miezen die Chips ausgingen, dann turnte der Mitreisende hinüber und versenkte gönnerhaft seinen Universalchip in den Einwurfschlitz. Wie's weiterging, war uns, die wir neidisch am Rande standen, klar wie Kloßbrühe. Am Abend versenkte der Typ noch ganz andere Dinge in Einwurfschlitze, so viel stand bombenfest.

Wer wollte bei solchen Aussichten noch eine Maurerlehre beginnen oder auf der Sparkasse anheuern? Und dennoch taten die meisten genau das, ergriffen sogenannte vernünftige Berufe, weil sie wohl auch ahnten, dass die fehlenden Schneidezähne der aktuell mitreisenden Kräfte nicht vom ständigen Geküsstwerden scharfer Miezen herrührten. Lehrjahre sind keine Herrenjahre, und wenn doch, dann waren's keine Lehrjahre. Nur wer kriecht in jungen Jahren, dem schenkt das Leben einen Sinn.

So weit zum Schwachsinn vergangener Tage, kommen wir nun zum heutigen. Da sucht man keinen «jungen Mann zum Mitreisen» mehr, sondern eine «Ergänzung für unser innovatives Team», selbst wenn es sich um eine verschissene Fressbude in der Bahnhofshalle handelt. Verständlicherweise stehen da keine Jungs am Rande und gucken neidisch dem Mann beim Einschieben der Pizzazunge in die Papiertüte zu. Da kann das Pizzazungenteam auch noch so innovativ daherkommen, es wird niemals cool sein. Aber nicht nur die Arbeitgeber am unteren Rand der Lebensfreude suchen händeringend nach neuen Mitarbeitern. Auch dort, wo anständig gezahlt wird und das Hirn nicht unbeteiligt den Tag am Arbeitsplatz vertrödelt, auch dort herrscht Mangel an neuen Kollegen. Die letzte Generation, die noch nicht zu neunzig Prozent aus «Kreativen» und «Solution-Knallköppen» bestand, hat die GroKo mit dreiundsechzig in die Ablebefreizeit verjagt.

Verbleiben noch drei Millionen Langzeitahnungslose und eine Million Migrantendarsteller, die zurzeit Radfahren üben. Könnte also sein, dass demnächst die letzten jungen Leute, die hier noch mitmachen wollen, selbst ein Schild hochhalten: «Junges Land zum Wegreisen gesucht.»

Der nächste freie Mitarbeiter

Die moderne Welt ist voller mysteriöser Wesen, die man nie zu Gesicht bekommt, ja, deren Existenz durchaus bezweifelt werden darf. Aus dem ehemaligen Einzelhandel kennen wir den «Kollegen», bekannt aus dem Abwimmelvers «Kollege kommt». Nie hat sich daraufhin ein Wesen materialisiert, das dieser Ankündigung nur im Geringsten entsprochen hätte. Mit dem Verschwinden der stationären Verkaufsläden hofften wir, von jenem Geist auf alle Zeit verschont zu werden. Aber nein, sein Onlinekollege hatte längst dessen Stelle eingenommen: Es ist «der nächste freie Mitarbeiter», der vorgeblich alsbald dem Kunden zu Diensten sein werde. Wann genau, das bleibt im Unklaren. Es erinnert mich an das deutscheste aller Schilder vor deutschen Geschäften: «Heute geschlossen». Das kann man Jahrzehnte hängen lassen, ohne dass es jemals etwas an Aktualität einbüßte.

Genauso kann man auch stundenlang dem musikidentischen Ersatzgeräusch aus dem Telefon lauschen, und es wird einem alle dreißig Sekunden versichert, dass der nächste freie Mitarbeiter auf jeden Fall für einen da sei. Vorenthalten werden einem dabei zum Beispiel folgende interessante Informationen: Es ist Freitagnachmittag, und der nfM ist erst am Montag wieder im Dienst. Oder: Man ist Anrufer Nummer 8567, und in diesem Leben wird das nichts mehr. Oder am wahrscheinlichsten: Es gibt ihn überhaupt nicht, den nfM, die Beschwerdehotline besteht aus nichts anderem als der Endlosschleife mit hirnzerrüttender Blödmannsmucke plus Hinweis auf den ominösen nächsten freien Mitarbeiter.

Nichtsdestotrotz soll es einsame Menschen geben, die genau aus diesem Grund jene Geisterhotlines anrufen: weil sie ihnen das Gefühl geben, da wäre jemand, der sich zwar nicht jetzt wirklich, aber prinzipiell für ihre Sorgen und Nöte interessiere. Warum auch nicht, es ist auch nicht dümmer, als einen Gott anzurufen mit der Bitte, er möge sich um einen kümmern.

Mystische Orte

Es gibt Orte in Deutschland, die erscheinen für kurze Zeit im Licht der Öffentlichkeit und verschwinden dann für immer zurück ins Nichts. Ursache für ihre kurze Berühmtheit ist, dass ein Prominenter entweder dort geboren wurde oder den Ort als Wohnsitz wählte. Hat die Kommune Glück, dann ist es ein sportlicher Held: Boris Becker und Leimen waren so eine Symbiose, das ging bis zum alternativen Namen «der Leimener» für die vormalige Tennislegende. Nach dem Ende seiner Karriere mutierte er allerdings nicht zum «Monegassen» oder «Mallorquiner». Michael Schumacher machte einst Kerpen zum Mittelpunkt der Formel-1-Gemeinde. Leimen und Kerpen sind mit dem Ruhm ihrer Bewohner wieder von der Landkarte verschwunden.

Wenn eine Kommune Pech hat, dann wird sie zum Wohnort eines Politikers, und sollte sie unter fünfzigtausend Einwohner haben, dann dient ihr Name als Pars pro Toto für dessen Provinzialität. Oggersheim zum Beispiel, der Saumagen unter den Kleinstädten, galt stets als Beweis für Helmut Kohls provinzielle Kleingeistigkeit, was weder auf Kohl noch auf Oggersheim zutraf. Allein die Größe des Wohnorts reichte zum Stigma. Immensen kennt auch niemand mehr, da bewohnte einst Gerhard Schröder die Vegetarierhölle seiner Ehefrau Nummer drei. Sämtliche Currywurst-Logistikcenter im Umkreis von hundert Kilometern rund um Immensen profitierten vom eingeschränkten Nahrungsangebot im Eigenheim des Bundeskanzlers.

Das noch berühmtere Eigenheim eines deutschen Politikers steht in Großburgwedel und ist unter dem Namen «Klinkerbutze» in die Geschichte eingegangen. Für kurze Zeit stand der Name Großburgwedel synonym für kleinbürgerliche Backsteingotik, was natürlich nicht an Großburgwedel lag, sondern an den Insassen der Klinkerbutze, Christian und Bettina Wulff.

Helmut Schmidt bewohnte ein weitaus piefigeres Reihenhaus in Hamburg und kokettierte sogar mit der Einrichtung aus Billy-Regalen. Aber Hamburg taucht nicht zur Herkunftshäme. Im Gegenteil, die dort Gekreißten rühmen sich ihrer Herkunft als «echter Hamburger Jung». Davon profitiert dann sogar der Ausbrecher aus dem Wachsfigurenkabinett, Olaf Scholz.

Eine «echte Hamburger Deern» ist zum Beispiel Angela Merkel. Die wird jedoch nicht als Hamburgerin wahrgenommen, sondern als «Ostdeutsche», quasi Amazonasindianer. Wesentlich gendergerechter ist der Kölner, der neben dem «echten Kölschen Jung» auch das «echte Kölsche Mädche» kennt. Zugesprochene Eigenschaften sind hier immense Alkoholverträglichkeit und Gefallen an unterirdisch schlechter Musik. Der echte Hamburger Jung ist eine prollig-romantische Seemannstucke. Dem entgegen steht das «Hanseatische», was man am kürzesten mit «Stock im Arsch» übersetzen kann.

Berlin und München als die beiden anderen introvertierten Großstädte kennen den Eingeborenen als Edelmenschen nicht. Das liegt daran, dass es in München vierschrötige Bayern wären und in Berlin gebürtige Berliner, womit man nicht groß angeben mag. Zuallerletzt noch ein Hinweis auf einen der zuletzt untergegangenen Orte der deutschen Geschichte: Würselen. Pech für die kleine Stadt bei Aachen, dass ausgerechnet Martin Schulz dort Bürgermeister war, Pech für Martin Schulz, dass er nicht aus Hamburg oder Leimen stammt.

Der Wegwerfpromi

Wenn du denkst, bekloppter geht es nimmermehr, dann kommt von irgendwo ein Promi her. Jede Niederung medialer Furzigkeit schien bereits durchschritten, doch dann erscheint am Horizont das Land, in dem Milch und Sperma fließen. Pralleutrige Wegwerfprominiden aus einer längst vergessenen Casting-

Reality-Soap werden mit gefühlt langschwänzigen Abfall-Celebrities in eine beschissene Idee und ein noch beschisseneres Drehbuch geschmissen in der Hoffnung, dass sie dem Wort «Promiskuität» Rechnung tragen. Da sie samt und sonders bei der Präimplantations-Gymnastik gefehlt haben, jedenfalls was die Bildung einer gefalteten Großbirnenrinde anbelangt, kann man auf die Tonspur getrost verzichten.

Der recycelte Moderpromi aus dem Dschungelcamp ist schon der Megastar im Müll der Fernsehfressen, ihn kannte man immerhin aus früheren Jahren, als er noch im vollen Saft seiner Schaffenskraft stand. Danach wurd's finster um ihn herum, der Suff tat das Übrige zur Demontage, vergeigte Ehen, Ostimmobilien, fertig ist der Scherbenhaufen, dann reicht's nur noch für den Sühne-Strip im Quasselfernsehen. Wurde man bei Friedman-Pilawa-Lanz ausgewrungen, geht's in den Orkus der Verwertungskette: Maden fressen, Standardtanz, kurz danach bleibt mit etwas Glück die Eröffnung einer Baumarktfiliale. Immerhin kann diese Abraumhalde medialer Aufmerksamkeit von einstiger Grandezza zehren, sich selber auf Youtube 1971 in der ZDF-Hitparade bewundern oder wird gar von alten Mütterchen mit leuchtenden Augen in der Fußgängerzone noch erkannt.

Der juvenile Wegwerfpromi betritt gleich als solcher die Szene. Seinen höchst vergänglichen Ruhm verdankt er zum Beispiel einer telegenen Bildungslücke im Angesicht der Dieter-Bohlen-Rampe. Hat das Promi Titten, besteht zudem eine Andienungspflicht gegenüber anderen Omega-Promis. Wenn die Riesenamöbe dann ein Liedchen trällert, versammeln sich Tausende vor Möbelhäusern und erkreischen sich einen preiswerten Rausch. Das war dann aber auch schon der Höhepunkt in der Karriere des Wegwerfpromis. In seiner Verzweiflung kann er noch die eigene Oma abmurksen, gegen einen Alleebaum krachen – es hilft alles nix: Die Haltbarkeitsgrenze seiner schalen Berühmtheit ist überschritten. Ab geht's auf die

Halde, und hätte nicht vor Jahrtausenden der Mensch den Suff entdeckt, dem einst Gepriesenen bliebe nichts, als Hand an sich zu legen. Für ihn wird's auch kein Wiedersehen geben in fernen Zeiten, nicht als Madenmümmler oder Vorzeigegescheiterter. Denn vor dem Fall kommt nicht nur der Hochmut, wie der Volksmund weiß, sondern in erster Linie mal der Hochsitz, und da saß unser kleiner Pissetrinker niemals drauf.

HELDEN IM ABSEITS: Barack Obama, Gegenpapst der Deutschen

Der Protestant hat keinen Papst. Im Allgemeinen freut ihn das, nur alle paar Jahre, wenn mal wieder Kirchentag ist, dann wurmt es ihn. Neidisch schaut er auf den Mitbewerber Jesu, wie der es schafft, mit der vorgestrigen Ideologiemumie aus Rom sogar Jugendliche zu Hunderttausenden in Stadien zu locken. Teufel auch, spricht der Protestant dann zu sich selbst – seinem beliebtesten Gesprächspartner –, wir brauchen einen Headliner für den Event. Er meint damit nicht Jockel aus Rostock oder die Käßmann'sche. Und so entstand aus Himmel und Erde am siebten Tag die Idee, sich einen Papst zu mieten. In einer amerikanischen Agentur für zu Lebzeiten heiliggesprochene Würdenträger stießen die Eventmanager auf den Namen Barack Obama, ein Schwergewicht in Sachen Prophezeiung und rätselhaftem Schlausprech. Zumal auch das Kirchentagsmotto «Du siehst mich» zur Abhörpraxis des Altpräsidenten passt wie das Kamel ins Nadelöhr. Der schwarze Gegenpapst aus Amiland ist ein blendender Entertainer und nicht so eine dröge Moralkartoffel wie die heilige Margot – da kommt Stimmung auf vorm Brandenburger Tor. Begleitet wird Caspar Obama von der engelsgleichen Angela, die stellvertretend für Gottes Sohn auf Erden dessen Belange regelt.

Da wird eine hübsche Portion Salbadern auf die Hunderttausenden niederregnen, und für einen Tag sieht die Konkurrenz aus Rom ziemlich alt aus – genauer gesagt sogar fünfhundert Jahre älter als Martin Luthers Jünger. «Wer zu spät kommt, den bestraft das Leben», unkte schon der Protestant im Geiste, Michael Gorbatschow, ebenfalls ein zu Lebzeiten Heiliggesprochener, den man mieten kann. Zusammen mit dem Dalai-Lama bilden die drei das Triumvirat der Leihpäpste, das überall dort seinen Segen niederrieseln lässt, wo man nicht recht weiß, was der ganze Aufwand eigentlich soll.

Beim Protestantenfest 2017 gab's allerdings tatsächlich etwas zu feiern: fünfhundert Jahre Teilsieg über den Popen in Rom und seine Irrlehre. Statt nun aber eine zünftige Militärparade in Wittenberg hinzulegen, murmelt der Lutheraner von Versöhnung und Ökumene. Das ist gelebte Weicheierei und zeigt die ganze Verzagtheit des Protestantentums. Man muss ja nicht gleich den Schwedentrunk beim ökumenischen Abendmahl herumreichen, doch eine respektable Siegesfeier wäre doch ganz schön. Deutschland und Frankreich sind schließlich auch befreundet, dennoch marschiert der Franzose alljährlich im Mai mit seinen Legionen über die Champs-Élysées, um den Sieg über Hitler-Deutschland zu feiern. Vielleicht passt Barack Obama doch ganz gut zur Siegesfeier über den Papst, schließlich hat er und nicht Margot Käßmann Bin Laden erschießen lassen.

Lexikon: Shitstorm

Anglophiles Neusprech bietet sich nicht nur an, um Belanglosem Bedeutung anzuschminken, sondern auch, wenn das Deutsche allzu derb daherkommt. Daher haben es weder die Bullenscheiße noch der Scheißesturm in die

Alltagssprache geschafft. «Shitstorm» klingt zwar gesitteter, ist jedoch der übelste Furunkel am Arsch der «sozialen» Medien, manchmal aber auch das, was früher der Deutsche Kleinkunstpreis war.

T

Trump und andere Autokraten

Diktatoren-Ranking

Mancher Dreikäsehoch, der eifrig die Weltnachrichten verfolgt, kommt wohl auf den Gedanken, seine Mama zu fragen: «Du, Mutti, ich möchte Diktator werden, ist das schwer?» – «Oh, ja, Kurt-Cedric», antworte ich jetzt mal an ihrer statt. Ein Diktator steht im knallharten Wettbewerb um die Medienhoheit. Da reicht es nicht mehr, einfach nur ein paar Querulanten einzuknasten, einen Palast zu bauen und die eigene bucklige Verwandtschaft mit geklauten Milliarden zu versorgen, das gehört zur Grundausstattung und wird stillschweigend vorausgesetzt. Man muss sich immer neue Events einfallen lassen, damit ein anderer nicht vorbeizieht. Kollege Assad mit dem Giftgas hat es gerade mal 'ne Woche lang in die Schlagzeilen geschafft, da überholte ihn die koreanische Wanze mit der Undercut-Frisur und drohte mit totalem Atomkrieg. Danach kann eigentlich nichts mehr kommen, außer natürlich das Zünden der A-Bombe selbst.

Noch mehr tat es einem leid um den Haustierdiktator Trump, der sich zu Hause mit einer Opposition, dem Parlament und Gott weiß noch wem alles herumschlagen musste. Der warf die Mutter aller Bomben dem IS-Taliban-Schlingel ins Gebirg. Doch bei allem Respekt, es war wohl eher die Großmutter aller Bomben, noch komplett mit konventionellem Sprengstoff bestückt. Den Daumen auf dem Atomknopf hielt dankenswerterweise General Milley und zeigte der freien Welt, dass die USA noch nicht komplett verrückt geworden waren. Ganz anders der Vierte im Bunde der schröcklichen Fürsten: Waldemar Putin aus dem Reich, das einst ehrfürchtig das finstere genannt wurde. Nun aber muss sich der Kriminelle – welch ein heiteres Wortspiel, Hut ab vor mir selbst –, nun muss er sich mit Demonstranten und Volkstribunen plagen, da bleibt kaum Zeit, den Donbass aus der Ukraine rauszulösen.

Nummer fünf der weltweiten Spitzbuben ist tüchtig nach vorn geprescht im Arschloch-Ranking, obwohl er nur sein Volk hat abstimmen lassen darüber, ob es ihn als Führer haben möchte. Na, wenn das keine lupenreine Demokratie ist, dann weiß ich's auch nicht. Joseph Goebbels, nur als Vergleich, schrie vor ein paar Hundert angezählten Ariern im Sportpalast fünf Worte ins Mikrofon, und damit war der totale Krieg 'ne abgemachte Sache. Bei aller Entrüstung, da muss der Türkenführer schnell was nachlegen, sonst sackt er ganz fix in den Tabellenkeller.

Sich über Jahre halten als Bösewicht wie Muammar al-Gaddafi oder Saddam Hussein schafft heute sowieso keiner mehr. Die Diktatorenanwärter ohne eigenes Land haben's noch schwerer: Osama bin Laden ist tot, Abu Bakr al-Baghdadi hat's auch gerissen, Ustaz Mohammed Yusuf von Boko Haram kannte schon zu Lebzeiten niemand, den Chef von Abu Sayyaf hab ich vergessen, bei den Tamilischen Tigern und dem Leuchtenden Pfad sogar, worum es geht. Zum Schluss kann ich dem kleinen Kurt-Cedric als Vorbild nur Robert Mugabe aus Simbabwe nennen: war Jahrzehnte im Amt, ließ sein Volk verhungern, doch niemand griff ihn an oder sanktionierte seine Wirtschaft. Es war eben immer schon etwas einfacher, Schwarze zu unterdrücken.

Trump, der Morgen danach

Donald Trump war am Morgen danach früh auf den Beinen, denn er wollte selbst dem Volk seinen erdrutschartigen Wahlsieg verkünden. «Trumpy Dumpy», flötete Melania aus dem Vestibül, «möchtest du dir nicht wenigstens vorher die ersten Wahlergebnisse anschauen?» Mit einer wegwerfenden Handbewegung scheuchte er sie zurück in ihr Körbchen. Was denn für «erste Wahlergebnisse», die standen doch schon seit Wochen fest. Lediglich der Termin ihrer Verkündigung war auf den 4. November gelegt worden, so viel Respekt vor der Demokratie musste schließlich sein. Doch eines war auch sonnenklar: Nicht das Volk durfte ihn für weitere vier Jahre wählen, sondern ER, Donald Trump, hatte das Volk für die nächste Amtszeit bestätigt. Allerdings hatte es nur sehr knapp gegen das Golfspiel gewonnen. Schon morgen würde er dem amerikanischen Volk seine Pläne für die Zukunft vorstellen. Als Erstes würde das Weiße Haus abgerissen, diese modrige Bruchbude, in der noch der Geruch von Obama und den Clintons hing. Nicht mal halb so groß wie die Merkelschanze und gegen den Kreml geradezu ein Witz. Der neue Trump Tower, D.C., würde alle anderen Regierungssitze der Welt in den Schatten stellen und komplett von Mexiko bezahlt. Nach dem Krieg gegen Dänemark würde er den amerikanischen Schwarzen Grönland als Ausgleichsfläche für die Sklaverei anbieten – falls sie innerhalb eines Jahres dorthin umzögen.

Donald Trump fühlte sich an diesem Morgen so stark wie schon lange nicht mehr. Er wusste, dass Melania seit zwei Jahren ein langsam wirkendes Nervengift in seine Drinks mischte. Das machte aber nichts, er hätte es ihr übel genommen, wenn sie nicht versucht hätte, ihn wegzuräumen. So nahm er einfach ein Gegengift, das nur ganz geringe Nebenwirkungen zeigte. Mittlerweile war es schon acht Uhr, und Sleepy Joe, die alte Mumie, hatte immer noch nicht angerufen, um ihm zur

Er musste weggucken, von Melanias Kleid bekam er Augenkrebs.

Wiederwahl zu gratulieren. Es gab keinen Anstand mehr in der Politik. Donald blickte rüber zu Melania, sie hatte ihren Napf geleert und Fox News eingeschaltet. Dort hieß es, dass Joe Biden nach den ersten Auszählungen deutlich vorne läge und Florida und Texas wohl an die Demokraten gefallen seien. Auf den Straßen lagen sich wildfremde Menschen in den Armen. «Schau mal, Donnie, diese armen Irren, willst du die nicht wegmachen?» Doch Agent Orange, der Commander in Chief, war milde gestimmt am Tag seines großen Triumphes: «Ach, Pussy Baby, lass sie noch ein Stündchen feiern, dann verkünde ich auf Twitter die Wahrheit und trommle die Boys zusammen.»

Trumps Ende

Donald Trump sitzt allein im Oval Office und sieht auf einem riesigen Bildschirm die Vereidigung des amerikanischen Präsidenten. Es ist nicht die von Joe Biden live in Washington, sondern seine eigene vor vier Jahren auf DVD. Es ist auch nicht das echte Oval Office im Weißen Haus, sondern ein Nachbau im New Yorker Trump Tower im Maßstab zwei zu eins – wobei eins das Original ist. Diese Replika hatte er sich schon gleich zu Beginn seiner Amtszeit bauen lassen, um nicht für jeden Mist nach Washington düsen zu müssen. Twittern kann man schließlich von überall, was er aber braucht, ist eine präsidiale Umgebung als Inspiration, deshalb der Nachbau. Und wenn schon neu, dann gleich als Kingsize. Trump hatte während seiner ganzen Amtszeit nicht eine einzige Minute in Onkel Baracks Hütte zugebracht. Es war dort wie überall sonst auch: Wenn erst ein Schwarzer in eine Gegend gezogen ist, dann sind die Immobilienpreise im Arsch, das Weiße Haus war's nur noch dem Namen nach. Sein Lieblings-Oval-Office stand allerdings nicht in New York, sondern als originalgroße Kopie auf seinem Golfplatz Mar-a-Lago in Florida. Da konnte er immer mal schnell zwischen zwei Abschlägen vor die Kameras huschen und fünf Minuten regieren. Was man eben in der kurzen Zeit so schafft: jemanden rauswerfen, Strafzölle verkünden oder Grönland kaufen. Zu einem richtigen Krieg hatte die Zeit leider nie gereicht.

Die Präsidentschaft war 'ne gute Zeit – vor allem für Amerika. The Donald hat sie allerdings einige gute Golfpartien gekostet. Aber Amerika hat es ihm nicht gedankt, heute werden in Washington «Sleepy Joe» und «Phony Kamala» vereidigt, na ja, vielleicht auch nicht. Trump versucht schon den ganzen Tag lang, den «Little Rocket Man» aus Nordkorea an die Strippe zu bekommen, um von ihm einen Gefallen zu erbitten: Er möge doch eine kleine Baby-Atombombe vors Kapitol schmeißen.

Die Proud Boys sind einfach nicht nahe genug rangekommen. Aber der kleine Fettsack geht nicht ran, Lukaschenko hat sich von seiner Sekretärin verleugnen lassen, Putin brauchte angeblich alle Bomben selbst – wenn man einmal auf Freunde angewiesen ist…

Im Grunde war Trump deshalb froh, dass der ganze Blödsinn vorbei war. Nach vier Jahren war sowieso die Luft raus. Wenn er's recht überlegt, hatte er als Präsident eine Menge erreicht: Amerika war wieder das gute alte Amerika aus den Western, wo jeder jeden erschießen konnte. Amerikaner starben nicht zu Hunderttausenden in fremden Kriegen, sondern zu Hause. Das Kapitol war am Tag der offenen Tür zum ersten Mal vom echten Volk besucht worden. Den Klimawandel hatte er, Donald Trump, als chinesische Fake News enttarnt. Millionen Amerikaner mussten nicht mehr jeden Tag zur Arbeit gehen. Alles in allem eine tolle Bilanz.

The Donald hat seinen Frieden mit dem Ende der Präsidentschaft gemacht, da bimmelt sein Telefon: Plus acht fünf, das ist doch die internationale Vorwahl von Nordkorea. Vielleicht ging doch noch was, Trump drückte auf den grünen Button und nahm das Gespräch an.

Haare der Macht

Von den Pilzköpfen der Beatles bis zur verfilzten Matte der Gammler hatte die Haarpracht immer etwas Aufbegehrendes, Antihaftes. Überhaupt eine Frisur im bürgerlichen Sinne seinen Haaren angedeihen zu lassen galt schon als spießig. Mit der Rasierklinge grob getrimmt, mit lila Farbe eingesaut, fertig war der Aufschrei gegen's Establishment. Heute laufen junge Erwachsene in den Städten herum wie einem Film von Leni Riefenstahl entsprungen. Boris Johnson dagegen könnte frisurmäßig ein in Würde ungekämmter Johnny Rotten sein, ist er aber nicht, sondern populistischer Premierminister von Brexitannien. Wo ist der mit dem Bajonett gezogene Scheitel eines Adolf Hitler geblieben, gibt's denn gar keinen Anstand mehr bei den Möchtegerndespoten? Allein im Fernen Osten kultiviert ein Kim Jong-un noch den Undercut, dem Heinrich Himmler einst zur Blüte verhalf. Doch was macht das Hipster-Geschmeiß im Westen? Statt sich aus Protest eine lange Matte wachsen zu lassen, laufen die mit ebensolchen Undercuts herum, ganz genau wie der kleine dicke Atombubi aus Nordkorea.

Wollen uns die Herrscher dieser Welt eigentlich irgendetwas mitteilen durch ihre Haare? Donald Trumps kunstvolle Auslegeware oberhalb der Großhirnrinde, schützte sie ihn vor Strahlen aus dem Weltall oder war sie schon deren Ergebnis? Als sich Silvio Berlusconi einst seine Schamhaare auf die Pläte verpflanzen ließ, wollte er sich und die Damenwelt seiner Virilität versichern. Vielleicht muss man ein wahrer Diktator sein, um so eine spießige Buchhalterfrise zu kultivieren wie Wladimir Putin. Wenn einer drüber lacht, dann geht's mit der Makarow ab ins Birkenwäldchen. Schwindet dem westlichen Midlife-Man das Kopfhaar, dann greift der zur Totalrasur und verwandelt sich in einen Pimmelkopp wie Jeff Bezos, Zidane oder Bruce Willis. Oder er macht's wie Rainer Maria Woelki, der Exorzist aus Köln, der klebt sich den Fifi unter die Müslischale, die zu seiner Dienstkleidung gehört.

Die Damenwelt im Kreise der Macht ist weit traditioneller als die Männerriege. Zwar ist die Betonfrisur in Reinform wie bei Margaret Thatcher dort passé, aber Christine Lagarde und Uschi v. d. L. können sich mit ihrem stählernen Schopf noch immer bedenkenlos aus dem Regierungsflieger hinaus aufs Rollfeld trauen: Die Zinsen im Arsch, die Vakzine nicht bestellt – doch die Frisur sitzt.

Putins Flurbereinigung im Osten

Spätsommer 2016 in einem japanischen Luxushotel. Ein unscheinbarer Mann mit schütterem Haupthaar kritzelt gedankenverloren auf einer Weltkarte herum. Das alte Sowjetreich ist längst zerfallen, doch der Traum von der Weltherrschaft besteht noch immer fort – vor allem im Kopf von Wladimir Putin. Sein Masterplan zur Neuordnung der russischen Außengrenzen ist auf halber Strecke stecken geblieben. Zwar ist die Krim heim ins Reich geholt worden, und die Ostukraine wird wohl auch demnächst fallen, aber was ist mit Zentralasien, was ist mit Alaska? Wieso herrscht der Türke über Russlands Zugang zum Mittelmeer, stand nicht in Byzanz, dem heutigen Istanbul, die Wiege der russisch-orthodoxen Kirche?

Mit breitem Faserschreiber fegt Putin von der Krim aus durch die Dardanellen bis runter zum Balkan, dorthin, wo die slawischen Brudervölker auf die Befreiung warten. Doch dann zuckt der Filzstift in der Hand des Potentaten: Nein, nicht den Balkan. Zerklüftete Gebirge, in denen auch noch Muslime wohnen, nerven total: Hindukusch, Kaukasus, Kosovo, schade um die teuren Mittelstreckenraketen. Doch schon hellt sich Putins Gesicht wieder auf, als er zur Nordgrenze seines Reiches blickt: die Arktis, eine uralte russische Kulturlandschaft, heiliges Gräberfeld abgesoffener Atom-U-Boote aus dem Kalten Vaterländischen Krieg ... Und schon hat sich der Faserschreiber von Norwegen bis Kanada die kalte Heimat wieder einverleibt.

Schließlich blickt der kleine Mann mit dem schütteren Haupthaar auf sein Gekritzel und kippt sich den Rest der Wodkaflasche ins Glas. «Verdammt», denkt er, «ich sollte vor dem G8-Gipfel nicht so viel saufen, sonst werde ich wieder ausgeladen wie letztes Mal in Deutschland.»

Zwei Enden einer Pipeline.

Erdogan

«Der Erdogan, der Erdogan, der zündet halb Europa an», wer kennt ihn nicht, den kurdischen Kindervers. Man muss beinahe hoffen, dass es bei der Hälfte bleibt. Der Türke selbst steht zwar nicht vor Wien, aber die von ihm durchgeschleusten Flüchtlinge. Und wenn Europa nicht spurt, räumt Erdogan seine Lagerbestände, und auf der Westbalkanroute brennt die Luft. Damit das nicht geschieht, kriecht Europa vor dem osmanischen Autokraten im Staub: «Bitte, bitte, lieber Recep, nur keine Flüchtlinge mehr, wir laden dich auch immer nach Brüssel ein, und wenn du Hilfe brauchst, einen picobello Polizeistaat einzurichten, dann ruf einfach an.» Was soll man denn auch tun, denn schließlich hat die Mehrheit der Türken den Erdogan doch gewählt. Ja, und wenn die Mehrheit nun mal gegen Opposition ist und gegen Pressefreiheit, dann muss man das doch akzeptieren. So ist das nun mal in einer Demokratie, jedenfalls fast.

Drum ist der Recep jetzt unser Freund, und ab und zu besuchen wir ihn in seinem Palast. Da können die Kurden so viel reinballern, wie sie wollen, denn sie wissen ja nie, in welchem seiner tausend Zimmer sich Erdogan gerade aufhält. So schlau ist der nämlich.

Im Namen die Ehre

Als der kasachische Diktator Nasarbajew die Hauptstadt seines Reiches nach seinem Vornamen in «Nur-Sultan» umbenannte, überlegte ich, wie das wohl für den normalen kasachischen Bürger klingt. Wie für uns, wenn Berlin plötzlich «Karl-Heinz» hieße oder von Kohl in «Helmut» umbenannt worden wäre? An sich ist das Umbenennen ganzer Städte etwas aus der Mode gekommen. Stalin- und Leningrad haben wieder ihre alten Namen zurückbekommen, lediglich Königsberg heißt noch nach dem Sowjetschergen Michail Iwanowitsch Kalinin. Das aktuelle Chemnitz würde sicher was darum geben, dürfte es sich wieder Karl-Marx-Stadt nennen, Salzgitter hingegen wohl kaum, hieße ein Teil immer noch Hermann-Göring-Stadt, von Berlin-Friedrichshain als Horst-Wessel-Stadt ganz zu schweigen. Nach dem Sieg Nordvietnams über den Süden und die Amerikaner hieß Saigon sehr bald Ho-Chi-Minh-Stadt nach dem verblichenen kommunistischen Staatschef. Das war neu in der Geschichte der Stadtumbenennungen. Sie erfolgte nicht nur zur Ehre eines Politikers, sondern auch zur Demütigung des Besiegten. Da hat Berlin noch mal Glück gehabt, dass es nicht Neu-Stalingrad wurde.

Ein Kuriosum ist die russische Stadt Toljatti. Dort wird die Ersatzmobilität Lada zusammengebraten, und benannt ist sie nach dem ehemaligen Vorsitzenden der Italienischen Kommunistischen Partei, Palmiro Togliatti. Wie bemüht und holprig klingt dagegen doch der Name der deutschen Autometropole «Kraft-durch-Freude-Stadt» oder wie man heute sagt: «Erfolg-durch-Bescheißen-Stadt». Ein weiteres Städtenamenkuriosum ist der rheinische Chemiestandort Leverkusen, benannt nach dem Chemiefabrikanten Carl Leverkus, das sollte jetzt eigentlich in das wohlklingendere «Monsanto» umbenannt werden, gäbe es da nicht diese klitzekleine Unpässlichkeit mit dem doofen Glyphosat.

Die komplette Umfirmierung einer Stadt ist selten geworden. Selbst «Ankara» ist nicht die Gattin Erdogans, sondern hieß schon länger so, früher griechisch «Angora». Aber es ist durchaus nachvollziehbar, dass Kemal Pascha seine neue Hauptstadt nicht nach einem griechischen und zudem stark fusselnden Kaninchen benannt wissen wollte. Vertürkisiert heißt es eben Ankara – noch, muss man sagen, Erdogans Frau heißt Emine, auch kein schlechter Name für eine Stadt. Wobei mir «Melania» für Washington, D.C., besser gefällt, die Gelegenheit hat Donald verpasst. Nur um Missverständnissen vorzubeugen: Paris wurde nicht nach dem blonden Chihuahua-Tragegestell Hilton benannt und Cheyenne nicht nach der seltsamen Ochsenknecht-Göre. Warum allerdings Madonna eine Tochter auf den Namen eines französischen Ortes voller Gebrechlicher taufte, bleibt rätselhaft. Doch das nur am Rande. Die Umbenennungssucht westlicher Politiker gefriert heutzutage in den Flughäfen: John F. Kennedy, Charles de Gaulle und Franz Josef Strauß. Als Rache und Demütigung sollte man allerdings Willy Brandt International in «Wowi-Platzeck-Ruine» umbenennen.

Weil der Bürger kaum Einfluss hat auf die großen Namen der Städte und Flughäfen, tobt er sich bei den Straßen aus. Beliebte

Beschäftigungstherapie der politischen Bezirkshelden ist es, vermeintliche Nazisteigbügelhalter unter den Straßennamen ausfindig zu machen und durch tote Frauen zu ersetzen. Das mag in vielen Fällen seine Berechtigung haben, wirkt aber über siebzig Jahre nach der Naziherrschaft etwas eitel. Viel schlimmer: In über viertausend deutschen Städten war Adolf Hitler Ehrenbürger, bei einigen bis vor kurzem, bei wenigen ist er es noch immer. Berlin wurde nicht Germania, und Paris ist heil geblieben – man kann nicht alles auf einmal haben. Und eine Erläuterung zum Schluss: Die jetzige Hauptstadt Kasachstans Nur-Sultan, auf Deutsch «Karl-Heinz», hieß davor Astana, auf Deutsch «Hauptstadt». Da musste ja was passieren.

HELDEN IM ABSEITS: Donald Trump, Gottes Sohn

Als Donald Trump über Twitter verkündete, er sei Gottes Sohn und von ihm gesandt, die Menschheit zu erlösen, hab ich ihm zum ersten Mal geglaubt. Jetzt erscheint all sein Handeln und Reden plötzlich in einem anderen Licht, in dem des Herrn, der uns Menschen in Gestalt seines missratenen Zweitgeborenen den Spiegel vorhält: «Sehet, ihr Erdlinge, welch monströse Missgeburten ihr seid, ruiniert den Planeten, lügt und sät Hass, nutzt das euch geschenkte Hirn nur zu fünf Prozent. Und ich sage euch als Gott der Herr: So wie dieses präsidentgewordene Stück Wieselkacke» – nein, so würde sich der Herr aus Rücksicht auf Margot Käßmann niemals ausdrücken – «so wie diese Ausgeburt des Satans, so seid ihr im Grunde alle, jeder von euch. Sehet auf Donald Trump, und ihr werdet in einen blonden Spiegel schauen und euch selbst erkennen.» So sprach der Herr auf Twitter und hatte damit die maximale Länge von 280 Zeichen deutlich überschritten, aber er war schließlich Gott der Herr. In dem Zusammenhang dachte er mit Wehmut daran zurück, was wohl aus seinem Ältesten geworden wäre, hätte der keine Jünger, sondern schon Follower gehabt: achtzig Millionen statt zwölf. Wer weiß, aber es gab nicht mal für Gott ein Zurück in der Zeit.

Vor zweitausend Jahren hatten nicht wenige erkannt, dass es sein Sohn war, der von ihm zu den Menschen gesandt ward, doch in Donald sahen alle nur den Menschen aus Fleisch und Wut. Einmal hielt Sohn Donald zum Beweis seiner göttlichen Herkunft das Buch über seinen Bruder in die Kameras, doch der Funke der Erkenntnis sprang nicht über. Waren denn alle so blind, wollten sie nicht sehen, was uns der Herr mit seinem Nachkömmling sagen wollte? War es immer noch nicht deutlich genug? Er wollte uns sagen: «Ihr seid das mieseste Geschöpf auf Erden, und zwar alle, wie ihr da seid, und sollt nicht länger mehr mein Ebenbild geheißen werden. Ihr seid eine Teufelsbrut, und wenn ich als Schöpfer irgendwas bereue in meinem Leben, dann diesen verdammten Samstag, als ich euch Gesindel das Leben einhauchte und die Erde überließ mit all dem Getier und Gewürm.» 347 Zeichen, Mist!

Gott konnte natürlich nicht bereuen, bei wem sollte er das tun, Gott hatte niemanden, er war allein. Die Nummer mit Maria war ein One-Night-Stand geblieben. Um aber vor sich selbst zu vertuschen, dass er und nur er für den ganzen Mist mit dem Menschen verantwortlich war, erfand er die Evolutionstheorie. Schön und gut, aber auch ein Gott konnte sich nicht ewig selbst belügen, und so entschied er im neuen Jahrtausend, ein zweites Mal einen Sohn runterzuschicken, um seine irdische Brut zur Umkehr zu bewegen. Diesmal jedoch Donald, an dessen Zeugung keine Menschenfrau mehr beteiligt gewesen war. Mit ihm setzte er nicht mehr auf Nächstenliebe, sondern auf Hass, denn es hatte sich über zweitausend Jahre gezeigt, dass die Menschen darauf viel eher ansprangen. «Esst mehr Scheiße, denn achtzig Millionen Follower auf dem Kuhfladen können nicht irren», las er erst jüngst in einem von ihm selbst verfassten Psalm.

Als kleine Fingerübung schrieb Gott seit einiger Zeit wieder seine Gedanken nieder, wusste aber noch nicht, ob und wo er sie veröffentlichen sollte. Jetzt musste er dringender die Sache mit Donald durchziehen. Aber wie? Ihn irgendwo annageln lassen? Nein, das war nicht originell. Aber es musste ein Ende haben, denn die Mission war gescheitert: Die Menschen sahen in ihm nicht ihr hässliches Ebenbild, sondern ein Vorbild. Gott war kurz davor, seine eigene Existenz zu leugnen.

Lexikon: **Transgender**

Erst verschwindet das Wort, dann das Wesen dahinter. Beim «Mann» gibt es erste Hinweise. So heißt der zum Mann Erzogene mit transbinärem Geschlecht, der/die sich als Frau fühlt, «Transfrau», die/der zur Frau erzogene Transbinäre hingegen gerne «Transgender», nicht so gerne «Transmann». Ich hoffe, ich als cis-binärer Alt-Chauvi habe das jetzt alles richtig gesagt, sonst droht: siehe unter «S».

U

Urlaub

Urlaub woanders

Das Wort «Urlaub» ist mit dem Verb «erlauben» verwandt und bezeichnete im Ursprung die Erlaubnis, sich zeitweise vom Dienst zu entfernen. Im «Fronturlaub» ist diese Bedeutung noch erhalten, der Urlaub findet nicht an der Front statt, sondern fern von ihr, umgekehrt wie etwa beim Italienurlaub. Seitdem aus der Erlaubnis ein Urlaubs-Anspruch geworden ist, hat sich alles um hundertachtzig Grad gedreht, wir machen nicht mehr *von* etwas Urlaub, sondern *in* etwas, Kroatien oder so. Urlaub zu Hause gilt geradezu als ein Widerspruch, der «Tapetenwechsel» so fern von daheim wie möglich ist der Inbegriff des gelungenen Urlaubs. Noch ein weiterer Aspekt ist längst abhandengekommen, nämlich der der Erholung, wie er in dem verstaubten Begriff der «Sommerfrische» noch enthalten ist. Ein Top-Urlaub heute bedeutet größtmögliche Strapazen an möglichst weit entfernten Orten mit prekären Hygienebedingungen. Nicht jeder kann es sich leisten, zum Freeclimbing nach Neuguinea zu jetten oder mit dem Bonanzarad die Taklamakan zu durchqueren. Manche können sich ein Leben fern von Bidets und Hakle feucht auch einfach nicht vorstellen. Diesen Menschen bleiben die Autobahnen der Republik als Surrogat einer strapaziösen Fernreise: Heiß und stickig stundenlang im Stau verweilen, nur um an einen Ort zu gelangen, wo einem fremde, dicke Primaten unangenehm nah auf die Pelle rücken. Nur kleine Kinder und Hunde wissen noch, dass «Woanders» ein schrecklicher Ort ist, den man ohne Not nicht aufsuchen sollte. Für die Wegfahrer sind die wenigen Wochen fern von zu Hause der kleine Trost für deren äußerst bescheidene Lebensqualität. Die meisten von uns leben als periodische Freigänger aus der lebenslangen Haft ihres Daseins. Die Dreizimmerwohnung an der Ausfallstraße mit den stinkenden Nachbarn – das kann doch nicht alles gewesen sein in den wenigen Jahren, die man zu Gast ist auf Erden. Drum möchte man wenigstens für eine kurze Zeit im Jahr so leben wie Adam und Eva im Garten Eden. Nur hatte Adam keine Adiletten an den verhornten Mauken, Eva wog keine hundertdreißig Kilo, und die Schlange saß auf dem Baum der Erkenntnis und stand nicht vor dem Buffet. Die Vorstellung vom einfachen, glücklichen Leben ist seit der Erzählung vom Paradies immer mit Nacktheit und Südfrüchten verbunden, deshalb denken wir zwanghaft bei dem Wort «Urlaub» an Süden und Meer. Weder Betonsilos noch Plastikpalmen noch Massen halb nackter Planschmonster können den Drang in die Ferne bremsen – besser als in der Stapelbude zu Hause ist es allemal, wenn auch nur für ein paar Wochen im Jahr.

Heißer Sommer

Wenn der Schinkengriller eisig kalt direkt aus der Folie gelutscht wird, wenn das Weizenbier nicht mehr in den Schlund, sondern ohne Umweg in die Unterhose pladdert, wenn Mama wie ein gestrandeter Buckelwal hinterm Sichtschutzelement verröchelt – ja dann ist es irgendwie zu warm in Deutschland. Hitze schön und gut, aber da fährt man hin, die rückt einem nicht auf die Bude – unverschämte Natur. Deutsch sein heißt, Wetter in jeder Form grundsätzlich schlecht zu finden. Gießt und nieselt es im Sommer, grillt der Teutone aus Verdruss den Schweinenacken auf den Heizungsrippen und jammert tagaus, tagein, dass er um den tariflich zugesicherten Sonnenbrand betrogen wird. Brüllt Helios aber vom Firmament, als gelte es, den Wüstenfuchs hier heimisch werden zu lassen, ist's dem Jammer-Germanen auch nicht recht. Nur den Gartenmolch, den freut's. Fettwampig steht er vor der Rabatte und ejakuliert mit dem Gardenapimmel auf die Baumarkt-Margeriten. Beregnen ist der Megatrend in Zeiten der Dürre. Wie die Rüden im fremden Revier pissen sie an jeden Baum, und Männer ohne Schläuche in der Hand sieht man nur noch außerhalb des Jägerzauns. Jetzt erst hat der deutsche Mann seine Liebe zur Pflanze entdeckt, denn jetzt braucht sie seine Hilfe. Ewig war ihm das Grünzeug nur suspekt, wie es so aus sich heraus zurechtkam in dieser Welt und von zarter Frauenhand betüdelt am besten wuchs. Doch nun, wo der Feind am Himmel steht, da braucht es einen Mann, um das weibische Gartengrün zu beschützen. Die Gardenawumme im Anschlag behütet der Vorgarten-Landser sein Volk vor der Asylantenhitze. Jetzt, da dem Grün mit technischen Mitteln beigesprungen werden kann, entdeckt Papa seine Liebe zum Chlorophyll. Doch wehe, es regnet wieder und der Rasen lebt von alleine weiter, dann sattelt Papa seinen Aufsitz-Bronco und säbelt den jungen Trieben die Köppe ab.

Globale Gaffer

Billigflieger kippen die Menschenmasse über Städte, Wälder und Auen. Kein Ort, nirgends ist man mehr sicher vor den globalen Gaffern, die den Taj Mahal genauso kaputtgucken wollen wie ganz Venedig, die Pyramiden und alle Kulturschätze der Welt, die nicht vor ihnen weglaufen können. Eigens für diese Plage sind Kreuzfahrtschiffe erfunden worden, damit man fünftausend Breitfüße auf einen Schlag in den Vernichtungsfeldzug schicken kann. Warum nur muss jeder Blödmann das Antlitz des Planeten an möglichst vielen Orten mit seiner Gegenwart schänden. Das sinnlose Anstarren von «Sehenswürdigkeiten» durch Unwürdige ist zu einem weltweiten Problem geworden. Zumeist ahnen die Trottel nicht mal, wen oder was sie da anglotzen. Wer schon mal die knipsenden Horden vor der Mona Lisa im Louvre erleben durfte, kann schwerlich glauben, dass es sich dabei allesamt um Liebhaber der italienischen Renaissance handelt. Nun ist es kein Makel, wenn einem das malerische Werk Leonardos am Arsch vorbeigeht oder sogar die gesamte Renaissance. Man kann sicher auch ein glückliches und erfülltes Leben führen, wenn man als mehrfach unbegabter Verdauungstrakt vor sich hin schwabbelt. Kein Problem, das sei jedem vergönnt. Doch warum – und hier stellt sich Unverständnis ein – stehen diese Wesen dann überall dort im Wege rum, wo andere sich tatsächlich für – um im Bilde zu bleiben – La Gioconda und ihren Meister interessieren. Warum trampeln sie durch die Wohnquartiere fremder Leute, pissen an deren Hauswände und fressen in der exotischen Ferne den gleichen Abfall wie zu Hause: Burger, Fritten, Pizza. Sie tun das alles, weil man es ihnen gesagt hat: «Begegnen Sie Menschen und ihrer Kultur.» Dieses Mantra des Tourismus hat die Resthirnreserve aller globalen Gaffer erobert, und sie scheinen es tatsächlich zu glauben. Vielleicht dient es auch nur der Rationalisierung, um sich nicht eingestehen zu müssen, dass es au fond nur ums Flatrate-Saufen und -Fressen geht. Und hier muss zum Schluss doch noch eine Lanze gebrochen werden für das Kreuzfahrtschiff. Untersagte man der Bagage zwischendurch den Landgang, könnte die Welt dank schwimmender Touri-Knäste ein besserer Ort sein.

Leitkultur Ballermann

Seit dem Ende althergebrachter Rituale bei Beginn oder Ende von Lebensabschnitten hat sich deutschlandweit EIN Handlungsmuster durchgesetzt: Ballermann – Leitkultur Nummer eins, wenn's was zu feiern gibt. Ist wieder mal ein Jahrzehnt vollgelebt, der Delinquent mithin dreißig oder vierzig geworden: Ballermann. Kommt der Abschied vom Junggesellendasein: Ballermann, also in Schlübber und Motto-T-Shirts grölend und saufend nüchterne Passanten vollsabbern. Auch das präakademische Personal ist der Verprollung längst zugetan, und das beginnt schon ganz am Anfang: Die Abifete – längst zum bundesweiten Label eines Eventkonzerns degeneriert – unterscheidet sich durch nichts von verwandten Lustbarkeiten namens «Mallorca-Party» oder ähnlichen Ü30-Restefick-Börsen. War früher der Karneval die absolut unterste Sohle der Vergnügungen, so sind ihm seit der Verballermannisierung von allem und jedem diverse Konkurrenten erwachsen. Das vorerst letzte Opfer der prolligen Leitkultur wurde der Studienbeginn. Nicht zum Einführungsgottesdienst im Audimax treffen sich die Erstsemester, vielmehr marodieren die «Erstis» lauthals plärrend wie die Landsknechte durch ihren Studienort. «Sieh an», denkt der staunende Passant, «schon zu Beginn auf Bachelor-Niveau abgesackt, die akademische Jugend, blöd geboren, nix dazugelernt und zum ewigen Praktikum verdammt – recht so!» Doch so einfach ist es wohl kaum! Nicht etwa ist der Blödmanns-Abschluss an der Alma Mater die FOLGE des Rumgeprolles, sondern dessen Grund. Wer in ein Studium einrückt, das reglementiert ist wie einst der Wehrdienst, hat wenig Lust, sich auf neu gewonnene Freiheiten zu freuen, sondern betrauert lieber die verlorene Unschuld der Schulzeit mithilfe alkoholgetränkter Exerzitien. Wer wollte es den Zöglingen verdenken? Auf die Generation Smartphone wartet zwar ein alles aufsaugender Arbeitsmarkt, aber keine der Zukunft zu-

Mittlerweile sehen so ganz normale deutsche Deutschland-Tage der Jungen Union aus. Mit dem Rücken zur Kamera: Philipp Amthor.

gewandte Gesellschaft. Die Wirtschaft boomt und giert nach neuen willfährigen Arbeitskräften, aber welche Vorstellungen die «jungen Leute» sonst noch so von ihrem Leben haben, ist den Alten völlig schnuppe. Vielleicht haben sie auch gar keine – in jedem Fall ein guter Grund, sich zu Beginn des Schmalspurstudiums schon mal sicherheitshalber ein paar Millionen Synapsen wegzusaufen.

Offroad und Outdoor

In der Pandemie ist das fettleibige Abhängen an südlichen Stränden meist unmöglich. Folglich gärt es im Endverbraucher, und er brütet über Alternativen. Der Urlaub im eigenen Land muss es wohl sein, denn das habe laut Volksmeinung auch schöne Ecken. Um dort nicht vor verschlossenen Hoteltüren zu stehen, kauft sich der gewitzte Germane ein Wohnmobil – das sind diese grotesken Ungetüme, in denen man fressen und fernsehen kann – alles auf engstem Raum, alles gleichzeitig und während der Fahrt. Dafür ist der Kunde bereit, schon mal hundert Riesen auszuspucken. Denn das Womo ist für ihn kein Plastikmonster, sondern ein Stück Freiheit auf Rädern. Für diese dreiste Umwertung aller Werte gebührt der zuständigen Marketingabteilung allergrößter Respekt. Auch der tiefgläubigste Womo-Enthusiast merkt allerdings sehr bald, dass es mit der Freiheit nicht weit her ist, wenn man mit hundert anderen potthässlichen Kisten nebeneinander auf einem geschotterten Parkplatz steht und mit dem Fäkotrolley zum Bunker schnürt. Aus dieser Erfahrung entstand das erfolgreichste Produkt der Saison, der sogenannte Kastenwagen, ein Womo getarnt als Klempnerauto, außen Handwerkerkiste, innen drin sitzen heimlich Menschen auf ihrem Chemoklo. Das Produkt lebt von dem Versprechen, mit dem Kastenwagen könne und dürfe man überall stehen, nicht nur auf den Friedhöfen der weißen Flotte, sondern – und jetzt kommt der Gipfel der Dreistigkeit – sogar in der Natur. Doch die gibt's an sich gar nicht mehr in Deutschland, und wenn, darf man nicht mit dem Auto rein, oder sie ist jemandes Eigentum in Form von Wiese, Acker oder Wald. Noch eine Illusionsstufe höher betreten wir die Welt der Offroad-Camptrailer, Outdoor-Teardropanhänger oder gar Expeditionsfahrzeuge. Wo diese ominöse Welt Outdoor oder Offroad liegen soll, wird nicht verraten. Ganz Europa ist bis in den letzten Winkel asphaltiert, und dort, wo es das nicht ist, sollte möglichst auch kein Freizeit-Unimog die karge Restfauna übermöllern. Nichtsdestotrotz boomt der Markt an Urlaubs-Militärfahrzeugen, mit denen man auch auf dem Campingplatz direkt an der Autobahn einen starken Auftritt hinlegen kann. Was ist so seltsam und neu an dieser Entwicklung? Eigentlich nichts. Offroad, Outdoor, all-inclusive, alles dieselben Versprechungen. Urlaub bestand schon immer aus der Illusion, irgendwo da draußen wartet das wahre Leben, und wenn's auch nur für einen Besuch von drei Wochen reicht.

Gewässer in der Stadt

Städtische Binnengewässer ab einer gewissen Größe lassen selbst unglückliche Ansiedlungen wie Hamburg oder Berlin als attraktive Wohnorte erscheinen. Schafft es eine Stadt nicht, den angrenzenden Fluss in ihr städtebauliches Konzept zu integrieren, so bleibt sie nichts weiter als eine Karnevalskloake in Dünnbier-Verzückung. Der Reiz großer innerstädtischen Wasseroberflächen liegt vor allem darin, dass dort keine Stadt ist, sondern Leerraum. Anders als auf der Grünfläche machte sich dort bisher nicht der Freizeitprimate mit seinen Emissionen breit. Das Wasser diente im Wesentlichen der Anschauung, es war ein Ort der Stille in der Hektik einer Großstadt. Wurde auf dem Gewässer gesegelt, so fiel das nicht weiter unangenehm auf, da man die Besatzung nicht wahrnahm. Rennruderer boten ein Bild ästhetischer Leibesertüchtigung. Doch schon seit einigen Jahren verdrängt die normale Amüsier-Krampe das beschauliche Teichgeflügel: Spaßboot-Regatten, Entenrennen und ähnliche Sauf- und Grölevents bestimmen seither das Treiben am und auf dem See. Mit Beginn der Pandemie sind die städtischen Gewässer endgültig zur Ausbringfläche fragwürdiger Freizeitaktivitäten geworden. So mag man das Stehpaddeln noch als sportliche Gleichgewichtsübung akzeptabel finden, das Rottensaufen in Schlauchbootverbänden dürfte allerdings nicht mehr als Wassersport durchgehen. Jeder Bewohner schleppt mittlerweile sein Baumarktgerümpel zum See und turnt ungelenk darauf herum. Das Gewässer als beruhigender Leerraum inmitten der Stadt ist tot. Letztlich kann man es dem Insassen einer städtischen Wohnzelle nicht verdenken, dass es ihn bei Sonnenschein und milder Luft hinaus in die Natur drängt. Nur ist er erst mal da, dann ist da keine Natur mehr, sondern eine Freizeithölle aus Lärm und Gestank. Wer die Ruhe sucht im verdichteten Siedlungsraum, der stellt schon längst seinen Liegestuhl an die Gestade der städtischen Mülldeponie und blickt den Möwen am Himmel nach.

Erlebniswelt

Wir erleben zurzeit schon genug in dieser Welt, trotzdem gibt es an jeder Straßenecke zusätzlich eine Erlebniswelt. Wem die Abstandspflicht im Bordell nicht reicht als ultimativer Kick, der sei auf die Möbel-Erlebniswelt im Einrichtungsbunker verwiesen. Was erwartet einen dort? Haben die Verkäufer Kunststückchen vorbereitet, kann einer der Sessel sprechen? Oder wird man aktiv in das Erlebnis eingebunden als Live Action Role Playing? Ich spiele einen Kunden, und der Filialleiter verwandelt sich in eine außerirdische Nymphomanin? Möglicherweise ließe sich auf diese Weise auch etwas über die Strapazierfähigkeit der angebotenen Sofas erfahren. Sorry, Sitzlandschaft wollte ich sagen. Nennt sich das Defäkiergestühl eigentlich auch schon «Kot-Landschaft»? Wie dem auch sei, wer ein Möbelcenter als Erlebniswelt zu erfahren imstande ist, in dessen übriger Alltagswelt muss es schon sehr trist zugehen. Andererseits ist unsere ganze Umgebung dermaßen hysterisch auf den Eventcharakter getrimmt, dass ein simpler Verkaufsladen für Gemöbel und Gerümpel keinen Kunden mehr aus seiner Netflix-Höhle lockt. Selbst die schon reichlich mit negativen Erlebnissen gesegneten Innenstädte sehen ihre Zukunft in einer Steigerung des Überraschungsmoments beim Betreten der Fußgängermeile. Nicht bloß von talentfreien Instrumentalisten angeblafft werden soll der Kunde, sondern irgendwie positiv, damit er die Geldbörse unter Umgehung des Großhirns aufreißt. So ist allen Erlebniswelten zu eigen, dass hinter dem emotionsgeladenen Eiteitei der knallharte Kommerz zu seinem Recht kommen will. Früher reichte es, hundert billige Kühlschränke übereinanderzustapeln, das Schild «Schnäppchenparadies» davorzuhängen, fertig war das Einkaufserlebnis. Heute watscheln lebende Pinguine zwischen den gleichen Billigfrostern herum, an den Wänden künden Sprüche von den Lebensweisheiten der Inuit, und für jeden verbimmelten Kühlschrank gehen zwei Euro an die Deutsche Eisbärenmission. Mit weniger als diesem Aufwand ist die verwöhnte Internetkrampe nicht vom Onlineshop fortzulocken. Auch im Netz ist kaum noch etwas ohne emotionalen Beiwert loszuschlagen. Tchibo betitelt seinen periodischen Ramschladen schon seit längerem als «jede Woche eine neue Welt». Und jedes Mal wünschte ich mir, das träfe auch für die reale zu, wenn ich morgens die Zeitung aufschlage. Seitdem diese nämlich immer mehr zu einem chaotischen Durcheinander aus Verbrechern, Idioten und unlösbaren Problemen geworden ist, entstehen überall neue kleine Ersatzwelten, in Videospielen, LARP-Festivals, und für die schnelle Flucht zwischendurch muss die Erlebniswelt bei Möbel-Willi dann auch mal reichen.

«Annalena, lass das.»

Lexikon: **Übergriffig**

In alten Lexika findet man dazu als Erläuterung noch «Baumstämme: so dick, dass ein Mann den Stamm mit beiden Armen nicht umfassen kann». Heute wunderte es mich nicht, wenn damit der Eingriff in die sexuelle Selbstbestimmung des Baumes bezeichnet würde.

HELDEN IM ABSEITS: Horst Köhler

Wenn er es recht überlegte, war er damals nicht ganz richtig in der Birne gewesen, als er den Job in Bellevue wegen ein bisschen Medienkritik hinschmiss. Was hatte er schon groß gesagt: «Freie Handelswege zur Not freischießen ...» oder so ähnlich. Wohlgemerkt, er hatte das nur GESAGT, Oberst Klein hatte an die hundert afghanische Zivilisten durch die US Army ummähen lassen, ja und was war der danach? Brigadegeneral! Horst war nur ein alter Sack, dem neulich erst Bastei Lübbe zweihundert Euro Vorschuss für seine Memoiren angeboten hatte. Schöner Mist. Nicht mal der Gescheitertste aller Bundespräsidenten war er, seitdem Wulff ihm in der Hinsicht den Schneid abgekauft hatte. Laut einer Umfrage der «Bild»-Zeitung hielten neunzig Prozent der Bundesbürger Horst Köhler für den ehemaligen Fußballgott von Borussia Dortmund. Jeden ersten Dienstag im Monat war das sogenannte Klappstuhl-Treffen. Versager und Verpisser aus allen Parteien trafen sich zu einer geselligen Sauferei in der rheinland-pfälzischen Landesvertretung. Kurt Beck hatte die Runde nach seinem Abdanken als Sozen-König einst ins Leben gerufen. Mit dabei waren von der SPD außer ihm Matthias Platzeck, Torsten Schiefer-Pömpel oder wie der hieß, und hört, hört auch Münte und Oskar. Andrea Nahles brachte zuweilen selbst gerollte Rumkugeln mit. Die CDU rückte immer mit einem ganzen Bus voll Flitzpiepen an: von Boetticher, Kramp-Karrenbauer, Strobl, Altmaier und früher sogar Merz und Röttgen. Von der FDP kam nur Kemmerich, zu dem setzte sich aber keiner an den Tisch. Horst Köhler ging gerne zu dem Treffen, denn Edmund Stoiber erzählte immer dreckige Witze über Söder, allein das war den Termin schon wert.

V

Verzicht geht viral

Rien ne va plus

In etwa der Reihenfolge ging es ab: kein Strom aus Atom, keine Zigaretten, kein Auto, keine Fernreisen, kein Fleisch – alles böse! Die Kette der Verzichte wird bestimmt noch länger, bis an ihrem Ende kein alles steht. Im Moment leben wir aber noch im Zeitalter der Illusion, es gäbe für die Entsagungen des Bösen ein gutes Derivat. Statt Atom gibt's den Wind, statt der alten Ernte 23 saugt man in der Shisha-Bar an der Spuckevase, und statt der «Stinker» lasst hunderttausend Fahrräder blühen und parkt die Republik mit vierzig Millionen E-Autos zu, so retten wir den Individualverkehr. Und wozu noch in die Ferne schweifen, wenn der Fremde ist so nah? Manchem reicht es auch, dass er sich längst selber fremd geworden ist. Bleibt noch das Fleisch oder vielmehr der Verzicht darauf. 6,1 Prozent der weiblichen Bevölkerung sind Vegetarier, doch nur 2,5 Prozent der Männer. Das sind jene, die mit einer Vegetarierin verheiratet sind und sich nicht zwischendurch zur Currywurstbude davonstehlen können. Von den restlichen 97,5 Prozent der männlichen Bevölkerung scheren sich die allermeisten weder um ihre Gesundheit noch um die der Zerlegesklaven in den Porcozid-Fabriken oder um das Schwein als Lebewesen. Mit anderen Worten, es handelt sich um ganz normale Arschlöcher wie du und ich.

Nur ein kleiner Teil, bestehend aus zumeist gut verdienenden Hedonisten, glaubt an ein richtiges Ersatzleben statt des immer falscher werdenden jetzigen. Diese Beneidenswerten sind sogar bereit, nur noch zwei oder drei Teslas in der Garage zu verwahren statt der «Stinker». Ach ja, die Fernreisen, man kennt ja eigentlich schon alles: Angkor Wat, die Pyramiden, den Taj Mahal. Und mit den vier Humvees durch die Gobi war dann doch auch schon sehr anstrengend. Nein, auch Europa kann sehr schön sein, Sankt Moritz, das Puschlavtal und überhaupt die Schweiz. Und Fleisch isst man doch eh schon «bewusst», vom Kobe-Rind und Salzlamm, eben regional – also jetzt nicht direkt aus der eigenen, aber auch aus einer bestimmten Region. Wenn sich doch nur alle 7,4 Milliarden Menschen so nachhaltig benähmen wie die «Bewussten», dann gäbe es all diese schrecklichen Probleme gar nicht.

Solange der Verzicht nicht absolut ist, sondern eine neue Lust gebiert, sind der Klaus-Oliver und die Susann doch absolut bereit zum Umdenken. Und mal ganz ehrlich, so ein Tesla ist doch ’ne Wucht, dafür lässt man die beiden X7 doch in der Tiefgarage. Und auch Gemüse kann sehr lecker sein, dazu die Riesengambas aus Vietnam in einer leckeren Champagnersoße gesotten, da kann man sich doch reinlegen, da braucht man doch keinen Fleischgang mehr danach. Eigentlich sind es doch nur diese vielen Millionen armen Leute überall auf der Erde, die sich weigern umzudenken.

Aufdringliche Bescheidenheit

«Weniger ist mehr», finde ich übrigens auch. Lieber einen Porsche als dreißig Ladas, aber ansonsten ist mehr natürlich schon mehr, jetzt mal rein physikalisch betrachtet. Das Mantra der aufdringlichen Bescheidenheit funktioniert nur, wenn man es dauernd vor sich her posaunt: «Ich brauch das alles nicht mehr, das Christmas-Shopping in New York, die Malediven, die Rennwoche in Ascot. Du, wir waren dieses Jahr zum Stand-up-Paddling auf dem Rhein-Herne-Kanal, sagenhaft diese Lost Places am Ufer, total authentisch.» Wohnen sogar noch Menschen in den «Lost Places» Bottrop und Gelsenkirchen, total authentisch, wer hätte das gedacht.

Dieser als Monstranz vor sich hergetragene Verzicht auf etwas, das sich die allermeisten ohnehin nie leisten konnten, geht einem aktuell verschärft auf die Nerven. Bitte schön, dann schmeißt doch all eure Bücher weg, die Designerfummel in die Altkleidertonne, und tauscht euer Auto gegen ein Dutzend hippe Fahrräder, die «Gustav» heißen oder aus Titan sind. Meinetwegen, aber textet nicht die ganze Welt zu mit eurem Verzichtgelaber. Vielleicht übersteigt das ja eure intellektuellen Fähigkeiten, aber verzichten kann man nur auf etwas, das man besessen hat. Das lauthalse Rumgetröte über alles, das man nicht mehr braucht, ist der zeitgeistige Umkehrprotz, besonders beliebt bei selbstgefälligen Klimarettern: «Ich fahr schon lange keinen Verbrenner mehr, das ist mein Beitrag zur Rettung von Mutter Erde.» Igitt! So zu tun, als sei der eigene Tesla eine Arche Noah für bedrohte Bienen, das hat der zwanzig Jahre alte Diesel nicht verdient.

Der nicht nur gelebte, sondern veröffentlichte Verzicht ist immer auch ein Vorwurf gegen die Old-School-Existenzen. «Wie, du isst noch Gehacktes, soll ich dir mal Fotos von gefolterten Schweinen auf meinem neuen iPhone zeigen?!» Nie war es so leicht, zu den Guten, den Besseren, zu den Heiligen zu zählen, wie heute. Es reicht, kein Fleisch mehr zu essen, ein Fahrrad zu besitzen, nicht dort hinzufliegen, wo man sowieso nie hinwollte. Man darf sich sogar einen nagelneuen Mercedes-City-Panzer kaufen, wenn man einen der folgenden Sätze auswendig hersagen kann: «Ich lass mein Auto immer öfter in der Garage und nehm den Öffi.» Oder: «Mit den Gewinnen aus der S-Klasse finanziert Daimler den Übergang zur E-Mobilität.»

Na bitte, geht doch. Überall lässt sich das Leben optimieren.

«Die Birte und ich haben uns von dem ganzen Ballast getrennt und uns ein Tiny House gekauft, also jeder eins.» Eine tolle Idee. Wenn man dann noch seine Altbauwohnung über Airbnb verdröhnt, hat man seinen wirtschaftlich genutzten Wohnraum glatt verdoppelt und gefällt sich trotzdem als Verzicht-Hipster. Co-Working ohne Co-Putzing, Car-Sharing ohne Parkplatz-Searching, Online-Einkaufing vom Homeoffice aus – die Welt des Verzichts kann sehr komfortabel sein. Das Beste daran aber ist, man gehört zu den Erweckten, den Reinen, die ihre Seele mit Ariel gespült haben.

Jenseitsfleisch

Wer Beyond Meat mit «Jenseitsfleisch» übersetzt, hat schnell einen Geruch von Aas und Fäulnis in der Nase, dem Feinschmecker auch als «Hautgout» vertraut, was wiederum «hoher Geschmack» bedeutet. Doch nichts davon ist wahr. Beyond Meat ist weder Aas noch abgehangen, sondern gar kein Fleisch und der Name einer Firma für vegane Ersatzprodukte, die derzeit die Kühltheken erobern. Nun ist «Ersatz» besonders den Deutschen eine wohlvertraute Produktfamilie und hat als Wort sogar den angelsächsischen Sprachraum erobert. Noch heute findet man einige Ersatzprodukte in den Supermarktregalen: Muckefuck oder Zichorienkaffee, der nach aufgebrühten alten Socken riecht, oder sogenannter Seelachs, ein mit roter Farbe, Kochsalz und künstlichen Aromen auf Lachs gepimpter Billigfisch. Nahezu ausgestorben ist der Kunsthonig, der heute auch nicht mehr so heißen darf, sondern «Invertzuckercreme», um die Verwechslung mit echtem Honig auszuschließen.

Weil alle diese Produkte aus der Not geboren sind, haben sie lediglich in Nischen überlebt. Ganz anders sieht es aus bei den Fleischersatzwaren, diese entstammen dem Wohlstand. Doch genau wie der Kriegsfraß armer Leute halten sie im Namen

Jetzt isst man schon politisch korrekt gegrillte Raupen, und trotzdem gibt's dazu Salat statt Pommes – verdammt!

die Erinnerung an das Echte wach: Tofuschnitzel, vegane Bratwurst, Veggie-Burger. Nur dadurch weiß der Verbraucher überhaupt, was dieses Produkt von ihm will und was es verspricht. Ohne ideologische Voreinstellung kommen diese Bezeichnungen allerdings nicht glaubhaft rüber: Mit den aus gepressten Würmern oder geräucherter Erbsenpampe geformten Ersatzüberlebensmitteln lässt sich der Kotzreiz nur schwerlich im Zaum halten. Mit dem neuen Jenseits-von-Fleisch soll das nun ganz anders werden: Sehr, sehr nahe an der Konsistenz und dem Geschmack von richtigem Fleisch sei das Pflanzenaas.

Warum vegetarische Lebensmittel nicht auf den Eigengeschmack pflanzlicher Nahrung vertrauen, sondern sich als Fleischimitate gerieren, muss wohl damit zu tun haben, dass die Menschheit den Geruch von gebratenem Kadaver ganz tief in ihrem Kollektivgedächtnis gespeichert hat. Um den Leichenfresser nicht gleich von Anfang an zu vergrämen, kredenzt uns Jenseitsfleisch sein Ersatzprodukt zwischen zwei pappigen Weißbrothälften in dem wohl überflüssigsten aller Fastfood-Derivate, dem Burger. Da lasse ich lieber den Weizenkarton drum herum weg, greife zum ehrlichen Steak und labe mich an Beyond Wheat.

Veggiewurst

Wann ist die Wurst eine Wurst? Muss sie Fleisch enthalten, oder reicht auch das, was Fiffi aus dem Spundloch presst und leider oft auf dem Bürgersteig hinterlässt? Gerade die Hundewurst beantwortet die Frage nach dem Wesen der Wurst am trefflichsten: Es ist die Form und nichts als die Form, egal, ob sie den After verlässt oder das Fleischerfachgeschäft, gleich, ob sie Fleisch enthält, Erbspüree oder was auch immer an Bestandteilen. Alles hat ein Ende, nur die Wurst hat zwei und ist rund. Damit ist alles Wurstige per definitionem geklärt – bis auf den Hanswurst: Der besteht innerhalb der Pelle aus Mensch mit wenig intellektuellen Bestandteilen und arbeitet bei der EU in Brüssel. Dort sollte darüber entschieden werden, wer sich in Zukunft noch Wurst, Schnitzel oder Burger nennen dürfe. Es träfe zuvörderst die Veggiewurst, die kein Fleisch enthält. Ungeschoren davon käme allerdings die Türwurst, die man gegen Zugluft vor den Hauseingang legt. Das Veggieschnitzel hätte auch ausgedient, das Hackschnitzel nicht, obwohl es entgegen der ersten Vermutung kein Hackfleisch enthält, sondern Holzabfall. Die Hundewurst dürfte weiter Hundewurst heißen, obwohl sie keine ostasiatische Leckerei ist, aber immerhin Fleisch enthält von obskurer Herkunft. Der Hund ist hierbei nicht der namensgebende Bestandteil, sondern der User. Bei der Veggiewurst ist Veggie beides, Inhalt und Verwender: Ein Vegetarier kauft eine vegetarische Wurst. Nun könnte es tatsächlich zur

Verwirrung des Verbrauchers führen, nähme er an, die Veggiewurst enthalte Fleisch von Vegetariern. Das müssen nicht unbedingt Menschen sein, sondern können zum Beispiel auch Schweine sein, die rein pflanzlich ernährt wurden. Da fühlte sich der Verwender womöglich getäuscht, denn als Vegetarier wird er keine fleischhaltige Wurst verzehren mögen, auch wenn das Schwein gelebt hat wie er, da ist er eigen. Drum dachte sich der Eurobürokrat in Brüssel, dieser Riesenschweinerei schieben wir mal einen Riegel vor, und er legte als Anwalt von echter Wurst und wahrem Schnitzel ein Gesetz zum Veggie-Bashing vor. So wollte er den vegetarischen Verbraucher davor bewahren, unbeabsichtigt zum Menschen- respektive Schweinefresser zu werden. Allein, das Parlament konnte diesem ehrbaren Ansinnen nicht folgen und beschied den Initiatoren dieser Gesetzesvorlage, dass sie wohl Hackepeter in der Rübe hätten statt Gehirn.

Wo sie nun in diesem Falle nicht erfolgreich waren, Verbrauchertäuschung auszumerzen, möchte ich das Augenmerk auf folgende Produkte lenken: Das alkoholfreie Bier würde wohl kaum ein passionierter Biertrinker geschmacklich in die Nähe des tatsächlichen Gerstensaftes bringen; der «falsche Hase» ist ein Hackbraten und kein Hase, der sich als Kaninchen ausgegeben hat; der im Rheinland beliebte «Halve Hahn» ist gar kein Geflügel, sondern ein Roggenbrötchen mit Käse; und Gipfel der Täuschung: Der Wasserhahn taugt nicht als Grundlage zum Coq au Vin, sondern ist ein rein alkoholfreies Produkt, das schwer im Magen liegt.

Digital Detoxing

Wir leben in einer Zeit, in der sich Menschen gern darüber definieren, was sie NICHT tun. Angefangen hat es mit den Fressverweigerern: kein Fleisch, kein Weizen, kein rechtsdrehendes

Irgendwas. Um sich aber nicht permanent dem selbst verschuldeten Verweigerungsdiktat zu unterwerfen, entstanden die Flexitarier und die Intervallfaster. Die dritte Kategorie der Entsagung betrifft jene, die bewusst eine Pause einlegen von dem, was sie ansonsten manisch betreiben: zum Beispiel in ihr Smartphone glotzen. Deren Pause vom alltäglichen Irrsinn nennt sich «Digital Detoxing» und ist allein schon durch seinen anglophonen Namen mit dem Siegel der Hipness versehen.

Während justament jeder Wald-und-Wiesen-Politiker von seinem Misthaufen nach Digitalisierung kräht und bereits die Kita in eine digitale Hölle verwandeln will, trauert die Cappuccino-Gentry schon um das verlorene analoge Paradies: Man kauft wieder Vinylplatten, knipst auf Celluloid, schreibt Postkarten, ja, singt sogar wieder selber mit der eigenen Stimme. Ganz wichtig zwischendurch ist dabei die digitale Entgiftung, sorry, Digital Detoxing. Wie kann das funktionieren? Urlaub dort buchen, wo es garantiert kein WLAN gibt, das ist schwer, aber nicht unmöglich. Meistens gibt's an diesen Orten auch kein warmes Wasser, aber «Daily Shower Detoxing» ist noch nicht hip. Freunde oder Verwandte besuchen, die kein Smartphone oder Tablet besitzen und bei denen der Rechner noch als Möbel auf dem Schreibtisch steht, die mag es zwar geben, aber wer keine uralte Oma im Siechenheim sein Eigen nennt, ist schnell allein unterwegs. Sich an die Zeit vor unserer Zeit erinnern, als man seinen Ausflug noch auf der Landkarte vorab durchmaß und unterwegs auf Schilder achtete – das muss wohl erst wieder geübt werden, um sich nicht total zu verfranzen.

Vorreiter des Digital Detoxing sind ausgerechnet die Streaming-Portale wie Amazon und Netflix, die den Binge-Watcher in das Paläolithikum des linearen Fernsehens zurückbeamen: Von der beliebten Serie gibt's zu Anfang nur jede Woche eine neue Folge. Das ist ja wie früher bei «Daktari» oder «Dallas». Und was sollen wir dazwischen machen? Wir pfeifen uns jeden Tag die ganz normale digitale Überdosis rein. Gucken jeden

Mist sofort bei Google nach, finden ohne Google Maps nicht mal mehr den nächsten Bäcker, glotzen auf Google Earth nur mal so, wie wir selbst von oben aussehen, fragen den Postboten, wie wir heißen und wo wir wohnen. Und sollten wir tatsächlich mal das Smartphone für einen Moment aus der Hand legen, dann ist das kein Digital Detoxing, sondern nur der leere Akku.

Lob der Exformation

Wer will das alles wissen, was uns täglich um die Ohren und Augen gehauen wird? Wir erhalten zu viel Informationen über das, was Idioten denken, und lähmen damit die letzten Schlauen. Dagegen ist der gekenterte Getreidesack im Reich der Mitte noch eine der angenehmsten Nachrichten, denn er gehört zur Kategorie «irrelevant». Unangenehm und richtige Rezeptionszeitfresser sind die Verlautbarungsworthülsen der Politiker, die uns täglich in «Tagesschau» und «Heute» anwanzen: «Rhabarber, Rhabarber», fordert Minister Dingenskirchen, «Blablabla», versichert dagegen Pressesprecher Mustermann. Wen interessiert das Pingpong-Gefussel, mit dem uns die veröffentlichte Meinung malträtiert? Doch sie steckt in einem Dilemma: Kreißt eine Hinterbänklermumie zu einem kontroversen Thema einen Furz, müssen der Parität halber die Absonderungen der politischen Gegner auch gemeldet werden. «Gähn», sagt sich der Zuschauer und wechselt zu einem Kanal mit Lkw, die im Schlamm rumorgeln.

Die Belanglosigkeit des politischen Hülsensprechs lässt uns einschlafen, ihr Gegenteil allerdings ebenso. Es ist der permanente Alarmismus der Breaking News und des Brennpunktjournalismus. Das menschliche Hirn ist für dieses Dauerfeuer nicht gemacht. Um im Kortex keinen Flächenbrand zu entfachen, muss es ständig neunzig Prozent aller Informationen, die ihm die Sinne zutragen, ignorieren. Alles, was nicht wichtig für das augenblickliche Überleben ist, wird beiseitegeschoben. Deshalb haben es auch Themen wie Klimawandel, Überbevölkerung oder Artensterben so schwer, sie sind im Augenblick ihrer Wahrnehmung als Nachricht für das Überleben irrelevant. Erst wenn wir sie mehrfach mental wiedergekäut haben, erreichen sie uns auch emotional. Bei fast allen dieser Meldungen folgt darauf eine Ohnmachtserfahrung. Nur sehr selten steht es in unserer Macht, angemessen darauf zu reagieren. Der Regenwald am Amazonas wird vernichtet, die Biene stirbt, Mikroplastik ist im Blattsalat, und was jetzt? Der Abfluss ist verstopft, das sind relevante Breaking News.

Simplify your life gilt auch und gerade für den Durchsatz im Großrechner unterm Pony. Doch sollte man es bewusst tun und niemals vergessen, dass die Welt «an sich» komplexer ist, als man es jetzt gerade gebrauchen kann, sonst landet man bei den Verschwörungsidioten. Aus der Physik wissen wir, dass nicht nur Reduktion zur Eintönigkeit führt, sondern auch das Überangebot. «Weißes Rauschen» und «Wärmetod» gibt es ebenso im Zufluss an Informationen. Je mehr notwendigerweise auch widersprüchliche Details zum Covid-19-Virus in einem Individuum zusammenkommen, desto orientierungsloser wird sein Handeln. Deshalb fährt man mit kontrollierter Exformation besser als der Infojunkie mit seiner Sucht nach ständig erhöhter Dosis relevanter Nachrichten. Und nun hab ich Durst.

HELDEN IM ABSEITS: **Karl Lauterbach**

Der letzte noch aktive Sozialdemokrat vom alten Schlag ist Karl Lauterbach. Diese nahezu ausgestorbene Spezies zeichnet sich dadurch aus, dass ihre SPD-Mitgliedschaft nicht negativ auffällt. Schröder, Clement, Müntefering, ja, sogar Gabriel waren keine Parteibonzen, sondern Arschgeigen wie du und ich. Karl Lauterbach ist der letzte Mohikaner, dem man noch zuhört, weil er nicht nur Parteigeschwätz vor sich hin fusselt. Außerdem ist er auch noch ein liebenswürdiger Schrat, der kein Salz zu sich nimmt, nicht gerade ein telegener Strahlemann ist und trotzdem in mehr Talkshows war, als Olaf Scholz je sein wird und Saskia Esken je von weitem gesehen hat. Lauterbach hat etwas, das man Politikern heute kaum noch abnimmt – man hält ihn für glaubwürdig. Was immer Talkshow-Kalle von sich gibt: Man nimmt ihm ab, dass er vorher drüber nachgedacht hat und nicht einfach den üblichen Worthülsensalat runterblubbert.

Lexikon: **Vulnerabel**

Sind wir das nicht alle auf die eine oder andere Art: gesundheitlich, emotional, wirtschaftlich? Mit der Impfpriorisierung tauchten sie zum ersten Mal in der Breite der Gesellschaft auf, die vulnerablen Gruppen, die besonders schützenswerten. Die Schattenseite der Vulnerabilitätszuweisung ist: Sie verführt den Staat zur Übergriffigkeit und ist eine Gefahr für die Freiheit des Individuums.

W

Willkommenskultur

Verteilte Flüchtlinge

Sie kommen von überallher aus Richtung Süden, sie werden immer mehr, und sie wollen nicht wieder fort: Flüchtlinge, Asylbewerber, Einwanderer. Sind sie hier, müssen sie irgendwohin. Und da denkt der Laie, am besten dorthin, wo Platz ist, sagen wir mal nach Meck-VoPo oder Sachsen-Anstalt, werden doch immer leerer, diese Bundeslanddarsteller, die könnten eine demographische Auffrischung bestimmt gebrauchen. So läuft das aber nicht in der durchbürokratisierten Bibabundesrepublik. Hier gibt's seit 1949 den Königsteiner Schlüssel. Mit dem öffnet sich nicht die Tür zum deutschen Wohlstandsreich, sondern anhand dessen werden laut Lastentragungsgesetz die belastenden Zusatzmenschen über die Republik verteilt. Dieses Verfahren nennt sich neudeutsch «Willkommenskultur». Und noch immer nicht landen die Flüchtlinge da, wo Platz ist, sondern da, wo schon ganz viele Altdeutsche wohnen, sagen wir mal Nordrhein-Westfalen. NRW darf genau siebenmal so viel Einreisende aufnehmen wie das Land Brandenburg und sogar einundzwanzigmal so viel wie das Saarland.

Potzdonner, sagt sich da der Träger des erweiterten Hauptschulabschlusses, was soll das denn, das ist doch nicht gerecht! In dem verratenen Saarland wohnt doch außer Oskar und Frau Wagenknecht keiner, da könnte man doch ohne weiteres noch ein neues Damaskus errichten – zumal die beiden linken Flitzpiepen immer so menschenfreundlich tun. Und warum muss Bayern dreimal so viel Flüchtlinge einquartieren wie Sachsen?

Ja, und spätestens jetzt, wenn wir das böse Wort «Sachsen» hören, wird uns die wahre Bedeutung des Königsteiner Schlüssels offenbar. Er regelt nicht die Verteilung der Flüchtlinge nach Platz und Raum, sondern nach der Anzündungswahrscheinlichkeit ihrer Unterkünfte – und just in dem Moment bewundern wir wieder mal die Klugheit unserer heimischen Gesetze und Verfügungen. Gehabt euch wohl, ihr deutschen Leut!

Europa wird eingezäunt

Freizügigkeit am Arsch, es werden wieder Zäune errichtet in Europa. Ausgerechnet Ungarn, das vor sechsundzwanzig Jahren die Ossis ausgewildert hat, zieht den ersten Nato-Draht an der Schengenaußengrenze hoch. Dahinter lauern nicht nur der finstre Serbe und der noch finsterere Kosovare, sondern vor allem der nach Norden strebende Flüchtlingssturm aus dem Nahen Osten. Ausgerechnet jene Länder, die vierzig Jahre selber eingezäunt waren und sich mit viel Trara von diesem Joch befreiten, sehnen sich zurück nach ihrer alten «Splendid Isolation» in sowjetischer Gefangenschaft. So vermeldete auch der Häuptling der Slowaken: «Wie sollen wir die vielen Fremden integrieren, wenn wir nicht mal unsere eigenen Roma integrieren können?» Auf welcher Seite der misslungenen Integration da die größeren Idioten wohnen, ließ er vorerst offen.

Sollte sich die Mutation des rechtspopulistischen Magyarenreichs in einen Stacheldrahtverhau bewähren, werden wohl auch andere osteuropäische Staaten anfangen, Flüchtlingspolitik mit der Kneifzange zu machen. Einen schwachen Trost

Neues EU-einheitliches Grenzschild: Eintritt für den schwarzen Mann verboten.

gibt's für uns in Dschörmeni: Wir bauen den Zaun zwischen Lübeck und Coburg nicht wieder auf. Wozu auch: Rechtsradikale Idioten gibt's ja mittlerweile auf beiden Seiten, da kann der Nato-Draht auch nichts mehr verhindern.

Festung Europa

Als der Flüchtlingsstrom nicht enden will, kommen die wichtigsten Staatslenker des Schengenraumes zu einer Krisensitzung zusammen. Der Wildwuchs an innereuropäischen Zäunen und Wallanlagen hat mittlerweile bedrohliche Ausmaße angenommen. Während die Schengenaußengrenzen in Griechenland, Italien und Spanien nahezu unbewacht sind, schotten sich die Schengenmitglieder immer mehr gegeneinander ab. Nachdem Bayern einen über hundert Kilometer langen Zaun zu Österreich errichtet hat, droht nun Baden-Württemberg, das Ostufer des Bodensees zu verminen. Ungarn hat seine Stacheldrahtpolitik nach Norden ausgeweitet. Dort ist die Grenze zur Slowakei unpassierbar geworden, um die Einreise slowakischer Roma zu vereiteln.

Nicht nur Staaten und Bundesländer, sogar einzelne Städte, Landkreise und sogenannte besorgte Bürger haben eigene Zaunprojekte in Angriff genommen. Im Main-Kinzig-Kreis an der Grenze zu Bayern wurden Bürger bei Schanzarbeiten in der Feldmark beobachtet, um Transitflüchtlinge aus Bayern am Übertritt zu hindern. Längst vergessene Landwehren aus dem Mittelalter werden wieder ertüchtigt, Gräben ausgehoben und Dornenhecken gepflanzt. In der anberaumten Krisensitzung soll es darum gehen, wenigstens die Fernstraßen und Eisenbahnen von Zäunen und Barrikaden frei zu halten.

Während ganz Europa sich in einer Einzäunungspanik ungeahnten Ausmaßes befindet, hat der Flüchtlingszustrom von der Öffentlichkeit gänzlich unbemerkt erheblich nachgelassen.

Migration als Chance

Die millionenfache Einwanderung ist eine ganz große Chance, sagen alle, die das sagen müssen. Aber es stimmt: Wir sind nicht mehr allein mit unserer vergeigten Demographie. Bevor die jetzt Einwandernden selbst in Rente gehen können, sind wir schon alle da – wie der Igel vor dem Hasen: Ick bün all hier und du, mein Freund aus dem Morgenland, du zahlst schön meine Bezüge, ätsch! Den Atommüll und die Rest-AKWs, die können dann auch später die Migrantenrangen wegräumen, wo sie schon mal da sind und so viele. Und nach ein paar Jahrzehnten, wenn die syrische F2-Generation am Start ist und so denkt wie wir, schicken wir die zurück in die Levante, und dort entsteht Deutsch-Kleinasien, eine picobello Kolonie, in der alles flutscht, so wie Israel, bloß eben mit Deutsch-Syrern und ohne Hisbollah-Beschuss. Ja, da will dann doch von uns keiner mehr bei den 4,80-Euro-Cappuccino-Griechen Urlaub machen oder bei Erdogan, dem alten Verbrecher. In Deutsch-Kleinasien wohnen wir später als Rentner, während die ehemaligen Ureinwohner bei uns zu Hause, im Land des Nieselregens, am Band stehen und das Bruttoinlandsprodukt zusammenkloppen.

Natürlich reißt der Flüchtlingsstrom vorerst nicht ab, Zäune hin oder her. Aber wenn wir erst mal genug von der ersten Welle durch den Wesenstest geschleust haben, sodass daraus richtige Deutsche geworden sind, dann sorgen die schon dafür, dass die bucklige Verwandtschaft draußen bleibt. Die haben ja nicht dieses Nazitrauma, die können ja ganz anders agieren am Schengenwall. Zwomal links, Schwenk, und nach hinten weggetreten, sehr verehrte Kollegen aus dem Kosovo! Gelehrige Migranten sichern letztlich unsere Wehrbereitschaft, sie können die Sprache der Asylnehmerländer und den Eingeborenen erklären, was wir von ihnen wollen. Singen und sich rhythmisch bewegen und so können die sowieso alle besser als unsereins, da ist vielleicht auch mal wieder einer der vorderen Plätze beim Eurovision Song Contest drin. Und das mit dem Islam, das legt sich, spätestens, wenn wir den auch kirchensteuerpflichtig machen.

Es geht alles seinen geregelten Gang, morgen ist auch noch ein Tag, und sogar den renitenten Griechen haben wir bald wieder im Griff: Für die zig Milliarden Stütze sortiert der uns demnächst das Flüchtlingsmaterial vor, damit uns die Abschiebekosten nicht die schwarze Null ruinieren. Alles klar, das schaffen wir! So sieht's aus, und morgen kommt der Nikolaus.

HELDEN IM ABSEITS: Carola Rackete

Die wirklich großen Opern finden längst nicht mehr auf der Bühne statt, sondern als Art-Crowdfunding in der inszenierten Wirklichkeit. 2019 kam es zur Aufführung der «Jeanne d'Arc von Lampedusa», ein Stück, das von Shakespeare bis Verdi alles mitbringt, was abendländische Dramaturgie zu bieten hat. Es tritt auf eine junge, attraktive Frau im Männerberuf als Kapitän zur See. Der Vater Soldat, das blonde Haar durch Dreadlocks multikulturell abgefedert und – als reichte das nicht längst – mit Namen Carola Rackete. Sie steuert einen Seelenaufkäufer durchs Mittelmeer, an Bord befindet sich ein halbes Hundert menschliches Treibgut.

Als am Horizont die Gestade der Insel Lampedusa auftauchen, scheint die Rettung nah. Doch das Eiland gehört zum finsteren Reich des Matteo Salvini, seines Zeichens Großwesir in der Koalition der Unwilligen, die ganz Italien beherrscht. Dieser Schurke verweigert die Anlandung unserer Heldin. Doch hätte der Italiener seinen Kleist gelesen, wüsste er, dass man so mit einer deutschen Moralistin nicht umgehen kann. Wie es Michael Kohlhaas besser nicht vermocht hätte, erzwingt die Kapitänin – wie man sie mittlerweile nennt – die Einfahrt in den Hafen von Lampedusa, nicht ohne ein Kriegsschiff zu rammen. Darob schwillt dem Salvini der Kamm, und er lässt die Kapitänin in Ketten legen. Ende des ersten Aktes. Es folgt der Chor der Entrüsteten. Im fernen Germanien ist die Abscheu groß, wenn auch wohlfeil, teilt doch das Land kein gemeinsames Meer mit Afrika und hat es doch bisher den Lateinern und Griechen die Drecksarbeit überlassen.

Es folgt des Dramas zweiter Akt. Das Tableau ist gerichtet, nun gilt es Gut und Böse auf dem Schlachtfeld gegen-

Sie tanzte nur einen Sommer: Ikone der Fluchthilfe und Kapitänin der Seawatch 3, hier bei einem Kondolenzbesuch im Baumhaus-Protestlager «Danni».

einander zu führen. Unsere Heldin weiß das Heer der Gerechten hinter sich, das Geld zu ihrer Befreiung sammeln und dafür sorgen wird, dass dem finsteren Salvini kein Buffet in der gesamten EU mehr wird zugänglich sein, sollte er auf die Inhaftierung der Heldin bestehen. Ein Scheißesturm braut sich über Rom zusammen, und nicht mal ein Römer der Lega Nord kann den abwettern. Und so endet der zweite Akt, wie wohl nicht anders zu erwarten, mit der Freilassung der blonden Kapitänin von Lampedusa, einer feierlichen Ankunft auf irgendeinem Flugfeld in Germanien, einem Eintrag ins Goldene Buch irgendeiner Stadt und der Begleichung ihrer medialen Schuld durch die Anschlussverwendung der Heldin in den entsprechenden TV-Sendungen ihrer Förderer.

Epilog: Droben in Skandinavien hatte sich ein Mädchen

mit Zöpfen schon auf den Friedensnobelpreis gefreut, doch nun scheint er ferner denn je.

Lexikon: **Woke**

Wenn ich sage, dass «woke» die Kurzform des Partizip Perfekts von «to wake» ist, dann hilft uns das jetzt auch nicht viel weiter. Doch als halbwegs sensibler Angehöriger unserer Kultur steckt mir das «Deutschland, erwache» noch zu sehr in den Knochen, als dass ich so tun kann, als kennte ich die Übersetzung nicht.

X

XX – Die neuen Zwanziger und ihre Opfer

The Boring Twenties

Der Mensch ist ja so unendlich blöd, dass er der mehr oder minder zufällig vergebenen Jahreszahl eine Bedeutung zumisst. Jetzt leben wir also schon wieder – das heißt, viele werden's nicht sein, die es zum zweiten Mal lebend mitbekommen – in den Zwanzigern eines Jahrhunderts. Schon überbieten sich die Medien in den Vergleichen mit den «Goldenen Zwanzigern», den «Roaring Twenties», und sehen uns entweder zugekokst im Bananenröckchen den Swing aufs Parkett legen oder fürchten bereits, dass der Führer wieder aus der Asche emporsteigt. Sind denn hier eigentlich alle bekloppt?! Es hat sich nur die Zahl auf dem Kalenderblatt geändert, sonst nix: Mutti hockt zwar nicht mehr droben in ihrem Horst, aber ihr Geist des Zauderns weilt immer noch unter uns. Und durch die Wälder streift der Wolf und wartet auf die Leichen alter weißer Männer. Um all diesen Schrecken für einen Moment zu vergessen, wird eine Zahl hochgejazzt, teils um Furcht und Schrecken unter den Menschen zu verbreiten, teils um ihnen Zuversicht zu geben. Nun, die «Zwanzigerjahre» sind rein vom Namen her schon eher sexy als die Zehner- oder gar die Nullerjahre. In Letzteren reifte die Generation «Z» heran – oder sollte ich besser sagen «faulte» heran? Doppelt angeschissen durch eine Kindheit in den Nullerjahren und den finalen Generationsbuchstaben «Z», wurden sie zum Gespött der «analogen Natives», die noch ohne App wissen, wann es Zeit zum Stuhlen ist.

Somit üben Jahreszahlen trotz ihrer rationalen Bedeutungslosigkeit eine magische Kraft über den Menschen aus. Dieser glaubt in seiner schier unendlichen Blödheit – oder hatte ich das schon erwähnt? – tatsächlich an eine Zahlenmystik. Nicht nur, dass er an einem Freitag, den Dreizehnten Muffensausen hat davor, versehentlich abzukratzen, auch umgekehrt gilt das vulgär-kabbalistische Mysterium. Wie viele wollten am 20. 2. 2020 heiraten, schon deshalb, weil es im gregorianischen Kalender keinen 2. 20. 2020 gibt. Bei der Wahl dieses Termins hofften die Brautleute, es liege ein Segen auf der Vermählung, was natürlich statistisch völliger Unsinn ist. Wie auch jener allgemein verbreiteter, jedes Jahrzehnt habe einen ihm zugewiesenen Charakter: «Oh je, das waren die hässlichen Siebziger mit den Schlaghosen und den kotzegrünen Kloumrandungen.» Jedes Jahrzehnt hat angeblich auch seinen eigenen musikalischen Stil. Aber ganz eigentlich leben diese Kategorisierungen nur in den Erinnerungen der Generation, die in jenen Jahren zum ersten Mal Sex hatte und sich auch sonst in der Welt zurechtzufinden suchte.

Pech für alle, die in den Nullerjahren erwachsen wurden, das klingt schon erbärmlich. Wir aber, die wir alle ab jetzt die neuen Zwanzigerjahre erleben dürfen, können an sich gar nichts falsch machen, das wird schon irgendwie hinhauen. Und da sind die originalen Zwanziger des letzten Jahrhunderts ein Trost: Die waren nämlich auch eher Essig, sind aber in der Erinnerung zum Jahrhundertwein gereift. Einzige Bedingung, um den Wein genießen zu können: Man muss seine eigene Erinnerung noch erleben. In dem Sinne, auf ein Neues!

Abitur

Wer vor Jahren zum gut verdienenden Bürgertum gehörte, der schickte seine Brut aufs Gymnasium. Besagte Frischlinge waren nicht gescheiter als der Rest, welcher sich mit Real- und Hauptschule begnügen musste. Stetiger Kontakt mit Sprache und Gepflogenheiten des Bürgertums im Elternhaus sowie der Drill in der Lehranstalt garantierten jedoch auch dem unbegabtesten Vollidioten ein annehmbares Abiturzeugnis. Außerdem fiel es bei einem lediglich fünfprozentigen Jahrgangsanteil Abiturienten nicht sonderlich auf, wenn die Hälfte davon nichts als Montageschaum unter der Schädeldecke hatte. Spätestens an der Universität wurden die Pfeifen aussortiert und landeten auf einer subalternen Amtsstube oder übernahmen Vaters Fischbüchsenspenglerei.

Irgendwann aber dachte sich die Politik: Warum soll nur der blöde Sohn vom Apotheker das Abitur machen dürfen? Auch unter den einfachen Leuten gibt's doofe Kinder. Das nannte sich Chancengleichheit und war tatsächlich mehr als gerecht. Über fünfzig Prozent machten nunmehr das Abitur, und damit war die Doofen-Ressource in der Bevölkerung nahezu ausgeschöpft. Statt die höhere Lehranstalt für die Begabtesten aus allen Bevölkerungsschichten zu öffnen, ist sie zur Regelschule für alle geworden. Die ehemaligen Haupt- und Realschulen verkamen dort, wo es sie noch gibt, zu Schulpflichtdeponien für den Rest.

Wieder mal hat eine gut gemeinte und überfällige Reform buchstäblich ihre Kinder gefressen. Um den Überhang an Abiturienten weiter zu bespaßen, denken sich die Hochschulen stündlich neue Studiengänge aus, in denen es nicht sonderlich auffällt, wenn man von nichts einen Plan hat: Fast neunzehntausend Bachelor- und Masterstudiengänge gibt es in Deutschland, von der Promenadologie an der Uni Kassel, wo man lernt, wie man spazieren geht, bis zum hochinteressanten Bachelor in Angewandter Sexualwissenschaft an der Hochschule Merseburg – da sollte für jeden Blindgänger etwas dabei sein.

Nur noch die Abiturprüfung trennt den Studierwilligen vom Abenteuer Hochschulstudium. Ist es da nicht geradezu eine Mikroaggression, dass man in der Matheprüfung das vermutete Ergebnis einer Algebraaufgabe nicht tanzen darf? Und warum muss man überhaupt etwas wissen, ist nicht Meinungskompetenz letztlich wichtiger? Mag wohl sein, dann sollte die Reifeprüfung aber auch genauso abgenommen werden wie bei einer Avocado im Supermarkt: den Zögling mit dem Daumen an der Omme drücken und feststellen, ob sie schon weich genug ist.

Notabitur

Scheinprobleme haben einen Vorzug: Bei der Suche nach einer Lösung für sie bleiben die wirklichen Probleme eine Zeit lang unangetastet. Ist ein Damenschlüpferladen, der auch Dosensuppen anbietet, juristisch gesehen ein Lebensmittelgeschäft und darf deshalb auch während des Lockdowns geöffnet bleiben? Hmmm, das ist verzwickt, da bildet man doch sicherheitshalber erst mal eine Kommission. Ganz anders verhielt es sich mit der Frage, ob das Abitur im Corona-Jahr stattfinden sollte oder nicht. Eigentlich vollkommen wurst, denn das deutsche Abi ist ohnehin nur noch der Auswurfmechanismus ins Gap Year. Notfalls kann man auch ohne Bremer Einser-Abi durchs Outback stromern oder sich irgendwo die Birne zudröhnen. Zu bedenken ist allerdings, dass man bei der Rückkehr den Zettel einer ehemaligen höheren Lehranstalt vorweisen muss, um einen der 18 745 Bachelorstudiengänge zu beschreiten. Doch statt für einen simplen Zettel dreizehn Jahre im Pädagogenpuff zu verbummeln, empfiehlt sich eine kurze Einweisung in Photoshop. Selbst die Abifete, einst das wahre Ziel der Fron unter Curriculumsbeschuss, ist zur schalen Sause verkommen.

Warum also macht man dann überhaupt noch das Abitur? Wird die längere Schulzeit bei Berechnung der Rente anerkannt? Winken dadurch bessere Haftbedingungen nach der ersten Straftat? Nichts davon, das Abi ist nur noch ein hohles Ritual am Ende der offiziellen Jugend. Es ist dabei der letzte noch real existierende Schulabschluss. Die Mittlere Reife, einst Königsweg in die Sparkassen-Zweigstelle, ist genauso aus der Zeit gefallen wie jene selbst. Der Hauptschulabschluss taugt nicht mal mehr für seinen Abbruch. Das gute alte Abi hatte dagegen schon immer den Vorteil, ein paar Jahre länger den Alten auf der Tasche und auf dem Sofa zu liegen, eine kaum merkliche Zäsur im Gap Life zwischen Geburt und Tod.

Erst die Seuche hat den juvenilen Couch-Potato mobilisiert. Mit dem letzten Fünkchen Ehrgefühl im Arsch schreitet der maskierte Delinquent zur Reifeprüfung – und wenn's nur aus Respekt ist vor seinem Uropa, der das Notabitur 1944 sogar unter Feindbeschuss ablegte.

Schule und Bildung

Fünfzehn triste Jahre von der Kita bis zum Abitur verbringt der Zögling in der Lehranstalt. In anderen staatlichen Einrichtungen nennt sich so was «lebenslänglich». Dafür durfte man aber vorher auch einen umnieten, in der Schule ist man selbst das Opfer. Fünfzehn Jahre sind 'ne lange Zeit. Aber was soll's, die Jugend ist ohnehin an die Jugend verschwendet, kann sie die Zeit genauso gut auf der Schulbank absitzen. Schön wär's, wenn sie dabei nicht nur in der Nase bohrte oder auf dem Glasscheibentelefon rumfiedelte, sondern nebenher auch noch was aufschnappte von dem, was die Welt im Innersten zusammenhält.

Wobei wir bei den Fächern wären, mit denen man die Brut über Jahre malträtiert. Vereinzelt gibt es schon Islamunterricht an den Schulen, als ob die alteingesessenen Wahnvorstellungen aus der Levante nicht schon verwirrend genug wären. Als Ersatz für den Nichtreligiösen offeriert Vater Staat als Schulfach «Werte und Normen». «Was kostet eine 80-Cent-Briefmarke, und wie groß ist DIN A4?» Da lernt man wenigstens fürs Leben, was ja selten genug ist in der Anstalt. Als man im Sportunterricht noch keine Videofilme über die Regeln im Beachvolleyball zeigte, sondern tausend Meter über die Aschenbahn röchelte, hieß das Fach noch zynisch «Leibesertüchtigung». Mit anderen Inhalten versehen, sollte man das heute der schützenswerten Jugend wieder beibringen: den eigenen Leib in Schuss halten, richtig essen, nicht bloß sitzen, auch mal wohin gehen, auf einem Bein stehen, und zwar ohne auf die Fresse zu fliegen – alles Dinge, die unsere Mädel und Buben nur noch aus dem Internet kennen.

Ansonsten gilt es selbstredend, die Basics zu vermitteln: als Erstes, mindestens eine Sprache in Schrift und Wort korrekt zu gebrauchen. Und wer brauchen ohne «zu» gebraucht, ist auch sonst meist nicht zu gebrauchen. Wissen oder gar Bildung der Zappelbande einzutrichtern, ist meist vergebene Liebesmüh. Konzentrieren wir uns lieber auf die Grundfertigkeiten, die man als Erwachsener beherrschen sollte: eine bloße Meinung von einem Argument unterscheiden, nur sprechen, wenn vorher im Hirn ein paar Synapsen zusammengeklöppelt wurden, oder besser: gar nicht sprechen. Die klassischen Fächer Mathe, Geschichte, Bio, Physik und Chemie sind leider viel zu komplex für die digitale Nachzucht. Macht nichts, für eine Karriere als Blogger, Influencer oder Aktivistin wird's schon reichen. Wen ich allerdings demnächst mal anrufen kann, wenn bei mir der Wasserhahn tropft, das weiß ich nicht.

Laptops für Lehrer

Achthunderttausend Lehrkräfte sollen einen Dienst-Laptop erhalten. Warum nicht, der Soldat muss seine Wumme ja auch nicht selbst bezahlen. Winziger Unterschied: Der Soldat hat gelernt, mit seiner Dienstwaffe umzugehen. Ich weiß nicht, wie Lehrer bisher ihren Unterricht vorbereitet haben, ob sie im Homeoffice auf Schiefertafeln rumkratzten oder ob sie nicht womöglich schon über einen mobilen Rechner verfügten, und sei es nur, um in der großen Pause bei Tinder rumzuferkeln. Wer jedenfalls bisher noch nicht im Zeitalter diesseits der Höhlenmalerei angekommen ist, mit dem wird es jetzt auch nichts mehr. Das Projekt «Laptops für Lehrer» ist wieder eines dieser komplett bekloppten Unterfangen, bei dem man sich fragt, ob sich Politiker morgens mit einem Brett vor den Kopf schlagen, um nicht aus Versehen einen klaren Gedanken zu fassen. Wie hat man sich eine Beschaffung von achthunderttausend Rechnern vorzustellen, bei der nicht bei allen korrupten Zulieferern sofort die Christbaumglocken läuten? Und noch was: Vielleicht wissen die analogen Natives in den Amtsstuben gar nicht, dass mit einem Rechner allein noch gar nichts gewonnen ist. Es braucht mindestens noch zwei weitere Komponenten, damit es eine wirklich runde Sache wird. Die eine nennt sich «Software». Das ist so ähnlich wie die Munition beim Gewehr, nur dass es beim Rechner nicht das eine passende Kaliber gibt, sondern unzählige Softwareprogramme oder wie im Bereich der Didaktik keins, jedenfalls keines, mit dem die zweite Komponente, in diesem Fall die Lehrkraft, jemals in Kontakt gekommen wäre. Sollte also dieses irrsinnige Unternehmen Fahrt aufnehmen, so müsste die Anschaffung von fast einer Million Gehirnprothesen für Lehrpersonal wohl europaweit ausgeschrieben werden. Am Ende einer kleinen Ewigkeit im digitalen Zeitalter stünde dann ein überforderter Lehrkörper mit einem Steinzeitrechner vor seiner feixenden Klasse, die mit ihren Smartphones lustige

Pädagogen im Homeoffice.

Filmchen davon macht, wie Boomer-Opa mit seinen Gichtgriffeln über die Tastatur wackelt.

Es könnte alles so einfach sein. Zahlt den Lehrkräften Miete für den Dienstgebrauch des eigenen Laptops, kümmert euch um geeignete Software, die kostenlos und verbindlich für alle zur Verfügung steht, und ganz wichtig an alle Politiker: Haltet einfach mal die Klappe bei allen Fragen zu Schule und Bildung, und sprecht mir nach: «Ich habe keine Ahnung und werde niemals eine haben. Deshalb überlasse ich es euch, den Schulen, wie ihr euren Betrieb organisiert. Wie, wodurch und womit ihr die nächste Pisa-Studie halbwegs unbeschadet übersteht, ist mir egal, denn ich bin ein nichts ahnendes Politikerlein, mein Hirn ist klein, da passt auch nichts mehr an Erkenntnis rein.» Schluss. Aus. Das war's!

HELDEN IM ABSEITS: Luisa Neubauer und Rezo

Beide sind jung, rotzfrech und bloggen, twitterten sich ins Rampenlicht. Neubauer verkörpert eher den authentischen Radikalismus jeder Jugend und gibt Anlass zur Hoffnung, dass aus Gen Z oder den Post-Millennials doch noch was wird. Rezo ist ein Web-Unternehmer mit gebläutem Haupthaar, der durch CDU-Angepisse seinen Marktwert gesteigert hat. Richtig peinlich ist eigentlich keiner von beiden, allerdings alle Politiker und Altmedienschranzen, die sich an sie ranwanzen.

Lexikon: Generation X

Nach den Boomern verabschieden sich auch die ersten Xe in die passive Altersteilzeit und nach La Gomera. Sie kennen das «Klo auf halber Treppe» nur aus alten Schwarzweißfilmen. Aufgewachsen in der alles dominierenden Popkultur zwischen Kino und Disco, waren sie allerdings auch die letzte Ohne-Internet-Jugend. Zu jung für den Nazivatti, zu alt für die Selbstoptimierung, suchten sie ihr Heil in der Karriere und halfen, die Welt zu einem hektischeren Ort zu machen. Lebt wohl, ihr Klappstühle!

Y

Altes weißes Y-Chromosom

Boomer

Ich habe es geahnt, wenn nicht sogar insgeheim gewusst: Ich bin ein Mistkerl, und zwar allein schon deshalb, weil ich zu der riesigen Generation der Babyboomer gehöre. Das sind alle zwischen Ende der Vierziger und Anfang der Sechziger Geborenen, also fast jeder, der heute seine Fettlebe vor sich herschiebt. Und wirklich alle von uns waren in Woodstock und haben sich danach in der Kommune 1 das zugedröhnte Hirn aus der Rübe gevögelt. Stalin und Mao haben wir angebetet, und als wir fertig waren mit Mollisschmeißen und Kaufhäuser-in-Brand-Setzen, sind wir Professor an einer Reformuni oder Minister geworden und leben nun eine Hälfte des Jahres in unserem südfranzösischen Ferienhaus, die andere Hälfte in der Altbausuite mit Fehlbelegungsabgabe. Keiner kann uns was, schon gar nicht die verblödeten Smartphone-Glotzer, die unsere Pensionen wuppen müssen. Harharhar, was sind wir doch für dolle Hechte. Und die Bundesregierung, die gehört uns auch, denn die wird von unseren Kumpels aus der K-Gruppe gestemmt und den Tanten, die sich damals für Bhagwan auf den Rücken geworfen haben.

Ja, schön wär's gewesen, stimmte auch nur ein Teil davon. Die allermeisten der geburtenstarken Jahrgänge kennen Woodstock nur als dreifache Vinylscheibe auf ihrem Mister-Hit-Plat-

Zwei Boomer langweilen sich auf einem bestuhlten Rockkonzert.

tenspieler. In der Schule waren ihre Lehrer einarmige Altnazis, und als sie denen endlich entronnen waren, sahen sie sich an der Uni den 68er-Zecken gegenüber, die sich dort 'ne Assistelle gesichert hatten. Den von ihnen verzapften Schwachsinn bezüglich der demnächst anstehenden Weltrevolution und was für 'ne geile Sau Mao doch gewesen sei, den haben sie schon damals nicht geglaubt. Und anders als jenen vor ihnen und besonders dem heutigen Nachwuchs erzählte man allen um 1960 Geborenen: «Mit euch Doofköppen kann man die Straße pflastern, egal, was ihr werden wollt.» Und so wurden sie Taxifahrer, Vollkornbäcker, Ziegenmelker oder warteten ein halbes Berufsleben lang auf eine beschissene Festanstellung an einer Gesamtschule. Und nun, da sie endlich in ein paar Jahren mit dem Rattenrennen aufhören können, heißt es: «Sorry, besser, ihr malocht bis fünfundsiebzig.» Und: «WAS, ihr habt gar nicht privat vorgesorgt? Oh, das sieht böse aus. Denn die Rente, für die ihr vierzig Jahre gearbeitet habt, die fressen gerade eure Babyboomer-Kollegen auf.» Und da sind sie wieder: der Volker, der Joschka und die Babs, die schon damals in der Uni vor uns da waren und alles aufgefressen haben. Immerhin sind wir nicht die größten Mistkerle und wussten schon vor ihnen, dass nicht wir, sondern Mao ein Riesenarschloch war.

Toxische Männlichkeit

Okay, Ladys, was noch. Wir sterben durchschnittlich fünf Jahre früher als ihr, verüben doppelt so oft Selbstmord und besetzen fünfundneunzig Prozent aller Haftplätze im Knast. Aber das reicht euch immer noch nicht? Nein, wir dürfen nicht mal mehr die Beine spreizen in der U-Bahn, dann fühlt sich Prinzessin gleich sexuell bedrängt. Und wenn wir euch erklären, wie alles so läuft hier auf diesem für euch rätselhaften Planeten, dann ist das Mansplaining, und das findet ihr auch chauvihaft.

Eure neueste Idee aber haut sogar den enthaarten Sitzpinkler vom Bidet: Mann sein ist eine Krankheit? Aha, und die ist medizinisch therapierbar, ja, wie früher die Homosexualität? Oder wie habt ihr euch das vorgestellt? Womöglich auch gleich den scharfen Beitel gezückt und einmal hurtig durchs Ventil gezogen – die nicht betäubten Ferkel können ein Lied davon singen.

Wenn wir verdammt noch mal Fleisch fressen, bis wir stinken wie der Grizzly unterm Arm, dann ist das einfach so, weil das so ist. Wir könnten auch an einem Rucola-Smoothie lutschen, bis wir satt sind, aber so viel Zeit hat ein Mann einfach nicht, denn wir halten den Laden hier am Laufen – für euch, Mädels!

Oder warum glaubt ihr, zuckeln wir nicht mit 130 über die Autobahn, sondern treten das Gaspedal auf Ground Zero. WEIL EIN MANN IMMER IRGENDWOHIN MUSS! Der Weg ist nicht das Ziel. Der Weg ist eine beschissene Baustelle mit Radarfallen. Das Ziel ist das Ziel, Pussies! Der Mann ist ein Mann, weil er ein Mann ist. Und der Taliban nimmt keinen Ballettunterricht, sondern knallt andere Männer ab. Das haben nicht wir entschieden, das war die Natur. Genauso, wie sie für euch entschieden hat, dass ihr keine Männer seid, sondern die anderen, die auf ihre Art auch irgendwie zurechtkommen. Jeder von uns würde für eine neue Hilti seine Frau verlassen, ist das etwa falsch? Männer gehen auch nicht wegen jedem Scheiß zum Arzt oder Seelenklempner. Ein Mann kennt keine problems, only solutions, baby. Und wenn wir entschieden haben, uns an Silvester mit einem polnischen Böller zwei Finger wegzusprengen, dann sind das unsere Finger und dann ist das unsere Entscheidung, okay?! Während eine Frau nämlich noch stundenlang nachdenkt, weiß ein Mann schon, dass er gerade falsch geHANDELT hat. So läuft das nun mal. Und wenn ihr meint, dass Männlichkeit deshalb toxisch ist, dann ist das für mich okay.

Besser giftig wie ein Skorpion als ’ne brave alte Zervelatwurst.

Jüngere und Frauen

Ganz gleich, ob Parteien, Kirchen, TV- und Radiosender, Zeitungsverlage oder Kornbrennereien, eins wollen sie alle: Jüngere und Frauen. Das kommt mit einem Selbstverständnis daher, dass niemand sich zu fragen traut: Wieso eigentlich?! Warum möchte man in einer Gesellschaft, die immer mehr Ältere produziert, ausgerechnet jene erreichen, die immer weniger werden: die Jüngeren? Nun, antwortet Schweinchen Schlau aus der Marketingklitsche, die Älteren kratzen ab, und dann sind se weg. Heute gilt Ü50 schon als Älterer, hat aber statistisch als Zielgruppe noch weit über dreißig Jahre vor sich.

Der Zwanzigjährige hingegen ist nach dreißig Jahren selber schon ein Älterer. Vom Zeitrahmen sind beide Altersgruppen also gleich lohnend für ein Investment. Doch die Älteren können lesen und schreiben, zuweilen sogar selber denken. Das ist natürlich nicht so schön, weil das Produkt unter Umständen anspruchsvoller zu sein hat. Wenn also jede verblödete Marketingkrampe heute rumtrötet, man wolle Jüngere erreichen, als müsste man Kühlschränke an die Inuit verbimmeln, dann geht's um was ganz anderes. Es bedeutet: Wir wollen die Qualität senken. Fernsehen darf so beknackt sein wie ein moderiertes Katzenvideo, macht ja nix, die «Jüngeren» gucken sowieso nebenbei in ihr Telefon. Zeitungen verbreiten Meinungen statt Nachrichten, damit sie genauso hip sind wie Blogs und Podcasts, und die Problemlösungsvorschläge der Parteien sind so schlicht, dass sie auf eine hochgehaltene Pappe passen.

So, und wie sieht's aus mit den Frauen, von denen man auch unbedingt viel mehr erreichen möchte? Hier wird's noch perfider. Wer «Frauen» sagt, meint «weichgespült». Dahinter steckt das Frauenbild aus der Waschmittelwerbung des alten Jahrtausends: Alle sind sauber, tipptopp frisiert, und aus jeder Ritze trieft die Harmonie. Im Mediensprech heißt diese Produktvorgabe: «warm and friendly». Hätte man's auf Deutsch gesagt, so wär's deutlicher geworden: «Warm und freundlich» klingt nach Klopapier und nicht nach weiblicher Zielgruppe. Ein Städtebombardement mit tausend Toten kommt doch viel netter daher, wenn es von einer adretten Sprechpuppe «warm and friendly» vorgetragen wird. Die Zielgruppe «Frauen» muss dafür herhalten, über alles eine ekelige Harmoniesoße zu vergießen.

«Jüngere erreichen» heißt: Wir reduzieren die Komplexität. Eine Ausnahme bildet die Apotheken-Umschau, die «mehr Männer» erreichen will, allerdings auch eher die jüngeren: Aknesalbe statt Treppenlift.

HELDEN IM ABSEITS: Dieter Bohlen

Er hat genauso lange regiert wie Merkel und Löw. Strahlten diese beiden Spontanität und Lebenslust aus wie eine Endmoräne, so hielt Dieter Bohlen Erwachsenwerden für eine lästige Erfindung. Fünfzehn Jahre pöbelte er bei RTL herum und war maßgeblich beteiligt an dessen Ruf als Unterschichtsfernsehen. Schon in seinem ersten Leben bei Modern Talking kam von ihm die nervigste Musik, die je ein Diplomkaufmann produziert hat. Da schlechter Geschmack eines der wenigen universellen Kulturphänomene ist, wurde Dieter Bohlen zum Weltstar. Nach der Karriere hätte er sich hinter seinen Platinscheiben verschanzen, ab und an frisches Gemüse heiraten und den zeitigen Lebensabend genießen können. Aber nein, ein Dieter Bohlen kennt weder Fremd- noch Selbstschämen und möchte die Welt zu einem noch gruseligeren Ort machen, als sie ohne ihn sowieso schon ist. Da kann man nur sagen: Mission geglückt!

HELDEN IM ABSEITS: Ferdinand Piëch

Es hatte alles nichts geholfen, weder das Tausend-Dollar-Handgeld für die US-Kunden noch das Versprechen, in Zukunft nicht mal mehr auszuatmen ohne Schadstoffmessung. Keiner hätte es besser formulieren können als Ferdinand Piëch auf der Sondersitzung des Volkswagen-Konzerns am 24. April 2015: «Wir sind im Arsch.» Stickoxide, CO_2, Softwareschummelei, und auch die Nobelmarken waren betroffen – kein Tag verging ohne neue Horrormeldungen. Piëch bemühte in seiner Rede vor dem Konzernvorstand das Gleichnis von dem Fuchs, der in ein Tellereisen trat und sich selbst das Bein abbiss, um nicht komplett unterzugehen. «Und dieses Bein», fuhr er fort, «ist Porsche. Nur wenn wir uns vom Tafelsilber trennen, wird die Buße groß genug sein, dass man uns das Dieselgate vergibt.»

Als ein Aufschrei durch den Saal ging, setzte der kahlhäuptige Stratege noch eins drauf: «Und nicht an irgendeinen werden wir Porsche verkaufen, sondern an den Nichtswürdigsten unter der Sonne, auf dass wir uns noch mehr geißeln für das, was wir getan haben.» «Dacia, hahaha», rief ein Škoda-Vorstand dazwischen. «Die wollen Porsche nicht», kanzelte Piëch den Zwischenrufer ab. «Nur General Motors hat sich bereit erklärt, das Opfer anzunehmen, auch stellvertretend als Genugtuung für die betrogenen amerikanischen Autokäufer. Porsche wird in den USA weiterhin unter eigenem Label vertrieben, nur in Deutschland unter der GM-Marke Daewoo, ausschließlich mit 3-Zylinder-Benzinmotoren und in Lowline-Ausstattung.»

Während Ferdinand Piëch noch weiter ins Detail ging, verließen einige Konzernvorstände in betretenem Schweigen den Raum. Draußen allerdings wurde hektisch telefoniert, und am anderen Morgen, dem 25. April 2015, trat Ferdinand Piëch unter bisher nicht geklärten Umständen von allen Mandaten im Volkswagen-Konzern mit sofortiger Wirkung zurück.

Lexikon: Ypsilon

Er ist der einzige Buchstabe in unserem Abc, der noch immer seinen griechischen Namen trägt, und nunmehr auch der letzte alte Vertreter im neuen gendervermeidenden Städtenamen-Buchstabier-Alphabet. Warum nicht «Ypern»? Auf eine beschämende Art auch ein sehr deutscher Ort. Die Randständigkeit des Ypsilon zeigt sich auch darin, dass nicht mal der hundsverratendste Landkreis in Oberlausitz-Niederschlesien ihn als Kfz-Kennzeichen wollte. So gelangte er auf das Nummernschild der Bundeswehr. Dass das männliche Chromosom ein Y trägt, kann dagegen nur als übler Scherz angesehen werden.

Z

Zukunft und Zombies

Die letzten Dinge

Es naht der Tag, an dem wir vieles, das wir heute noch für selbstverständlich halten, ein letztes Mal tun. Zum Beispiel mit Bargeld bezahlen, und das auch noch in einem Laden in der Innenstadt. Das Wort «Einzelhandel» erscheint schon heute so antiquiert wie «Bürobedarfsgeschäft» als Verkaufsstelle für Computer. Da man natürlicherweise im Internet nicht mit Schein und Münze die Rechnung begleichen kann, verschwinden beide sang- und klanglos im Orkus der Geschichte. Aus Gewohn- und Faulheit halten wir die Smartkachel vors Gerät, und schon ist der Betrag vom Konto runtergelutscht. Dass nebenher der Verkäufer unsere Blutgruppe und das Arschvolumen gespeichert hat, ist schnurz, denn das hatten wir schon längst im Fratzenbuch endgelagert.

Es kommt auf einmal alles so schnell. Gestern noch war der Tesla ein Exot mit Neidfaktor, heute überlegen wir stattdessen, ob wir uns nicht noch ein letztes Mal den guten alten Verbrenner in die Garage stellen, womöglich sogar als Diesel. Und wenn schon nostalgisch werden beim Mobilitäts-Shopping, dann bitte auch einen Pkw ohne diesen ganzen Assistenz-Klimbim. In Zeiten der Entkarbonisierung verschwindet das Fossile in allen Bereichen: Der Ölbrenner ohnehin, bereits die eben noch gepriesene Gasbrennwertheizung, aber auch schon die Öfen, die mit Holzpellets und Hackschnitzel befeuert werden, sind haram.

Sollte man deshalb noch ein letztes Mal richtiges Feuer ins Haus holen, bevor nur noch der Strom die Wand erwärmt? Voller Überraschung las ich, dass auch Rhododendron und Kirschlorbeer demnächst verboten werden – noch rasch welche knipsen fürs Erinnerungsalbum und den toten Schmetterling in diesem Plastikgestrüpp gleich mit. Im Frühling, wenn die Natur sich allmählich anschickt zu erwachen, sollten wir die Gelegenheit beim Schopf ergreifen und – vielleicht ein letztes Mal – einen Wald voller Bäume mit Blättern dran durchstreifen.

Nicht nur die Dinge schwinden dahin, auch die alten Rituale am Wochenende. Deshalb besuchen wir lieber noch einmal schnell das Spiel eines alten Traditionsclubs: Schalke, Bremen, Hamburg – bevor auch sie in der Versenkung verschwinden.

Künstliche Intelligenz

Au Backe, schon wieder eine neue Intelligenz, diesmal künstlich. Ich hab die letzten noch gar nicht verwunden, zum Beispiel die Schwarmintelligenz. Der zufolge schmecke Hundedreck nach Schokolade, da fünfzigtausend Fliegen nun mal nicht irren können. Ersetzt man «Fliegen» durch «Menschen», sieht die Sache nicht besser aus, denn in Reihe geschaltet addieren sich die Brägenrechner nämlich nicht, sondern schnurren auf den kleinsten gemeinsamen Nenner zusammen: Kleinhirn plus Blödsinn labern.

So viel zur Schwarmintelligenz. Schon zuvor geisterte die «weibliche Intelligenz» durch die Gazetten, die sich irgendwie von der männlichen unterscheidet. Wie, weiß man nicht, kommt sie doch gerade bei den Grundrechenarten zu ähnlichen Ergebnissen. Verwandt ist sie mit der «sozialen Intelligenz», über die Männer und Akkuschrauber gar nicht verfügen. Sie

Schwarmintelligenz.

wird allerdings verdächtig oft dort unterstellt, wo es an ihrer kognitiven Schwester mangelt.

Nun also die künstliche Version. Gänzlich befreit von organischen Wirtstieren, siedelt sie in Rechnern, Robotern und, wenn man Pech hat, sogar in der Unterhose. Und da ist nicht der alte Spruch gemeint: «Er denkt mit seinem Schwanz.» Nein, vielmehr ist der Schlüpfer selbst intelligent, weil er aus intelligenten Fasern geklöppelt wurde. Die Steckdose, der Waschvollautomat, ja, das ganze Haus ist intelligent oder «smart», wie man sagt. Es gilt allerdings das eherne Gesetz, wonach die Menge der Intelligenz auf diesem Planeten konstant bleibt, unabhängig von der Anzahl ihrer Besitzer. Je mehr Nichtmenschen von diesem Kuchen naschen, desto weniger bleibt für den Homo exsapiens. So haben schon die immer gewitzter werdenden Bordercollies ganze Abiturjahrgänge ins seichte Fahrwasser der Mittleren Reife gedrängt. Sollten uns erst die

Heckenschere und der Thermomix im Schach besiegen, dann bleibt uns Menschen nur der Ausziehpoker als singuläre Eigenschaft.

Vergegenwärtigt man sich dieses Schreckensszenario, so erscheint es doch wohl sonnenklar, dass die künstliche Intelligenz mit allen Mitteln bekämpft werden muss. Doch das Gegenteil ist der Fall: Überall wird ihr Eintreffen als unausweichlich betrachtet, wenn nicht gleich gar bejubelt. Ansonsten recht normal wirkende Mitgeschöpfe sprechen mit einer Dose auf der Anrichte und finden nichts dabei, wenn die Dose das Gespräch nach China weiterkabelt. Da lob ich mir die Intelligenz meiner Hunde. Keiner von ihnen wurde je dabei beobachtet, wie er mit seiner Hundefutterdose spricht, obwohl deren Diskretion, was die Datenübermittlung nach China anbetrifft, legendär ist.

Vielleicht verhält es sich mit der künstlichen Intelligenz wie mit dem «Klugen Hans», einem lesenden und rechnenden Pferd, das 1904 ganz Berlin in Atem hielt. Hundertfünfzehn Jahre später haben die Pferde den Menschen immer noch nicht an den Universitäten verdrängt. Und sollten es die Geräte allzu bunt treiben, so ist zwar selten, aber doch zuweilen ein Schlag in die Fresse das bessere Argument. Da hilft Alexa und den anderen altklugen Sprecheimern auch nicht mehr ihre angebliche Intelligenz.

Licht aus im Oberstübchen

Betrachtet man die Geschichte der Menschheit als Abfolge immer weiter reichender Prothesen, so sind wir heute kurz vor der nächsten, womöglich letzten Stufe angelangt: Das Gehirn wird ersetzt. Die mechanischen Prothesen früherer Zeiten schenkten uns zusätzliche Beine und Arme. Mit dem Auto und dem Flugzeug konnten bis dato unvorstellbare Entfernungen in Stunden überbrückt werden, dagegen schmiert das biologische Geläuf entschieden ab. Als die Menschheit erst von den Beinen war, wurde sie faul und fett, die mobilen Assistenten stahlen uns die eigene Mobilität, indem sie sie vordergründig erweiterten.

Nun also geht's der Rübe an den Kragen. Das digitale Pack raubt uns die Sinne. Menschen gucken auf Wetter Online nach, ob es draußen regnet, statt die Hand aus dem Fenster zu halten. Der Fitnesstracker am Handgelenk sagt ihnen, ob das Herz noch schlägt und – wenn man die entsprechende App aktiviert – sogar, wie lange noch. Der launische Ehepartner ist längst durch virtuelle Gespielinnen namens Alexa und Siri ersetzt, die ersten weiblichen Wesen, die Witze in der richtigen Reihenfolge erzählen können und deshalb von Männern angehimmelt werden.

Wenn es bei den Hirnprothesen genauso läuft wie beim Bewegungsapparat, dann dürfen wir uns auf das Großreinemachen im Oberstübchen freuen. Haben wir uns erst daran gewöhnt, dass die digitalen Trolle unseren Hauptzugang zur Welt darstellen, dann kann sich das Hirn ja beruhigt zurückbilden. Einen scharfen Sinn für das, was richtig und wichtig ist, braucht niemand mehr, es gibt ja jede Menge vorgekauter Meinungen im Netz, die auf Zuruf bereitstehen. Und mit der Corona-App öffnet sich eine neue Tür ins digitale Reich. Weil unsere Sinne nicht in der Lage sind, die viröse Infektion bei einem Mitmenschen zu erkennen, hilft uns das Assistenzprogramm in der Hirnprothese: «Vorsicht, Seuchenherd zwölf Uhr», blinkt und piept es auf dem Smartphone, wenn sich denn der Seuchenherd «freiwillig» zu dieser Information bekennt.

Endlich wird auch unser Sozialverhalten unter digitale Aufsicht gestellt. In der Weiterentwicklung der Seuchen-App müssen wir uns nicht mehr auf sorgsam kultivierte Vorurteile verlassen, wenn wir einem Artgenossen begegnen, und «Menschenkenntnis» braucht man schon gar nicht mehr. Die Sozial-App sagt uns, wem wir vertrauen dürfen, über Bluetooth erfahren wir, ob das Geschöpf neben uns im Bus für einen Seitensprung zu haben ist, und selbstverständlich werden die ganzen Daten «nicht zentral gespeichert» und «garantiert» nach einer Zeit «komplett» gelöscht.

Der Mensch ist ein faules Schwein, und mit keinem seiner Organe arbeitet er so widerwillig wie mit seinem Gehirn. Und ist er erst in den Genuss gelangt, dass ihm sein digitaler Freund auf ungeahnte Weise das Denken abnimmt, dann möchte er es nicht mehr missen. Und so sinkt unser edelstes Körperteil allmählich in einen seligen Dämmerzustand. Schlaf, mein Großhirn, schlaf ein, soll niemand drinnen wohnen als ... Als wer noch mal? Alexa oder Siri, wer bin ich?

Siri

Der bisherige Tiefpunkt der menschlichen Evolution war für mich erreicht, als ich ein mir bekanntes Familienmitglied im Nebenraum mit folgendem Satz vernahm: «Hey, Siri, was hast du heute Nachmittag noch vor?» Nun bin ich nicht so dermaßen von gestern – will heißen: normal –, dass ich nicht weiß, wer Siri ist, die Digitalschlampe von Apple. Trotz allem finde ich es aber immer noch befremdlich, mit einem Gerät so zu sprechen, als handle es sich um ein Lebewesen. Ich korrigier mich selbst: Tatsächlich ist es heute auch nicht ungewöhnlich, dass Lebewesen sprechen wie ein Gerät, allerdings wie ein kaputtes. Vom Navi des Pkw sind wir es seit Jahren gewohnt, angelabert zu werden, diese Übergriffigkeit des Virtual Womensplaining kann man zum Glück abschalten. Siri funktioniert aber nur über Spracheingabe, genau wie ihre Stiefschwester von Amazon, Astrid oder so ähnlich. Warum werden eigentlich vor allem Frauenstimmen dafür geklont? Sind die Nutzer von Siri und ihren Schwestern vorwiegend Männer, und ist das Gelaber mit den elektronischen Bitches eine Art Telefonsex?

Wäre die Stimme männlich, hätte da DER User Angst, seine eigene verborgene Homosexualität bräche hervor? «Hallo, Sascha, was hab ich heute Nachmittag vor?» Sind wir noch nicht so weit?

In jedem Fall ist mit der Sprachsteuerung ein weiterer Schritt in Richtung kompletter Lächerlichkeit erreicht. An die Witzfiguren, die durch die Straßen wandeln und in ein Kabel mit Thrombose quasseln, haben wir uns gewöhnt, sogar an die künstlichen Wesen in den Callcentern, die ständig behaupten: «Ich habe Sie nicht verstanden.» Seitdem die Geisterstimmen jedoch einen Namen tragen, mit dem man sie auch ansprechen muss, damit sie reagieren, ist eine Grenze überschritten. Schließlich hätte man den Amazon-Sprachassistenten ja auch neutral adressieren können: «A2D3, hier kommt ein Befehl.» Damit wäre die Hierarchie eindeutig geklärt, stattdessen soll man die hässliche Keksdose ansäuseln, wie man es nicht mal mit seinem Ehegespons tut: «Hallo, Alexa, wie ist das Wetter draußen?» Vollidiot! Wie wär's mit Aus-dem-Fenster-Gucken.

Letztendlich ist die Personalisierung der Computerstimmen nur ein erster Schritt, um uns daran zu gewöhnen, nur noch von Geräten umgeben zu sein. «Siri, bücken», bis dahin ist es nicht mehr weit.

Onlineformulare

Der sogenannte technische Fortschritt sollte immer daran gemessen werden, wem er denn in Wahrheit nützt. Oft wird dem Letztverwender vorgegaukelt, sein Alltag erleichtere sich auf ungeahnte Weise, wenn er denn nur das Produkt oder das Prozedere des Anbieters in sein Leben hineinlasse.

Zum Beispiel vermittels Onlineformularen, mit denen man seinen Pass verlängern lassen kann oder die Entschädigung für eine misslungene Bahnreise beantragt. Dem Nutzer wird versprochen, der papierlose Weg zum Erfolg sei nicht nur ressourcenschonender, sondern erspare ihm auch zusätzlich noch das Kuvert, die Briefmarke und den Weg zur Postannahmestelle. Wer würde da nicht zugreifen. Der Auswertungsstelle ermöglicht das Onlineformular die menschenlose Bearbeitung des Ersuchens. Das klingt wie eine Win-win-Situation. Hat man sich dann aber einmal durch die alphanumerische Hölle vorgekämpft, dreißigstellige Pass- und Kennwörter eingetippt, seine Mobilfunknummer für ominöse «eventuelle Rückfragen» doppelt eingegeben, nur um zum Beispiel ein Paket auf seiner Odyssee durch den deutschen Logistikdschungel verfolgen zu können, leuchtet plötzlich in roter Schrift auf: «Sie haben einen falschen Namen eingegeben.» Woher nimmt das Gerät die Unverfrorenheit, über meinen Namen besser Bescheid zu wissen als ich, der ihn seit Jahrzehnten trägt? Kann es sein, dass die Software keine Umlaute akzeptiert, dass Name und Straße nicht durch Kommas getrennt werden dürfen, dass generell nur Kleinschrift akzeptiert wird, dass die Null im zugesandten Sicherheitscode in Wahrheit ein großes «O» sein soll? Keine Ahnung, der unheimliche Kollege auf dem Bildschirm verrät nicht, was ihn stört. Nach sechsmaligem Versuch, jede dieser Missverständnismöglichkeiten zu vermeiden, leuchtet immer noch «Sie haben einen falschen Namen eingegeben».

Da man als nicht gänzlich verblödetes Wesen der Meinung ist, zumindest den eigenen Namen noch richtig in Erinnerung zu haben, wächst langsam die Wut heran. Nun gibt es zwei Möglichkeiten, diese Situation psychisch unverwundet zu überstehen. Die eine ist, den Rechner mit dem Hammer Mores zu lehren, was letztlich doch nur einen Unschuldigen trifft. Die andere ist die geschmeidigere: das Onlineformular ausdrucken, mit dem Kuli ausfüllen, Groß- oder Kleinschreibung, Sicherheitscodes, Vollständigkeit und die frechen «notwendigen Angaben» einfach ignorieren, den ganzen Mist in ein Couvert stecken, Briefmarke drauf, in den letzten gelben Kasten in der Umgebung einwerfen und fertig. Sollen sich doch die Lurche am anderen Ende der Kommunikation damit rumärgern.

Nach uns die Sintflut

Im Leben eines Menschen gibt es viele Points of no Return. Das Ziel, den Tod, unausweichlich vor Augen lohnt die Umkehr oft nicht mehr: Wozu mit fünfundachtzig Lenzen noch das Rauchen aufgeben? Weshalb längst mit Ebbe im Schlüpfer noch den Partner wechseln? So nachvollziehbar diese Entscheidungen fürs Individuum auch sind, so fatal werden sie, wenn ein Großteil der Gesellschaft sich danach richtet. Im Stillen denkt Ü60 längst: «Scheiß was auf den Klimawandel, für mein Restleben wird die Erde schon noch halten. Sollen doch Greta und die kleinen Strolche ihre Protestpappen hochhalten, ich lass mir mein Schnitzel und den Ottomotor nicht madig machen!»

In den Parteien, den Gewerkschaften, Kirchen und Verbänden regieren die Ü50er und fahren ihre aus der Zeit gefallenen Totenschiffe kontrolliert an die Wand, dabei immer noch 'ne Handbreit Wasser unterm Kiel bis zum eigenen Renteneintritt. Das eigene Leben ist das Maß aller Dinge, nach dem Tod wird ein Stück aufgeführt, in dem man keine Rolle mehr spielt. Die Toten sind einfach nur tot, in der Welt der Nachfahren kommen sie nicht mehr vor, da gibt's kein Grab, keinen Stein, keine alten Möbel mehr, die Uhr des Großvaters trägt kein Enkel, seinen Ledersessel hält niemand mehr in Ehren. Hat Opa endlich die Platte geputzt, kommt die Müllabfuhr, und das alte Haus wird abgerissen. Was Wunder, dass Ü60 deshalb denkt: «Leckt mich doch alle am Arsch, das hier ist mein Leben klein, soll niemand drin wohnen als ich allein.» Und so verkaufen die Menschen auf der Zielgraden selbst schon ihr Eigenheim, werfen all die Erinnerungen auf den Müll, ziehen in ein Tiny House und gucken sich von Bord des Kreuzfahrtdampfers die kaputte Welt noch einmal an – mit einem Prosecco in der Hand. Und wenn der Sensenmann dereinst den Stecker zieht, dann ist alles aufgebraucht.

Die Kinder erben nichts und verbuddeln die abgebrannten Eltern im Ruheforst. Wer aber zu Lebzeiten schon weiß, dass nichts, aber auch gar nichts von ihm bleibt, der schert sich auch nicht um die Zukunft der anderen. Es ahnt zwar jeder mittlerweile, dass ein Leben nach dem Tod nicht eintreten wird. Aber so ganz und komplett tot möchte man doch nicht sein. Eine Gesellschaft, die ihre Toten verscharrt und vergisst, muss sich nicht wundern, wenn sie sich noch als Lebende an ihr rächen. «Nach mir die Sintflut» ist Resignation und vorausschauende Rache gleichermaßen.

Die Nacht von Bielefeld

Februar 2046. Der Klimawandel hat die Welt dramatisch verändert: Die Städte sind verwahrlost, durch Dürre und brutale UV-Strahlung hat sich die Landwirtschaft in geschützte Gebäude zurückgezogen. Trotz chronischer Krankheiten bereits im Kindesalter ist die Lebenserwartung der Menschen in Deutschland gestiegen. Mittlerweile sind achtzig Prozent der Bevölkerung über siebzig und haben statistisch noch dreißig Lebensjahre vor sich, die sie bei immerhin fünfundzwanzig Prozent ihres Bewusstseins erleben. Dank dessen hat sich das ZDF als letzte öffentlich-rechtliche Anstalt halten können.

Im Februar 2046 jährt sich zum fünfundzwanzigsten Mal die Schneekatastrophe des Winters 2021, ein Phänomen, das die wenigen Jüngeren nur noch als Egoshooter kennen. Für den Großteil der ZDF-Zuschauer ist es eine sentimentale Erinnerung an die gute alte Zeit mit geringer Übersterblichkeit, optimistischen Klimaleugnern und mopsfidelen Impfgegnern.

Für diese – ihre einzige – Zielgruppe strahlt das ZDF den Zweiteiler «Die Nacht von Bielefeld» aus. Der Film erinnert an den Stau auf der A2 vom 8. auf den 9. Februar 2021, als unzählige Auto- und Lkw-Fahrer über elf Stunden in einem fünfzig Kilometer langen Stau bei zweistelligen Minusgraden in ihren Fahrzeugen verharren mussten. Der Film erzählt die Geschichte des Truckers Willi, der mit hundertzwanzig Schweinehälften von Rheda-Wiedenbrück zu einem Zerlegebetrieb nach Weißrussland unterwegs ist. Auf der Gegenfahrbahn sehen wir in einem historischen Tesla das Seniorinnen-Model Gina auf dem Weg zu einem Dessous-Shooting in Köln. In den Hauptrollen als Trucker Willi der dreiundachtzigjährige Heino Ferch und als Dessous-Model die knackige vierundsiebzigjährige Jenny Elvers. Zehn Kilometer östlich von Bielefeld ist für beide die Reise zu Ende. Und als hätte ein romantischer Herrgott Regie geführt, kommen beide direkt gegenüber zum Stehen.

Im ersten Teil wird der Zuschauer des Jahres 2046 mit den historischen Wetterbedingungen der Vergangenheit vertraut gemacht. Man sieht lange computergenerierte Fahrten über Schneelandschaften, unterlegt mit zeittypischer Musik von Mark Forster und Kollegah. Willi und Gina werden als typische Bürger der damaligen Zeit porträtiert, beide nur leicht adipös und noch mit externer Prothetik wie Brille und Smartphone bestückt. Weiterhin werden dem Zuschauer technische Eigenheiten der Zwanzigerjahre nahegebracht: Waren-Logistik durch Lkw, individuelle Mobilität durch elektrische Pkw.

Erst im zweiten Teil nimmt die Geschichte Fahrt auf. Das Batterieauto von Tesla hat mittlerweile die Läufe gestreckt, und Gina hockt apathisch und blau gefroren in der Fahrgastzelle. Willis 540-PS-8-Zylinder von Scania hat sich zwar auch schon reichlich aus dem Dieseltank bedient, versorgt aber die Fahrerkabine noch immer zuverlässig mit angenehmer Wärme. In der entscheidenden Szene sieht der Zuschauer, wie sich Willi eine historische Tütensuppe warm machen möchte und dazu die Seitenscheibe herunterlässt, um etwas Schnee in den Topf zu schöpfen. In diesem Augenblick wird er der blau gefrorenen Gina auf der gegenüberliegenden Fahrbahn gewahr und erfasst sofort die lebensbedrohliche Situation. Der Rest der Geschichte ist rasch erzählt: Als Dank für ihre Rettung verliebt sich Gina in Willi, und die restliche Zeit im Stau verbringen beide eng umschlungen in der warmen Fahrgastzelle des Scania.

Der ZDF-Zweiteiler schließt mit einem langen Schwenk über den computeranimierten Stau auf der A2 und zeigt im letzten Bild eine weinende einundachtzigjährige Veronica Ferres vor dem Ortsschild von Rheda-Wiedenbrück. Ist sie Willis sitzen gelassene Frau? Darüber diskutiert im Anschluss Markus Lanz mit seinen Gästen, unter anderem dem greisen Wolfgang Kubicki, dem man seine vierundneunzig Jahre zwar ansieht, aber auch von Herzen gönnt.

HELDEN IM ABSEITS: Alice Schwarzer

Alice Schwarzer hasste die Männer nicht mehr. Eher aus Gewohnheit prangerte sie noch rum, holte sich den Skalp von Kachelmann, war aber im Grunde nur beleidigt, dass Merkel sie nicht an den Hof geladen hatte. Sie beide zusammen hätten Deutschland verändern können. Zu spät, mittlerweile war ihr Deutschland egal. Noch immer hatte sie die «Emma», das Sturmgeschütz des deutschen Feminismus; auch wenn sie niemand mehr las, so wurde sie dennoch wahrgenommen. Die Schwänze müssten mal wieder das Zittern lernen. Schon lange dachte Alice Schwarzer über eine Kampagne nach, die das Machotum das Fürchten lehrte. Wenn aber selbst die CDU sich schon für eine Frauenquote in Führungspositionen starkmachte, wofür konnte man sich dann noch einsetzen?

Am meisten ärgerte sie aber, dass die nachfolgende

Frauengeneration, die von ihrem Kampf profitierte, dass diese undankbaren Schlampen ihr, der Mutter aller Schwanzabschneiderinnen, in den Rücken fielen – zu Anfang Kristina Schröder, dieses geklonte Wesen aus der Margarinereklame, und neuerdings Annette Widmann-Mauz. Es gab einfach viel zu viel Frauen überall: Will, Maischberger, Illner, Rakers, Zervakis, Baerbock, Esken – vorbei die guten alten Zeiten, als sie DIE FRAU in Deutschland war. Frau sein bringt es einfach nicht mehr, dachte Alice Schwarzer, warf die «Emma» in den Papierkorb und griff sich die neue «Beef».

HELDEN IM ABSEITS: KT zu Guttenberg

Der fränkische Plagiator blätterte ein wenig in den Fahnen seines Buches «Vorerst gescheitert». Der blöde Verlag hatte das Autorenfoto mit der Augenklappe abgelehnt. Dabei sah er damit verdammt noch mal genauso aus wie Tom Cruise als Stauffenberg – eine Assoziation, die ihm die Herzen der wertkonservativen Impfverweigerer in der CSU geöffnet hätte, immerhin keine unbedeutende Minderheit. Das CSU-Dschungelcamp in Wildbad Kreuth würde er sich noch nicht antun. Doch auch so hatte er sein fünftes Comeback fest im Griff. Zuerst ein glanzvolles Entree in Aachen bei der Preisverleihung für den «Orden wider den tierischen Ernst» zusammen mit dem Urenkel Karls des Großen, Arminius Laschet, dann ein Gastauftritt hoch zu Pferd in «Soko Ostpreußen». Und schließlich der Höhepunkt der Frühjahrsoffensive: die Wiedererlangung des Doktortitels mit seinem neuen Buch an der Fernuni VroniPlag.

Genüsslich las Kay Tee Edler zu Guttenberg die ersten Zeilen seines Manuskriptes: «Am Anfang war das Wort, und das Wort war bei Karl-Theodor zu Guttenberg, und KT war das Wort.» Scheiße, bin ich gut. Aber wo hab ich das bloß schon mal gehört?

Lexikon: Zeitnah

Wenn «zügig» und «rasch» zu verbindlich klingen, zündet der Politiker die Nebelkerze und verspricht, dass der Planet «zeitnah» gerettet wird. Das war's dann für die alte Kugel, die sich damit gerade selber eine verpasst hat – immerhin «zeitnah».

Inhalt

Bildnachweis

S. 13: Adam Berry/Getty Images; S. 21: Liesa Johannssen-Koppitz/Bloomberg/Getty Images; S. 23: Ozan Kose/AFP/Getty Images; S. 31: Leon Neal – WPA Pool/Getty Images; S. 46: Odd Andersen/AFP/Getty Images; S. 56: John MacDougall/AFP/Getty Images; S. 62: Volke/DeFodi Images/Getty Images; S. 78: Johannes Simon/Getty Images; S. 87: Thomas Lohnes/Getty Images; S. 91: Matteo Rossetti/Archivio Matteo Rossetti/Mondadori Portfolio/Getty Images; S. 107: Cris Faga/NurPhoto/Getty Images; S. 124: Daniel Roland/AFP/Getty Images; S. 135: Jeremy Moeller/Getty Images; S. 150: Lukas Schulze/Getty Images; S. 162: Sascha Schuermann/Getty Images; S. 172: Christof Stache/AFP/Getty Images; S. 189: Getty Images/Freier Fotograf; S. 200: Florian Gaertner/Photothek/Getty Images; S. 204: Jens Schlueter/Getty Images; S. 209: Ulrich Baumgarten/Getty Images; S. 217: James Wakibia/SOPA Images/LightRocket/Getty Images; S. 235: Salvatore Laporta/KontroLab/LightRocket/Getty Images; S. 252: Noam Galai/Getty Images; S. 257: Sean Gallup/Getty Images; S. 268: Sean Gallup/Getty Images; S. 273: Christof Stache/AFP/Getty Images; S. 279: Claudio Cruz/AFP/Getty Images; S. 289: Maciej Moskwa/NurPhoto/Getty Images; S. 293: Thomas Lohnes/AFP/Getty Images; S. 302: Michal Fludra/NurPhoto /Getty Images; S. 306: ullstein bild/A. v. Stocki; S. 315: Thomas Grass/Getty Images